王荆文公詩箋注

修訂版

三

〔宋〕王安石 著
〔宋〕李 壁 箋注
高克勤 點校

上海古籍出版社

王荆文公詩卷第二十八

律詩

讀眉山集愛其雪詩能用韻復次韻一首

靚粧嚴飾曜金鴉，比興難工漫百車。上林賦：「靚糚刻飾。」○退之詩：「金鴉一〔二〕騰翥，六合俄清新。」謂日也。○馮衍傳云：「詞語百車。」水種所傳清有骨，水種，未詳。爾雅〔三〕釋名：「雪，綏也。水下遇寒而凝，綏綏然下也。」觀此，則雪本水爲之。天機能織皦非花。織女，天孫也。詩大東：「雖則七襄，不成報章。」注云：「織女有織名爾。」天機能織，殆取此義。○晉天文志：「南斗六星，一曰天機。」嬋娟一色明千里，謝莊月賦：「美人邁兮音塵絶，隔千里兮共明月。」又：「柔祇雪凝，圓靈水鏡。」即千里一色之意。○王勃記：「秋水共長天一色。」○陸機月詩：「三五二八時，千里共君同。」綽約無心熟萬家。莊子逍遥游：「藐姑射之山，有神人居焉，肌膚若冰雪，綽約若處子。」注云：「其神凝，使物不疵癘，而年穀熟。」注：「神人者，即今所謂聖人也。」○長

此賞懷甘獨卧，賈誼治安策：「長此安窮。」袁安交戟豈須叉？汝南先賢傳曰：「時大雪丈餘，洛陽令出按行，見人家皆除雪出，有乞食者。至袁安門，無有行跡，謂安已死，令人除雪入户，見安僵卧，問：『何以不出？』安曰：『大雪，人皆餓，不宜干人。』令以爲賢，舉爲孝廉。後爲司徒。」〇世説曰：「舊制，三公領兵入見，皆交戟叉頸而前。初，曹公將討張繡，入覲天子，時始復此制，公自是不敢朝見。」

【校記】

〔一〕「一」，宫内廳本作「忽」，宋蜀刻本昌黎先生文集送惠師作「既」。

〔二〕「爾雅」，當作「劉熙」，蓋釋名爲劉熙所撰。

八功德水

雪山馬口出琉璃，聞説諸天與護持。奘法師西國傳云：「阿那婆答多池在香山之南，大雪山之北，周八百里。金銀、琉璃飾其岸焉。大地菩薩以願力故，化爲龍王，於中潛宅，出清冷水，屬贍部洲。是以池東面銀牛口，流出殑伽河，繞池一匝，入東南海；池南面金象口，流出信度河，遶池一匝，入西南海；池西面瑠璃馬口，出縛芻河，入西北海。」此水遥連八功德，阿弥陁經：「極樂國土有七寶池，八功德水充滿其中。」長阿含起世經云：「大海初廣八萬四千由旬，有八功德水。」〇順正理論注云：「一甘、二冷、三耎、四輕、五清浄、六不臭、七飲時不損喉、八飲已不傷腹。」〇又，稱讚浄土經云：「水有八功德：一、澄清，二、清冷，三、甘美，四、輕軟，五、潤澤，六、安和，七、飲時除飢渴，八、飲已長養諸根。四大增益，種種勝喜，多有福情，常樂受用。」供人真浄四威儀。楞嚴經第七卷：「十方如來，隨此呪心。能於十方事善知識，四威儀中供養

如意。恒沙如來會中，推爲大法王子。」○行住坐卧，佛謂之四威儀。當時迦葉無塵染，迦葉觀於法塵，念念生滅，無實自性，惟是空寂。○又云：「盡七染分。又以觀智一空塵法。法塵既空，妙法頓顯。」何事閿鄉有土思。閿鄉，屬河東安邑。閿，望雲切。○唐書曰：「僧萬迴，閿鄉人也，詼諧如狂，發言屢中。其兄戍邊五載，母思之，萬迴年幼，請詣兄所，策竹馬去。經旬而返，白母曰：『兄還矣，請辦餅，更往迎之。』數日，持襆〔一〕而至。母發襆，乃戍子衣也。尋而子至，母大驚。」○前漢西域傳：「公主年老，有土思。」道力起緣非一路，但知瓢飲是生疑。長安講僧問五祖云：「真性緣起，其義云何？」祖默然。玄挺禪師侍立次，乃謂曰：「大德正興一念問時，是真性中緣起。」僧言下大悟。

【校記】

〔一〕「襆」，原作「複」，據宮内廳本、臺北本改。下「襆」同。

寄題程公闢物華樓

千里名城楚上游〔一〕，史記：「項羽曰：『古之帝者，地方千里，必居上游。』」江山多在物華樓。遥知玉〔二〕一作「瞻旌」。節臨樽俎，此公闢爲江西轉運時，故有「玉節」之語。物華樓在其臺治。獨卧柴門隔〔三〕一作「荆阻」。獻醻。柳棠詩：「莫言名位未相儔，風月何曾阻獻醻？」想有新詩傳素壁，怪無餘墨到滄洲。滄洲，公自言。偶陪〔四〕一作「湡涪」。南望重重緑，章水還能向此流〔五〕？章水，即南江。

【校記】

〔一〕「千里」句，宋本、叢刊本作「吴楚東南最上游」。

〔二〕「知玉」，宋本、叢刊本作「瞻旌」。

〔三〕「門隔」，宋本、叢刊本作「荆阻」。

〔四〕「偶陪」，宋本、叢刊本作「湡浯」。

〔五〕「流」，龍舒本作「留」。

酬俞秀老

灑掃東庵置一牀，於君獨覺故情長。公集有答俞秀老書：「歲盡，當營理報寧庵舍，以佇游愒。」東庵，即報寧。有言未必輸摩詰，維摩經第八卷：「如是，諸菩薩各各説已，問文殊師利：『何等是菩薩入不二法門？』文殊曰：『如我意者，於一切法無言無説，無示無識，無諸問答，是爲入不二法門。』於是文殊問維摩詰：『我等各自説已，仁者當説何等是菩薩入不二法門？』時維摩詰默然無言。文殊歎曰：『善哉善哉，乃至無有文字語言，是有〔一〕入不二法門。』」詩意蓋謂有言不必便輸摩詰之一默。無法何曾泥飲光？案：迦葉爲第一祖，嘗於久遠刼中將金詣金師飾佛面，終〔二〕生中天摩竭陀國婆羅門家，名曰迦葉波。此云飲光勝尊，蓋以金色爲號。飲光付阿難偈云：「法法本來法，無法無非法。何於一法中，有法有不法？」第二祖爲阿難。天壤此身知共弊，魯仲連傳：「是業與三王爭流，而名與天壤相弊。」江湖他日要相忘。莊子：「魚相忘於江湖，人相忘於道術。」猶貪半偈歸思索，緣起經：「雪山童子爲半偈而捨身。偈云：『諸法從緣生，緣離法即滅。我師大沙門，常作如

是說。』却恐提桓〔三〕安揣量。提桓，即帝釋也。帝釋與佛地位自遠。

【校記】

〔一〕「有」，宮内廳本、臺北本作「真」。
〔二〕「終」，宮内廳本、臺北本作「後」。
〔三〕「桓」，宋本作「洹」。

次韻吴冲卿聽讀詩義感事韻〔一〕

冲卿詩云：「雪銷鳷鵲御溝融，燕見殊恩綴上公。晝日乍驚三接寵，正風獲聽二南終。解頤共仰天顏喜，墻面裁〔二〕容聖域通。午漏漸長知禹惜，侍臣何術補堯聰？」時脩撰經義所初進二南，有旨資政殿進讀。

周南麟趾聖人風，未有騶虞繫召公。關雎、麟趾之化，王者之風，故繫之周公。鵲巢、騶虞之德，諸侯之風也，先王之所以教，故繫之召公。雅頌兼陳爲四始，是以一國之事，繫一人之本，謂之「風」；言天下之事，形四方之風，謂之「雅」，政有小大，故有「小雅」、「大雅」焉；「頌」者，美盛德之形容。是謂「四始」，詩之至也。故此言二南、國風，通「雅」、「頌」兼陳，爲「四始」也。○又，史記：「關雎爲風始，鹿鳴爲小雅始，文王爲大雅始，清廟爲頌始。」笙歌合奏以三終。鄉飲酒：「間歌三終，合樂三終。」○儀禮燕禮篇：「升歌鹿鳴，下管。新宮，笙入三成。」注：「新宮，小雅逸篇，管之入三成，謂三終也。」討論詔使成書上，休澣恩容著籍通。漢律：「五日一沐。」注：「漢律，吏得五日一下。言休息以洗沐。」著籍，見送西京簽判王著作注。墻面豈能

知奥義，延陵聽賞自爲聰。延陵謂冲卿，用季札觀周樂事。○書：「不學墻面。」○論語：「人而不爲周南、召南，其猶正墻面而立也歟？」

【校記】

〔一〕龍舒本無此詩，僅存吴冲卿原作。宋本、叢刊本題「冲卿」下有「召赴資政殿」五字，末無「韻」字。

〔二〕「裁」，宫内廳本作「才」。

張侍郎示東府新居詩因而和酬二首

熙寧中，創建尚書省於内城之西，特爲宏壯。合屋三千一百餘間，團練使宋用臣董役。初議建省，有司具圖，數不用。神宗自爲圖授之。既成，臨幸，詔輒易一窻一户者，坐違制之罪。又建東、西府，以居宰執，與右掖門相對，每府四位，俗號八位。初成，術者言有天子氣，神宗駕幸以厭之。王荆公謝入府第表云：「親紆衡蓋，周視庭除」，及和此詩「曾留上主經過跡」是也。

得賢方慕〔一〕北山萊，赤白中天二府開。韓詩：「策馬上橋朝日出，樓闕赤白正崔嵬。」○詩：「南山有臺，北山有萊。」箋云：「山之有草木以自覆蓋，成其高大。喻人君有賢臣，以自尊顯。」

功謝蕭規慙漢第，揚子淵騫篇：「或問蕭、曹，曰：『蕭也規，曹也隨。』」○蕭何傳：「何買田地必居窮僻處，爲家不治垣屋。曰：『令後世賢，師吾儉；不賢，毋爲執家所奪。』」○吴曾漫録：「荆公用蕭何事，乃漢嘗賜蕭何等北闕大第。今二府成，乃切題。若以蕭何功第一，則次第之第，非第宅之第也。或又牽彊云：借第以對臺，唐人有此格。此蓋不知漢嘗賜第事，故作此語耳。所恨未知正出處。」○唐李郢奉陪裴相公重陽日游安樂池亭

詩云：「絳霄輕靄翊三臺，嵇阮襟情管樂才。蓮沼昔爲王儉府，菊籬今作孟嘉臺。寧知北闕元勳在，却引東山舊客來。自笑吐茵還酩酊，日斜空從絳衣迴。」鄧於第五句下注云：「漢賜蕭何等北闕大第。」以鄧猶能知之，孰謂荆公捨此而反舉第一之事爲對耶？況荆公上曾魯公詩云：「且開京洛蕭何第，未泛江湖范蠡船。」以此證之，則非用第一之第甚明矣。

恩從隗始託燕臺。李白詩：「燕昭〔二〕延郭隗，遂築黄金臺。」○郭隗謂燕昭曰：「帝者與師處，王者與友處，霸者與臣處，亡國與役處。王誠博選國中之賢而朝其門，天下之士聞王朝其賢臣，必趨於燕矣。」昭王曰：「將誰朝而可？」郭隗曰：「今王誠能致士，先從隗始。隗且見事，況賢於隗者，豈遠千里哉？」於是昭王爲隗築宮而師之。樂毅自魏往，鄒衍自齊往，劇辛自趙往。○西清詩話云：「熙寧初，張掞以二府初成，作詩賀荆公，公和之，以示陸農師，曰：『蕭規曹隨，高帝論功，皆摭故實。而請從隗始，初無恩字。』公笑曰：『子善問也。韓退之鬬雞聯句：感恩從始隗。若無據，豈當對功字也？』」○杜牧詩：「禮數全優知隗始，討論常見念回愚。」○復齋漫録云：「前輩以荆公詩『燕臺』爲失，蓋史記云：『爲隗改築宮而師事之。』然太白詩云：『何人爲築黄金臺。』則承襲之誤，其來久矣。」

曾留上主經過跡，更費高人賦詠才。自古落成須善頌，左昭公七年：「楚子成章華之臺，願與諸侯落之。」○檀弓下：「晉獻文子成室，晉大夫發焉，張老曰：『美哉輪焉！美哉奐焉！』云云。君子謂之善頌善禱。」

掃除東閤待〔三〕公來。「公孫弘起徒步，數年至宰相，封侯。於是起客館，開東閤，以延賢人，與參謀議。」師古曰：「閤者，小門也，東鄉開之，當庭門而引賓客，以別於椽史官屬也。」

【校記】

〔一〕「慕」，宮内廳本作「詠」。

〔二〕「燕昭」，原作「燕趙」，宋蜀刻本李太白文集亦作「燕趙」，據全唐詩李白古風改。

〔三〕「待」，龍舒本作「望」。

其二

榮觀流傳動草萊，中官賜設上尊開。唐元稹有謝賜設狀：「推食之賜，用勸勳勞；置醴之恩，以待賢彦。」○禮記：「黄目，鬱氣之上尊也。」又，漢平當傳：「賜上尊酒。」如淳曰：「律：『稻米一㪷，得酒一㪷，爲上尊；稷米一㪷，得酒一㪷，爲中尊；粟米一㪷，得酒一㪷，爲下尊。』」師古曰：「酒自有澆醇之異，爲上、中、下耳。」○晉書羊曼傳：「時朝士拜官，相飾供饍。羊曼拜丹陽[一]，客來早者得佳設，日晏則漸罄，不復精，隨客早晚，不問貴賤。」鼓歌窅窱聽疑夢，肴果聯翩愧有臺。靈光賦：「洞房叫窱而幽邃。」注：「叫窱，遠也。」○孟子：「自是臺無餽也。」斧藻故應宜舊德，棟樑非復稱凡材。「三公之服，有斧藻。」益稷第五：「予欲觀古人之象，日、月、星辰、山、龍、華蟲作繪，宗彝、藻、火、粉米、黼、黻絺繡。」注：「黼，若斧形。藻，艸有文者。諸侯自龍衮而下至黼黻，士服藻火，大夫粉米，上得兼下，下不得兼上。」此言「舊德」，與服相對也。「凡才」，公自喻，言不稱棟樑之用。虚堂欲踵曹參事，試問齊人或肯來。曹參爲齊相，避正堂，舍蓋公。蓋公，齊人。虚，猶言避也。○韓集：「空大亭以見處。」○國朝未建東、西府前，執政皆僦宅以居。有功並眷厚者，皆賜官宅。熙寧中，因一日急速文字不時進入，詰之，乃以執政居第散處四隅，轉達稽留。神宗始有意建東、西府，遣中官度闕前舊八作司地爲之。既成，車駕因過周示，命刻擇官選時日，宣執政遷入，借官車輦，仍賜御筵。致仕張侍郎掞，有賀兩府入東西府詩曰：「五仙同日集蓬萊，玉宇珠簾次第開。乍向壺中窺日月，猶疑海上見樓臺。光生金鉉調元地，榮極瓊樞命世才。共荷聖賢天地寵，定知霖雨及時來。」掞亦公所厚，故和其詩。○東、西府，凡八位，其制度高下、大小、間架皆一。其後所居，或東或西，先拜者先占，不分官序也。初入，借官車般，遂爲定制，下府司差。自建二府，終神廟朝，執政無賜第者。

【校記】

〔一〕「陽」，原本、臺北本作「楊」，據晉書卷四十九羊曼傳改。

上元從駕至集禧觀次冲卿韻〔一〕

介甫仁宗時以工部郎中知制誥，嘉祐七年也。次年，仁宗升遐。作此詩，已拜相。冲卿時爲樞密使。

昭陵持橐從游人，更見熙寧第四春。持橐，見趙充國傳。寶構中開移玉座，杜詩：「苔移玉坐春。」華燈錯出映朱塵〔二〕。一作「映垂紳」。○招魂：「經堂入奧，朱塵筵些。」注：「承塵也。」「蘭膏明燭，華燈錯些。」樓前時看新歌舞，仗外還如舊徼巡。漢百官表：「中尉，秦官，掌徼巡京師。」師古注：「徼，繞也。」○趙王彭祖傳：「常夜從走卒行徼。」謂巡察。投老逢時追往事，却含愁思度天津。劉禹錫酬牛相公詩：「追思往事咨嗟久，喜奉清光笑語頻。」

【校記】

〔一〕龍舒本題作「上元從駕集禧觀」。宋本、叢刊本題作「次韻冲卿上元從駕至集禧觀偶成」。

〔二〕「朱塵」，龍舒本作「垂紳」。

次韻陪駕觀燈

繡筤含風下玉除，沈存中筆談云：「正衙法座，香木爲之，加金飾。四足墮角，其前小偃，織藤冒之。每車駕出幸，則使老内臣馬上抱之，謂之『駕頭』；輦後曲蓋謂之『筤』，兩扇夾之，通謂之『扇筤』，皆遍繡。亦有銷金者，即古之華蓋。」宮商挾奏斐然殊。前漢禮樂志樂歌：「九歌畢奏斐然殊，鳴琴竽瑟會軒朱。」福祥周室流爲火，史記周紀：「武王渡河，中流，白魚躍入王舟中，武王俯取以祭。既渡，有火自上復於下，至於王屋，流爲烏，其色赤，其聲魄云。」恩澤堯樽散在衢。杜審言詩：「堯樽隨步輦，舜樂繞行麾。」○杜詩：「衢尊不重飲。」○淮南子：「道出一原，通九門，散六衢。」注：「布散於六合之衢也。」○孔叢子：「平原君謂孔子高曰：『堯舜千鍾，孔子百觚。』」孔融遺曹操書：「堯不千鍾，無以建太平。」○王摩詰詩：「陌〔二〕上堯樽傾北斗。」又，程行諶詩：「堯罇承帝澤。」伏枕但能知廣樂，揮毫何以報明珠？鈞天廣樂，用趙簡子疾，七日不知人事。○杜詩：「詩成珠玉在揮毫。」願留巾篋歸田日，追詠公歡每自娱。李令伯詩：「官無中人，不如歸田。」○韋應物文：「江行滿篋詩。」○歐陽永叔内制集序：「嗚乎！予且老矣，方買田淮潁之間。若夫涼竹簟之暑風，曝茅簷之冬日，睡餘支枕，念昔平生仕宦出處，顧瞻玉堂，如在天上。因覽遺文，見其所載職官名士，以較其人盛衰先後，孰在孰亡，足以知榮寵爲虛名，而資笑談之一噱也。」

補注　自娱　劉辟彊傳：「清净寡欲，常以書自娱。」〔二〕

【校記】

〔一〕「陌」，原作「百」，據宋蜀刻本王摩詰詩集大同殿生玉芝龍池上有慶雲百官共覩聖恩便賜宴樂敢書即事、臺北本改。

〔二〕本注原闌入題下，無「補注」二字。

和蔡樞密南都種山藥法〔一〕

蔡詩并序云：「蒙見索南都種山藥法，並以生頭百〔二〕十莖送上，因成小詩：青青正是中分天，區種何妨試玉延。即見引須緣夏木，定知如蹠薦冬筵。（注：「俗傳種時以足按之，即如人足。」）潤還御水冰霜結，蔭近堯雲雨露偏。自裹自題還自愧，揠苗應笑宋人然。」

區種抛來六七年，後漢劉般傳：「顯宗時，以郡國牛疫，通使區種增耕。」注引氾勝之書曰：「上農區田法，方深各六寸，間去七寸，一畝三千七百區，丁男女種十畝，至秋收區三升粟，畝得百斛。中農、下農區田各有法。」又嵇叔夜養生論亦有「區種」字。春風條蔓想宛延。本草云：「薯蕷，處處有之。春生苗，蔓延離披，秦、楚謂之『玉延』。」難追老圃莓苔徑，徐知證東林聯句：「嵐蒸山徑緑苔封。」○杜詩：「苔逕臨江竹。」空對珍盤玳瑁筵。李白秋太原南栅餞別序：「幸叨玳瑁之筵，敢竭麒麟之筆。」又，元微之詩：「水精簾外教貴嬪，玳瑁筵心伴中要。」公此詩八句，而六句懷故園，所謂「其於仕也，有去志而無留心者耶？」嘉種忽傳河右壤，詩生民：「誕降嘉種，維秬維秠。」蔡挺嘗爲平涼，此言河右，必平涼種。靈苗更長闕西偏。隱十一年：「公孫獲處許西偏。」故畦穿斸知何日？南望鍾山一慨然。

補注 靈苗　范文正公詩：「滿山芝草長靈苗。」〔三〕

【校記】

〔一〕宋本、叢刊本題「和」上有「次韻奉」三字，「都」作「京」。

〔二〕「百」，宋本、叢刊本作「數」。

〔三〕本注原闌入詩末，無「補注」二字。

和蔡副樞賀平戎慶捷

城郭名王據兩垂〔一〕，軍前一日送降旗。漢西域傳：「有城郭諸國。」名王，謂貴種也。○杜欽傳：「三垂蠻夷，無逆理之節。」注：「三垂，謂東、南、西也。」○蜀花蘂夫人詩：「君王城上豎降旗。」羌兵自此無傳箭，五代霍彦威遣使獻兩箭。唐明宗賜兩箭以報之。夷狄之法，起兵令衆，以傳箭爲號令。○杜詩：「青海無傳箭。」唐劉黑闥爲突厥所窘，自以大箭射却之。突厥得箭，傳觀，以爲神。漢甲如今不解纍。齊國語：「諸侯甲不解纍，兵不解翳，弢無弓，服無矢，隱武事，行文道。」注：「纍，所以即甲也。」○李廣傳：「禹從落〔二〕中以劍斫絶纍。」○師古曰：「纍，索也。」幕府上功聯舊伐〔三〕，馮唐傳：「魏尚上功，幕府一言不相應，文吏以法繩之。」○李廣傳：「莫府省文書。」○師古曰：「莫府者，以軍幕爲義。古字通，單用耳。軍旅無常居止，故以帳幕言之。」廉頗、李牧軍市租皆入幕府，此則非因衛青始有其號。○聯舊伐，必指蔡在慶、渭時事。○莊公二十八年：晉二五言於獻公曰：「若使太子主曲沃，重耳、夷吾主蒲與屈，則可以威民而懼戎，且旌君伐。」杜注：「伐，功也。」朝廷稱慶具

新儀。國〔四〕家道泰西戎喙，綿詩：「混夷駾矣，維其喙矣。」注：「駾，突也；喙，困也。」還見詩人詠串夷。皇矣詩：「帝遷明德，串夷載路。」

補注 兩垂 黃歇傳：「今大國之地偏天下，有其二垂。此從生民以來，萬乘之地未嘗有也。」〔五〕

【校記】

〔一〕「垂」，龍舒本、宋本、叢刊本作「陲」。

〔二〕「落」，原本、臺北本作「洛」，據漢書李廣傳改。

〔三〕「伐」，宋本、叢刊本作「代」。

〔四〕「國」，宋本、叢刊本作「周」。

〔五〕本注原闌入詩注末，無「補注」二字。

和蔡樞密孟夏旦日西府書事

蔡挺熙寧五年自渭州召拜樞密副使。熙寧六年，有司言日食。四月朔，上爲徹膳避殿。一夕微雨。明日，不見日食，百官入賀。是日有皇子之慶。蔡詩云：「昨夜薰風入舜韶，君王未御正衙朝。陽輝已得前星助，陰沴潛隨夜雨消。」介父所和，即此詩。

宮闕初晴氣象饒，韓詩城南聯句：「隱伏饒氣象。」○杜牧詩：「晴日登攀好，危樓物象饒。」寶車攢轂會東朝。重輪慶自離明發，易離卦：「重明以麗乎正。」○漢明爲太子，樂工作歌四章，曰日重光、星重輝、海重潤、月重輪。內壤陰隨解澤銷〔二〕。隱公二年：「日有食之。」穀梁曰：「吐者外壤，入者內壤。」○易：「雷雨作解。」賜

篚外廷紛錦繡，燕庖中禁續薪樵。取繼粟之意。聯翩入賀知君意，咫尺威顔不隔霄。僖公九年：「天威不違顔咫尺。」○顧況詩：「我欲昇天天隔霄，我思渡水水無橋。」

【校記】

〔一〕「銷」，宋本、叢刊本作「消」。

和吴相公東府偶成 吴時爲樞密使。

承華往歲幸躊躇，承華，太子宫門名。風月清談接緒餘。徐勉爲吏書，與門人夜集。虞暠求詹事五官，勉正色曰：「今夕止可談風月，不可談及公事。」並轡趍朝今已老，連墻得屋喜如初。韓詩：「賃屋住連墻，往來欣莫問。」誅茅我夢江臯地，江臯，謂江寧之居。公方葺園屋於鍾山下。澆薤公思洛水渠。于鵠題鄰居：「澆薤憶同渠。」○溝洫志：「嚴熊言：『臨晉民願穿洛，以溉重泉以東萬餘頃故惡地，誠即得水，可令畝十石。』於是爲發卒萬人穿渠，自徵引洛水至商顔下。」師古曰：「臨晉、重泉，皆馮翊之縣。洛，即漆沮水。徵，亦在馮翊。」○冲卿，建州人，此稱洛水，未詳。然冲卿之兄育自閩徙新鄭，此或指入汴之洛也。元豐二年夏，命宋用臣導洛通汴，以代河渠，謂之清汴。斂退故應容拙者，先營環堵祭牢蔬。儒行篇：「環堵之室。」○韓詩：「斂退就新儒，趨榮悼前〔二〕猛。」○「中堂高且新，四時登牢蔬。」

【校記】

〔一〕「榮」，宋蜀刻本昌黎先生文集秋懷詩十一首其五、臺北本作「營」。「前」字原脱，據韓愈秋懷詩十一首其五及宫内廳本、臺北本補。

次韻元厚之平戎慶捷

公自注云：「來詩有『何人更得通天帶，謀合君心只晉公』之語。」〔一〕

朝廷今日四夷功，先以招懷後殪戎。書康誥：「天乃大命文王殪戎殷，誕受厥命。」注：「天美文王，乃大命之殺殷兵。」○左氏：「招携以禮，懷遠以德。」胡地馬牛歸隴底，漢匈奴傳：「胡居北邊，隨水草畜牧而轉移。其畜之所多則馬牛羊。」○地理志：「隴西郡。」應劭曰：「隴坻在其西。」師古曰：「隴坻，謂隴阪，今之隴山。坻，音丁計反，又音底。」漢人煙火起湟中。評曰：好氣象，尤可想其胷中。○湟，水名，在鄯州。段熲擊當煎羌於湟中，大破之。○唐陳黯代河湟父老奏：「臣等故居河湟間，世相爲訓，到今尚傳留漢之冠裳，每歲時祭饗，則必服之，示不忘漢儀，亦猶越翼胡蹄，有巢嘶之異。」又唐人河湟詩：「牧羊驅馬雖戎服，白髮丹心盡漢臣。」公所指漢人謂此也。其後復鄯、鄯，皆公之意。此詩已先見之。投戈更講諸儒藝，漢光武贊：「投戈講藝，息馬論道。」免胄争趨上將風。成公十六年：「郤至三遇楚子之卒，見楚子必下，免胄而趨風。」注：「言疾如風。」今言「趨上將風」，則不用注義。文武佐時慚吉甫，宣王征伐自膚公。此句歸美神廟。六月詩：「薄伐玁狁，以奏膚公。」注：「奏，薦；膚，大；公，功也。」又：「文武吉甫，萬邦爲憲。」

補注 上將風 司空曙詩：「翩翩上將獨趨風。」〔二〕

【校記】

〔一〕龍舒本、宋本、叢刊本無「公自注云」四字。宮内廳本評曰：「自注元詩，可見其喜書生與兵事類爾。」

〔二〕本注原闌入題注下，無「補注」二字。

謁曾魯公〔一〕

曾公亮，嘉祐元年冬，自翰苑拜參知政事，又更英宗、神宗兩朝爲相，故詩云「翊戴三朝」。又，熙寧三年加侍中，故云「冕有蟬」。曾既致仕，上遣使存問無虚月。每歲首，執政就第，置酒賦詩，以爲故事。此詩云即席賦，必就第置酒時也。曾之子孝寬已爲簽樞，故用韋賢事。曾時年八十，故云「鄰吕尚」。方公得政，曾實陰爲之助，上以此益尊任公，故公深德曾，特推尊之，而沮抑韓公等。

翊戴三朝冕有蟬，歸榮今作地行仙。楞嚴經：「仙人有八種，一服餌堅固地行仙、塗藥飛行仙、金石游行仙、動止堅固通行仙、呪禁道行仙、思念照行仙、交通行仙、變化絶行仙，此皆有神通。」且開京洛〔二〕蕭何第，曾京師有賜第。蕭何第，見和張侍郎示東府新居注。未泛〔三〕江湖范蠡船。史記：「范蠡既雪會稽之恥，乃乘扁舟浮於江湖，變名易姓，適齊爲鴟夷子皮，之陶爲朱公。」老景已隣周吕尚，吕尚，周太公望。慶門方似漢韋賢。韋元成，賢之子，父子仍世爲宰相。一觴豈足爲公壽，願賦長鯨吸百川。評曰：終無佳語。○杜詩：「飲如長鯨吸百川。」

【校記】

〔一〕龍舒本、宋本、叢刊本題下有注：「即赴會時。」

〔二〕「洛」，宋本、叢刊本作「闕」，注曰：「一作『洛』。」

〔三〕「泛」，宋本、叢刊本作「放」。

駕自啓聖還内〔一〕

衣冠原廟漢家儀，羽衛親來此一時。叔孫通傳：「願陛下爲原廟渭北〔二〕，衣冠月出游之，益廣宗廟，大孝之本。」師古曰：「原，重也，先已有廟，今更立之，故曰重也。」○孟子：「彼一時，此一時也。」天子當懷霜露感，評曰：語朴厚。○禮記祭義：「秋，霜露既降，君子履之，必有悽愴之心，非其寒之謂也。春，雨露既濡，君子履之，必有怵惕之心，如將見之。」注：「謂悽愴及怵惕皆爲感時念親。」都人亦歎皷簫悲。皷簫之聲悲，亦言其異於平日耳。○王維詩：「簫皷悲何已。」紛紛瑞氣隨雲漢，漠漠榮光上日旗。江文通上建平王景素書曰：「方今聖曆欽明，天下樂業，青雲浮洛，榮光塞河。」李善注曰：「尚書中候曰：『成王觀於洛河，沈璧禮畢，王退俟，至於日昧，榮光並出幕河。』」○杜審言詩：「榮光晴掩代，佳氣晚侵燕。」○周禮：「司常掌九旗之物名，日月爲常。」釋名曰：「畫日月於旗端，天子所建。」○左傳：「三辰旂旗。」注云：「日、月、星也。」穆天子傳：「日月之旗，七星之文。」塵土未驚閶闔閉，綠槐空覆影參差。王維登樓歌：「俯十二兮通衢，綠槐參差兮車馬。」

【校記】

〔一〕「内」字原脱，據目録及諸本補。

〔二〕「北」，原作「上」，據漢書叔孫通傳及宫内廳本、臺北本改。

集禧觀池上詠野鵝 野鵝，疑鴈類也。

池上野鵝無數好，晴天鏡裏雪毰毸。張文昌詩：「曲沼春流滿，新蒲映野鵝。」○類篇云：「毰毸，鳥羽張皃。」似憐暄暖鳴相逐，疑戀寛閑去却回。韓文：「猶將耕於寛閑之野。」京洛塵沙工點汙，陸士衡詩：「京洛多風塵。」○杜詩：「銜泥點汙琴書内。」江湖矰弋飽驚猜。李白詩：「長逢矰繳驚相呼。」羽毛的的人難近，小杜詩：「君意如鴻高的的。」○唐戴叔倫詩：「鄉人欲去盡，北鴈又南飛。京洛風塵久，江湖音信稀。」嗟此謀身或有才。

和〔二〕東廳韓子華侍郎齋居晚興

齋禁雖嚴異太常，後漢周澤傳：「澤爲太常，清潔循行，盡敬宗廟。嘗卧齋宫，其妻哀澤老病，闚問所苦。澤大怒，以妻干犯齋禁，遂收送詔獄請罪。時人爲之語曰：『生世不諧，作太常妻。一歲三百六十

日，三百五十九日齋，一日不齋醉如泥。』」蕭然高詠〔二〕意何長。煙含欲暝宮庭紫，張平子西京賦：「正紫宮於未央。」○西京雜記：「成帝設雲帳、雲幄、雲幕於甘泉紫殿。」○杜牧之詩：「祥雲輝映漢宮紫。」○王勃記：「煙光凝而暮山紫。」亦疑曛暮，則宮殿之氣，仰看如紫。日映新秋省闥黃。後漢輿服志曰：「黃闥，天子門，中官主之。以黃塗門，如青瑣之用青也。」壯節易摧行踽踽，謂壯節消輭，不免同乎流俗。踽踽，凉凉，如鄉原之類。然公豈真爾哉？華年相背去堂堂。唐人詩：「青春背我堂堂去〔三〕。」○李義山詩：「一弦一柱思華年。」追攀坐歎風塵隔，空聽鈞天夢帝鄉。鈞天事，見次韻酬宋玘注。

【校記】

〔一〕「和」，宋本、叢刊本作「次韻」。龍舒本題無「東廳」和「侍郎」四字。

〔二〕「詠」，宋本、叢刊本作「卧」。

〔三〕「去」，原作「云」，據宮内廳本、臺北本改。

酬和父祥源觀醮罷見寄 和父集無此詩。

竊禄祠官久見容，每持金石薦宸衷。鈞天忽忽清都夢，方丈寥寥弱水風。列子穆王篇：「王以爲清都紫微、鈞天廣樂，帝之所居。」○蓬萊隔弱水三萬里，非禹貢弱水也。○十洲三島記云：「方丈洲在東海中，東西南北，其岸正等。方丈面闊五千里，上專是羣龍所聚者，金玉琉璃之宮，三天司命所治之處。羣仙不欲升天者，往來此洲，受太上玄天籙。仙家數

十萬，瓊田芝草，課計頃畝，如種稻狀。亦有石泉，上有九天原丈人宫，主領天下水神及陰精水獸之輩。」知結勝緣人意外，想尋陳跡馬蹄中。新詩起我超然興，更感鍾山蕙帳空。子曰：「起予者，商也。始可與言詩已。」

和御製賞花釣魚詩二首〔一〕

國史：「賜宴在嘉祐六年三月。御製詩云：『晴旭暉暉苑籞開，氤氳花氣好風來。游絲罥絮縈行仗，墮蘂飄香入酒杯。魚躍文波時撥剌，鶯留深樹久徘徊。青春朝野方無事，故許觀游近侍陪。』」按：韓忠獻公集有和御製詩，序引云：「奉聖旨次韻。」故介甫詩云「恩許賡歌」，蓋紀實也。韓詩云：「花簇香亭萬朵開，珊輿高自九關來。輕陰閣雨留天仗，寒色留春送壽杯。仙吹徹雲終縹緲，恩魚逢餌幾徘徊。曾參二十年前會，今備台司得再陪。」公既進詩，或言於上曰：「琦譏切陛下。」上愕然問之，對曰：「琦二十年而得一再侍宴，此正譏陛下飲宴無度也。」上大笑。時鄭獬詩亦佳：「輦路鮮雲五色開，一聲清蹕下天來。水光翠繞九重殿，花氣醲熏萬壽杯。繡幕煙深紅會合，文竿風引綠低徊。蓬山絶景無人到，詔許羣仙盡日陪。」

其一

蔭幄晴雲拂曉開，傳呼仙仗九天來。太玄經曰：「九天者，一爲中天，二爲羨天，三爲順天，四爲更天，五爲睟天，六爲廓天，七爲咸天，八爲沉天，九爲成天。」廣雅及呂氏

春秋各有九天，與此不同。〇杜詩：「仙仗離丹極。」

披香殿上留朱輦，披香，見暮春注。**太液池邊送玉杯。**評曰：死語。〇漢志：「建章北有大池，名曰太液。」昭帝紀「黃鵠下建章太液池」是也。〇西清詩話云：「仁廟嘉祐中開賞花釣魚燕，介甫以知制誥預末坐。帝出詩，羣臣次第屬和，傳至介甫，日將夕矣。亟欲奏御，得『披香殿』字，未有對。時鄭毅夫獬接席，顧介甫曰：『宜對太液池。』翌日，都下盛傳王舍人竊柳詞『太液波翻，披香簾捲』，介甫頗銜之。」〇復齋漫録云：「余讀唐上官儀初春詩：『步輦出披香，清歌臨太液。』乃知荆公取儀詩，豈謂柳詞耶？」庾信春詩：「宜春苑中春已歸，披香殿裏作春衣。」長安有宜春宮，此又以宜春對披香矣。**宿蘂暖含風浩蕩，**李白詩：「繡户香風煖。」**戲鱗清映日徘徊。**杜詩：「魚跳日映山。」〇蘇魏公語録云：「仁宗賞花釣魚宴，賜詩執政諸公，洎禁從、館閣皆屬和。而『徘徊』二字無他義，諸公進和篇皆押『徘徊』。再坐教坊雜戲，爲數人尋訪稅第，至一宅，入觀之，至前堂之後問所以，曰『徘徊』也。又至後堂東西序，亦問之，皆曰『徘徊』也。一人笑曰：『可則可矣，徘徊太多。』」**宸章獨與春爭麗，恩許賡歌豈易陪。**書益稷：「乃賡載歌。」

【校記】

〔一〕龍舒本、宋本、叢刊本題末無「詩二首」三字。龍舒本僅第一首。

其二

靄靄祥雲輦路晴，傳呼萬歲雜春聲。漢武紀：「元封元年，詔曰：『朕親登嵩高，御史乘屬在廟旁，吏卒咸聞呼萬歲者三。』」〇王建宮詞：「日高殿裏有香煙，萬歲聲來動

九天。」蔽虧玉仗宮花密，温飛卿詩：「雞鳴人草草，香輦出宮花。」映燭金溝御水清。後漢宦者傳云：「盜取御水，以作魚釣。」注：「水入宮苑爲御水。」王建宮詞：「御波水色春來好，處處分流白玉渠。」〇杜牧之亦以「宮花」對「御水」，見下注。珠蘂受風天下暖，杜詩：「吹面受和風。」〇易：「天下有山，遯。」錦鱗吹浪日邊明。杜詩：「魚吹細浪摇歌扇。」從容樂飲真榮遇，願賦嘉魚頌太平。詩小雅南有嘉魚，樂與賢也。太平之君子至誠，樂與賢者共之也。

補注

次韻無厚之平戎慶捷〔一〕

湟中　大觀上元御製：「午夜笙歌連海嶠，春風燈火過湟中。」可謂極盛矣。未幾而裔夷之變作。

和蔡樞密南都種山藥法〔二〕

區種　段灼訟鄧艾之冤曰：「是歲少雨，又是區種之法，手執耒耜。」

補注

種山藥〔三〕

玳瑁筵　白詩：「玳瑁筵中懷裏醉。」

和蔡樞密孟夏旦日書事

王鞏云：「是日日光稍澹，非不見也。」按：嘉祐五年，當日食而不食，温公以問劉羲叟，羲叟曰：「入食限而不深，辰巳之間，光采微虧而已，是薄也，非食也。」竊疑此日亦薄而非食爾。

次韻元厚之平戎

唐憲宗嘗云：「今兩河數十州，皆國家政令所不及，河湟數千里，淪於左衽。朕日夜思雪祖宗之恥，而財力不贍。」

【校記】

〔一〕題原闕，據注文補。

〔二〕題原闕，據注文補。

〔三〕題全作「和蔡樞密南都種山藥法」。

庚寅增注第二十八卷

次韻吴冲卿〔一〕

周南召南　周南、召南，樂名也。詩鼓鍾「以雅以南」是也。關雎、鵲巢，二南之詩而已，有樂有舞焉。學者之事，其始也學周南、召南，末至於舞大夏、大武。所謂爲周南、召南者，不獨誦其詩而已。

和張侍郎新居詩〔二〕

上主經過跡　神宗恭謝萬壽觀，回幸尚書省，故云「經過」也。駐輦令廳，上顧執政曰：「新省宏壯，甚與官制相稱。」王珪等對：「規摹制作，皆出聖謨。」次至僕射廳，上又曰：「新省制作，非苟而已。卿等宜率勵官屬，勉脩職事。」既又召尚書侍郎以下，隨其曹，問以所掌職事甚悉，因戒勅曰：「朕所以待遇，責任非輕，宜各思自勉，盡心職事。」

其二

賜設　沈括筆談：「京師百官上日，『惟翰林學士敕設用樂，它雖宰相亦無此禮。』優伶並開封府點集。」據括所稱，宰相敕設亦不用樂。下云「皷歌」，可見其爲殊禮也。

上元次冲卿韻〔三〕

徼巡　杜牧詩：「徼巡司隸很如羊。」

次韻元厚之〔四〕

四夷功　左氏：「諸侯有四夷之功。」

殪戎　隱九年：「北戎侵鄭，祝聃逐之，衷戎師，前後擊之，盡殪，戎師大奔。」

詠野鵝〔五〕

的的　唐杜羔妻詩：「良人的的有奇材。」見廣記。

和韓子華晚興

踽踽　詩：「獨行踽踽。」獨行，無徒也。

和御制賞花釣魚詩　賞花釣魚事，唐已有之，故王建宫詞：「遥索劒南新漾錦，東宫先釣得魚多。」　太液池　北治漸臺，高二十餘丈，名曰泰液池。

【校記】

〔一〕題全作「次韻吴冲卿聽讀詩義感事韻」。

〔二〕題應爲「張侍郎示東府新居詩因而和酬二首」。

〔三〕題全作「上元從駕至集禧觀次冲卿韻」。

〔四〕題全作「次韻元厚之平戎慶捷」。

〔五〕題全作「集禧觀池上詠野鵝」。

王荆文公詩卷第二十九

律詩

和〔一〕楊樂道韻六首

嘉祐六年，御試進士、明經諸科舉人：王者通天地人賦、天德清明詩、水幾於道論。特奏名試：作樂薦上帝詩、謹用五事以明天道論。點檢官孫洙、王廣淵，初考經學官王惟熙、祝諮、夏漳，覆考經學官王彭、張兑、朱從道，詳定官賈壽、吴中復，封彌官傅求、王陶，點檢官孫坦、鄭穆，進士初考官沈遘、司馬光、裴煜、陸經，進士覆考官祖無擇、鄭獬、李綖、王瓘，詳定楊畋、何郯、王安石，對讀胡稷臣、傅堯俞、蘇衮、宋迪、張次立、周孟陽，編排趙抃、賈黯、范師道。介甫以初、覆考所定第一人皆未允當，欲於行間别取一人爲狀首。樂道守舊法，以爲不可。或解之曰：「謡言王俊民作榜首久矣，可無争也。」及拆號，果然。按：趙閲道手記：「二月二十六日辛巳，宣赴崇政殿後水閣，充編排官。二十七日，御殿引試，駕幸後苑，往來迎駕。二十八日、三月一日，駕兩幸考較〔二〕所。二日至五日，駕四幸覆考所。六日、七日，駕兩幸詳定所。八日，駕幸編排所。九日，奏乞送焆號卷重詳定。十日癸巳，放進士一百八十三人、諸科一百二人、特奏名四十三人。日賜酒食、果子，惟

二十六日、三月六日兩日無暘。二十九日，陰，旬休。月一日，微寒，風。四日，微雨，春寒。五日、六日，陰，寒。九日，清明，雨。餘日皆晴。」今公所次樂道韻六首，皆紀當時事。所謂「熠字號卷」，即是所爭狀首也。或云公「花底裌衣朝宿衛」詩，亦此時所賦，當考。○國朝御試，因舉人徐士廉訴知舉李昉取捨不當，開寶六年，藝祖始親覆試於殿庭。時所御殿多在講武。雍熙二年，始移御崇政，考官幕次則分處殿之東西閣及後廡。大中祥符元年，史官書：「帝徧至幕次，諭李宗諤等各務精詳，勿遺賢俊。」四年，又書：「帝徧至考官幕次。」天禧三年，又書：「帝幸考校官幕次，出七言詩賜晁迥等。」至於仁宗，恪守孫謀。觀閱道所記，則又加詳焉。祖宗留意科選，德意深矣，信非前代所及也。○詩中事略見於趙記，故附此。

其一〔三〕後殿朝次偶題

百年文物士優游，萬國今方似綴旒。長發詩：「受小球大球，爲下國綴旒。」注：「結定其心，如旌旗之旒縿著焉。」發策東堂招雋乂，晉郤詵試東堂得第，自言「猶桂林一枝」。晉之正殿也。○丹陽記云：「東堂、西堂，亦魏制，周之小寢也。郤詵迁雍州刺史，武帝於東堂會送。」可見東堂乃臨幸延見臣下之處。○杜集哀蘇源明詩：回輿北苑罷倡優。「射君東堂策，宗匠集精選。」又：「北部初高選，東堂早見招。」○東方朔傳云：「願陛下從中掖庭回輿，枉路臨妾山林。」忽隨諸彥登龍尾，樂天詩：「螭頭階下立，龍尾道前行。」又，安祿山傳：「祿山計天下可取，逆謀日熾。每過朝堂龍尾道，南北睥睨，久乃去。」又：「含元殿側龍尾道，自平階至地，凡詰曲七轉，由丹鳳門北望，宛如龍尾下垂於地。」尚憶當年應鵠頭。〔四〕幽明錄曰：「王文度鎮廣陵，忽見二騶持鵠頭板來

召之。王大驚，問騶：『我作何官？』云：『尊作平北將軍，徐、兖二州刺史。』王曰：『我已作此官，何故復召耶？』鬼云：『此人間耳，今所作乃天上官也。』」○桂陽先賢畫讚曰：「胡滕部南陽從事，遇大駕南巡，求索揔猥，滕表曰：『天子無外，乘輿所幸，即爲京師。臣請荆州刺史比司隸，臣比都官從事。』帝奇其才，悉許之。大將軍西曹椽亡馬，召滕，因作都官鵠頭板召，百官敬服。」○法書苑云：「鶴頭、蚊脚，皆漢詔版所用，各象形。」通典云：「陳依梁制，凡補用，以黄帋録名，八坐通署。奏可，乃出以付於典名。典名書其名，帖鵠〔五〕頭版，送所授之家。」鵠，與鶴通。獨望清光無補報，更慙虚食太官羞。晁錯傳：「羣臣不足望陛下之清光。」○百官表：「太官，屬少府，主膳食。」

【校記】

〔一〕「和」，宋本、叢刊本作「次」。

〔二〕「較」，宮内廳本作「校」。

〔三〕龍舒本、宋本、叢刊本、臺北本目録及本書原目録均無「其一」至「其六」字，而徑以「後殿朝次偶題」等爲題。又，「後殿朝次偶題」等原均作小字，現從目録改同題。龍舒本無總題和楊樂道韻六首，卷七十五後殿朝次偶題題注：「後殿試進士詳定幕次次韻和楊樂道舍人」。

〔四〕宮内廳本評曰：「公用『鵠』字，只是白袍耳。」

〔五〕「鵠」，宮内廳本、臺北本作「鶴」。

其二　御溝

渺渺金河漲欲平，九域志：「汴京祥符縣有金水河。」數支分緑〔一〕報清明。常縈輦路漂花去，歐公詩：「溝上水聲來不斷，花

隨水去不回流。」更引流盃送酒行。蘭亭記：「引以爲流觴曲水，列坐其次。」靜見金輿穿樹影，李義山笻竹杖詩：「靜憐穿樹遠。」清含玉漏過墻聲。唐人詩：「綵毫應染爐煙細，清珮仍含玉漏垂。」又，王建詩：「宮中笑語隔墻聞。」衰顔一照自多感，回首江南春水生。孫權遺曹操書曰：「春水方生，公宜速去。」

【校記】

〔一〕「緑」，龍舒本作「渌」。

其三　幕次憶漢上舊居〔一〕○按：楊畋，麟州新秦人，後因仕東南，必有居在漢上，非公自憶也。

漢水泱泱繞鳳林，詩小雅瞻彼洛矣：「維水泱泱。」注：「泱泱，深廣貌。」襄州有望楚山，宋孝武爲刺史，龍飛時，人改山名爲鳳嶺，疑此即鳳林。○九域志：「襄陽有鳳林鎮。」○耆舊傳：「樊澤於鳳林山，自撰文刻石，封孟浩然墓。」○朱朴議迁都：「夫襄、鄧之西，夷漫數百里。其東，漢輿、鳳林爲之關。南，菊潭環曲，而流屬於漢。」峴山南路白雲深。如何憂國忘家日，尚有求田問舍心。直以文章供潤色，柳詩：「直以疏慵招物議。」○語：「東里子産潤色之。」未應風月負登臨。宋玉九辨：「登山臨水兮送將歸。」超然便欲遺榮去，却恐元龍會見侵。康樂詩：「彭薛裁知恥，貢公未遺榮。」元龍，陳登名也。終上句求田問舍之意。

【校記】

〔一〕龍舒本卷六十八本詩題注：「和楊樂道詳定。」

其四　後苑詳定書懷〔一〕

文墨由來妙禁中，家傳豈獨賦河東。杜詩：「揚雄更有河東賦，唯待吹噓送上天。」事見本傳。平生聽想風〔二〕聲早，數日追隨笑語同。御水新如鴨頭緑，宮花更有鶴翎紅。御水，見前四篇注。白詩：「鴨頭新緑水，鴈齒小紅橋。」○杜牧詩：「御水初消凍，宮花尚怯寒。」○歐陽公牡丹記花名有「鶴翎紅」。看花弄水聊爲樂，不晚朝廷相弱翁。丙吉予魏相書曰：「朝廷已深知弱翁治行，方且大用矣。」

【校記】

〔一〕龍舒本卷七十四題作「次韻樂道詳定後苑書懷」。

〔二〕「風」，宮内廳本作「名」。

其五　上巳聞苑中樂聲[一]

苑中誰得從春游？想見漸臺瓦欲流[二]。史記：「漸臺立於中央。」○漢王根作漸臺。未央宮有漸臺，文帝夢鄧通，即此處。○郊祀志：「建章北有大池，漸臺高二十丈，名太液。」水經：「未央漸臺，在滄池中，建章漸臺，在太液池中。」○李義山詩：「茂苑城如畫，閶門瓦欲流。」御水曲隨花影轉，宮雲低繞樂聲留。杜詩：「宮雲去殿低。」○詩人多稱「歌遏行雲」，此倒言之，尤妙。○韓詩：「新月迎宵掛，晴雲到晚留。」年華未破清明節，日暮初回祓禊舟。更覺至尊思慮遠，不應全爲拙倡優。秦昭王謂范睢：「夫鐵劍利則士勇，倡優拙則思慮遠。夫以遠思慮而御勇士，吾恐楚之圖秦也。」○東坡詩云：「君王恭儉倡優拙，自是豐年有笑聲。」

【校記】

[一]宋本、叢刊本「樂聲」下有「書事」二字。

[二]「流」，龍舒本作「留」。

其六 用韻書十日事呈樂道舍人聖從待制〔一〕 ○何郯字聖從。

東門人物亂如麻，漢天文志：「死人亂如麻。」想見新韉照路華。午鼓已傳三刻漏，從官初賜一杯茶。韓詩：「殿前羣公賜食罷，驊騮踏路驕且閑。」○徐騎省詩：「銅壺銀箭漏初傳。」○李義山詩：「侍臣最有相如渴，不賜金莖露一盃。」匆匆殿下催分首，擾擾宮前聽賣花。「賣花擔上看桃李，拍酒樓前聽管絃。」京師舊詩。歸去莫言天上事，但知呼客飲流霞。不言温木之意。○杜詩：「老翁須地坐，細細酌流霞。」○李義山詩：「空記大羅天上事，衆仙同日詠霓裳。」○元稹連昌宮詞：「歸來如夢復如癡，何暇備言宮裏事。」

【校記】

〔一〕龍舒本卷六十一題作「書十日事呈樂道舍人聖從待制」。宋本、叢刊本題「用」字下有「樂道舍人」四字。

詳定幕次呈聖從樂道

殿閣掄材覆等差，再第其高下，故言覆，謂詳定也。從臣今日擅文華。揚雄識字無人敵，何遜能詩有世

家。皆用揚、何二姓事。舊德醉心如美酒，文中子：「心若醉六經，目若營四海。」吳志：「與周公瑾交，如飲醇酎。」新篇清目勝真茶。杜詩：「躋險不自喧，出郊已清目。」○高適宿開善寺：「讀書不讀經，飲酒還勝茶。」一觴一詠相從樂，王右軍蘭亭序：「一觴一詠。」傳説猶堪異日誇。

崇政殿詳定幕次偶題

嬌雲漠漠護層軒，嫩水濺濺不見源。沈休文詩：「歸海流漫漫，出浦水濺濺。」○小杜詩：「嬌雲光占岫，健水鳴分溪。」嫩水，見至開元僧舍注。禁柳萬條金細撚，宮花一段錦新翻。小杜詩：「曲渚飄成錦一張。」公詩又有「復撚黃金作柳條」，實用香山語，見雪乾注。身閑始更知春樂，地廣還同避世喧。若汩汩塵俗者，安知春之可樂。○禁中名廣内，如東方生避世金馬門之類。不恨玉盤冰未賜，清談終日自蠲煩。王岐公詩：「禁幕天風日正亭，侍臣初賜玉壺冰。」故事，從臣伏日賜冰。此乃春時，豈亦有賜耶？○唐楊綰清談終日，口不言榮利。賀知章傳：「陸象先嘗曰：『季真清談風流，吾一日不見，鄙吝矣。』」

詳定試卷二首〔一〕

簾垂咫尺斷經過，李義山詩：「嚴城清夜斷經過。」把卷空聞笑語多。論衆勢難專可否，法嚴人更謹誰

何。即與樂道爭議狀首事。〇賈生過秦論：「陳利兵而誰何。」注：「師古曰：『問之爲誰。又云何人。其義一也。』」文章直使看無類，勳業安能保不磨？〔二〕劉孝標辨命論〔三〕：「明月之珠，不能無纇。」〇韓集：「古今號文章爲難，足下知其所以難乎？非謂鑽礪之不工，頗纇之不除也。得之爲難，知之愈難耳。」疑有高鴻在寥廓，未應回首顧張羅。揚子問明篇：「鴻飛冥冥，弋人何簒〔四〕焉？」注：「簒，取也。」〇司馬相如傳：「猶焦朋已翔乎寥廓，而羅者猶視乎藪澤。」〇詩言奇傑之士不必盡由科舉進，宜廣求才之路也。韓退之答崔立之書：「有舉進士者，人愛貴之；有以博學宏詞選者，人尤謂之才。誠使古之豪傑之士若屈原、孟軻、司馬遷、相如、揚雄之徒進乎是選，僕必知其愧赧，乃不自進而已耳，肯與夫斗筲者決得失於一夫之目而爲之憂樂哉？」

補注　無纇　潘閬詩：「長喜詩無病，不憂家更貧。」無纇，猶言無病也。〔五〕

【校記】

〔一〕此詩第一首，龍舒本卷七十四題作「詳定述懷」。

〔二〕宮内廳本評曰：「名言痛快。」

〔三〕「辨命論」，原作「辨素論」，據文選、臺北本改。

〔四〕「簒」，原作「慕」，下注同，據宮内廳本、臺北本、浙江書局本揚子改。

〔五〕本注原闌入詩注末，無「補注」二字。

其　二[一]

童子常誇作賦工，暮年羞悔有揚雄。揚子吾子篇：「或問：『吾子少而好賦？』曰：『然，童子雕蟲篆刻。』俄而曰：『壯夫不爲也。』」○後此八年，熙寧三年，始試舉人以策，公素論也。當時賜帛倡優等，今日論才將相中。[二]相如、揚雄傳皆無賜帛事，然王褒傳：「上數從褒等放獵，所幸宮館輒爲歌頌，弟其高下，以差賜帛。議者多以淫靡不急，上曰：『辭賦尚有仁義風諭，鳥獸草木多聞之觀，賢於倡優、博弈遠矣。』」又東方朔傳：「以射覆連中，輒賜帛。時有幸倡郭舍人滑稽不窮，曰：『朔狂幸中爾，願令復射。朔中之，臣榜百；不能中，臣賜帛。』」又：「枚皋不通經術，談笑類俳倡。爲賦頌，好嫚戲，以故得媟瀆貴幸，比東方朔、郭舍人等，而不得比嚴助等爲尊官。皋自言爲賦不如相如，又言爲賦乃俳，見眎如倡，自悔類倡也。」○唐人謂進士爲「將相科」。細甚客卿因筆墨，卑於爾雅注魚蟲。「雄上長楊賦，聊因筆墨之成文章，故藉翰林以爲主人，子墨爲客卿以諷。」○韓詩：「爾雅注蟲魚，定非磊落人。」漢家故事真當改，新詠知君勝弱翁。魏相傳：「伏觀先帝聖德，臣相不能悉陳，昧死奏故事詔書二十三事。」公以詩賦取士爲不然，欲變科舉法，故不取魏相故事之奏。及熙寧初專政，遂建議試舉人以策。

【校記】

[一] 龍舒本卷七十六題作「詳定試卷」。

[二] 宮内廳本評曰：「含味無窮。」

奉酬楊樂道

邂逅聯裾殿閣春，却愁容易即離羣。離羣，見檀弓，音去聲。此作平聲使。言試事將畢，不復同處。相知不必因相識，退之答楊子書：「故不待相見，相信已熟。既相見，不要約，已相親。」又，贈元十八詩：「吾友柳子厚，其人藝且賢。吾未識子時，已覽贈子篇。寤寐想風采，於今已三年。」所得如今過所聞。南部新書〔一〕楊敬之贈項斯詩：「幾度見詩詩總好，及親標格過於詩。」○世説：「許玄度送母始出都，人問劉尹：『玄度定稱所聞不？』劉曰：『才情過於所聞。』」近代聲名出盧駱，前朝筆墨數淵雲。杜詩：「王楊盧駱當時體，輕薄爲文哂未休。爾曹身與名俱滅，不廢江河萬古流。」○淵、雲謂王褒、揚雄。公與樂道自言家世由淵、雲。與公家世由來事，愧我初無百一分。百一分，猶言萬分一也。

補注 白樂天潯陽行：「相逢何必曾相識。」〔二〕

【校記】

〔一〕「部」，原作「郡」，據宫内廳本、臺北本改。

〔二〕本注原闌入詩注末，無「補注」二字。

奉酬聖從待制

班行想望歲空多，知有龍門未敢過。後漢李膺「獨持風裁，以聲名自高。士有被其容接者，名爲『登龍門』。」和近聖人師展季，勇爲君子盜荆軻。柳下惠，魯公族大夫，姓展，名禽，字季，柳下是其號也。孟子曰：「柳下惠，聖之和者也。」子路問：「君子尚勇乎？」○揚子：「或問勇，曰：『軻也。』曰：『何軻也？』曰：『軻也者，謂孟軻也。若荆軻，君子盜諸。』」三刀舊恊庭闈夢，五袴今傳里巷歌。王濬夜夢懸三刀於其卧屋梁上，須臾，又益一刀，意甚惡之。主簿李毅賀曰：「三刀爲『州』字，又益一刀者，明府其臨益州乎？」及賊張弘殺益州刺史皇甫晏，果遷濬爲益州。廉范遷蜀郡太守，百姓歌之曰：「廉叔度，來何暮？不禁火，民安作。音柞。昔無襦，今五袴。」復道諫書嘗滿篋，不惟詩句似陰何。「滿篋」字，借用樂羊事。○聖從爲諫官，擊權近最力，故此云不特詩好而已。○杜詩：「李侯有佳句，往往似陰鏗。」何，謂何遜。

次韻吴仲庶省中畫壁

仲庶，中復也。○官制，行内兩省諸廳照壁，自僕射而下，皆郭熙畫樹石。外尚書省諸廳照壁，自令僕而下，皆待詔書周官。

畫史雖非顧虎頭，還能滿壁寫滄洲。杜詩：「何年顧虎頭，滿壁寫滄洲。」○顧愷之傳：「尤善丹青，圖寫特妙。謝安深重之，以爲自蒼生以來，未之有也。」世説：「顧愷之爲虎頭將軍，故號『虎頭』。」九衢京洛風沙地，一片江湖草樹秋。行數魚儵〔一〕賓共樂，卧看鷗鳥吏方

休。莊子：「鯈魚出游從容，是魚樂也。」知君定有扁舟意，史記：「范蠡既雪會稽之恥，乃歎曰：『計然之策七，越用其五而得意。既已施於國，吾將用之家。』乃乘扁舟，浮於江湖。」却爲丹青肯少留。爲愛壁間畫，而少緩求外還之意。

【校記】

〔一〕「魚鯈」，宋本、叢刊本作「鯈魚」。

夜讀試卷呈君實待制景仁内翰

篝燈時見語驚人，杜詩：「語不驚人死不休。」更覺揮毫捷有神。學問比來多可喜，文章非特巧爭新。介甫常嫉舉人學術之陋，屢見於文字，今稍與之。○杜詩：「下筆如有神。」蕉中得鹿初疑夢，牖下窺龍稍眩真。蕉鹿，見列子。窺龍，用葉公事。具寄蔡天啓注。邂逅兩賢時所服，坐令孤朽得相因。謂馬、范也。○賴二賢而蒙成。

答張奉議

五馬渡江開國處，一牛鳴〔一〕地作庵人。晉元帝五馬渡江，一馬化龍。言金陵也。一牛鳴地，見招呂望之使君注。○王維詩：「回看雙鳳闕，相去一牛鳴。」○佛書：「尼車河側，去人聞〔二〕五里，一牛鳴地。」結蟠茅竹纔方丈，退之羅池碑：「虵螭〔三〕結蟠。」穿築溝園未過旬。我久欲忘言語道，君今來見句文身。傳燈録：「言語道斷，心行處滅。」又，三祖信心銘：「言語道斷，非去來今。」句文，見微隱鈔。思量何物堪酬對？棒喝如今總不親。「有僧問洛普禪師云：『從上來一人行棒，一人行喝，阿那个親？』對曰：『總不親。』師曰：『親處作麽生？』普便喝。師乃打。」見傳燈録。又：「德山入門便棒，臨濟入門便喝。」

補注　茅竹　子由辯才碑：「老於南山龍井之上，以茅竹具。」〔四〕

【校記】

〔一〕「鳴」，龍舒本、宋本、叢刊本作「吼」。
〔二〕「聞」，宮内廳本、臺北本作「間」。
〔三〕「螭」，宮内廳本、臺北本、宋蜀刻本昌黎先生文集柳州羅池廟碑作「蛟」。
〔四〕本注原闌入題下，無「補注」二字。

和仲庶池州齊山畫圖〔一〕

知制誥時作。仲庶名中復。

省中何忽有崔嵬？六幅生綃坐上開。生綃，見上注。○詩卷耳：「陟彼崔嵬。」注：「崔嵬，土山之戴石者。」指點便知巖穴〔二〕處，登臨新作使君來。言身嘗到，故見圖即知其處也。仲庶爲御史，彈宰相梁適，出通判虔州，未至，改池州，復還臺職。雅懷重向丹青得，勝勢兼隨翰墨回。更想杜郎詩在眼，一江春雪下離堆。杜牧池州貴池亭詩：「蜀江雪浪西江滿，強半春寒去却來。」許渾詩：「湘潭雲盡暮山出，巴蜀雪消春水來。」○杜詩：「江發蠻夷漲，山添雨雪流。」○史記河渠書：「蜀守冰，鑿離堆，除沫水之害。」

【校記】

〔一〕宋本、叢刊本題「和」上有「次韻」二字，「仲庶」上有「吴」字。龍舒本題中無「畫」字，無題注。

〔二〕「穴」，龍舒本、宋本、叢刊本作「石」。

和祖擇之登紫微閣二首〔一〕

漠漠秋陰護掖垣，洛陽宮門銘曰：「洛陽宮有東掖門、西掖門。」垣，墻也。應劭漢官儀曰：「左右曹受尚書事。前世文人以中書在右，因謂中書爲右曹，又稱西掖。」劉楨贈徐幹詩曰：「隔此西

掖垣。」青雲只在兩楹間。檀弓：「夢坐奠於兩楹之間。」説文云：「楹，柱也。從木，盈聲。」○杜詩：「諸天只在藤蘿外。」宮樓唱罷雞人遠，周禮：「雞人掌大祭祀，夜呼旦以嘂百宮。」則所起亦遠矣。○晉太康地記曰：「後漢固始、鮦陽、公安、細陽四縣衛士習曲於闕下歌之，今雞鳴歌是也。」○劉禹錫詩：「綵仗神旗獵曉風，雞人一唱鼓鼕鼕。」○李賀詩：「雞人唱罷曉瓏璁，鴉啼金井下疏桐。」門闕朝歸虎士閑。周禮：「虎賁氏，虎士八百人。」「舍則守〔二〕王閑。王在國，則守王宮。」華蓋北瞻天帝坐〔三〕，天官書：「華蓋，所以蔽覆天帝之坐。」蓬萊東想道家山。後漢竇章：「學者稱東觀爲老氏藏室，道家蓬萊山。」却慙久此隨諸彥，文綵初無豹一斑。晉王獻之傳：「獻之數歲，觀門生樗蒲，曰：『南風不競。』門生曰：『此郎亦管中窺豹，時見一斑。』」

【校記】

〔一〕「和」，宋本、叢刊本作「次韻」。

〔二〕「守」，原作「掌」，據周禮夏官虎賁氏改。

〔三〕「坐」，臺北本同，餘本作「座」。

其二

掖門相對敞銅鐶，漢書：「朱虛侯從太尉勃入未央宮掖門。」注：「非正門而在兩旁，若人之臂掖也，凡宮省皆有之，不獨未央。」溫公詩：「宮門銅鐶雙獸面。」⿰車獻⿰車獻飛甍在兩

間。魏都賦：「四門轇轕。」注：「高也。轇，語偃切。」潤色平生知地禁，劉公幹贈徐幹詩曰：「拘限清切禁。」注云：「史記曰：『景帝居禁中。禁中者，門户有禁，非侍御不得入。』」○語：「東里子産潤色之。」韓集：「職親而地禁。」登臨此日愧身閑。浮雲〔一〕倒影移窗隙，江淹雜體詩：「稚子候簷隙。」○潘安仁悼亡詩：「春風緣隙來。」注：「隙，門隙。」○貨殖傳：「秦文、孝、繆居雍隙。」注：「隙，間孔也。」漢魏豹傳：「如白駒過隙。」注：「隙，壁際。」落木回飈動屋山。「落木」字，已見別注。退之詩：「每騎屋山下窺瞰。」忽憶初來秋尚早，劉禹錫詩：「忽憶前言更惆悵。」○前書儒林傳：「日尚早，未可也。」○雍陶詩：「錦文苔點點，錢樣菊斑斑。」○唐玄宗紀：「開元元年，改中書省爲紫微省，中書令曰紫微令。」○白樂天詩云：「獨坐黄昏誰是伴？紫薇花對紫薇郎。」紫薇〔二〕花點緑苔斑。

補注　轇轕　山玄卿新宫銘：「良常西麓，原隰東泄。新宫宏宏，崇軒轇轕。」〔三〕

【校記】

〔一〕「雲」，宋本作「書」。

〔二〕「薇」，龍舒本、宋本、叢刊本作「微」。

〔三〕臺北本「其二」題下有此條補注，無「補注」二字。蓬左本無此條補注。

送沈興宗察院出〔一〕湖南

諫書平日皂囊中，朝路争看一馬驄。皂囊，見別注。○後漢桓典「爲侍御史，執正無所回避。常乘驄馬，京師畏憚，爲之語曰：『行行且止，避驄馬御史。』」杜詩：「使〔二〕君五馬一馬驄。」漢節飽曾衝海霧，楚帆聊復借湖風。蘇武仗漢節牧羊。○李文饒詩：「愁衝毒霧逢蛇草，畏落沙蟲避燕泥。」○柳子厚詩：「海霧多蓊鬱。」○欒巴傳：「廬山廟有神，能令宮亭湖中分風，船行者舉帆相迎。」皇華命使今爲重，直道酬君遠亦同。言使指所寄不輕，苟以直道報君，初無遠近内外之間。投老承明無補助，得爲湘守即隨公。沈傳師詩：「承明年老輒自論，乞得湘守東南奔。」〔三〕

【校記】

〔一〕宋本、叢刊本「出」下有「使」字。

〔二〕「使」，原作「史」，據杜甫冬狩行本改。

〔三〕臺北本注曰：「范希文睦州謝表：『事君無遠，爲郡甚榮。』」

春風

一馬春風北首燕，韓信傳：「北首燕路。」却疑身得舊山川。經理燕山之意，已見於此句。陽浮樹外滄江水，塵漲原頭野火煙。退之詩：「靄靄野浮陽，暉暉水披凍。」「野火」字〔一〕，出晉書范晷傳。石鼓歌：「雨淋日炙野火燒。」又夜次襄城詩：「塵漲雪猶乾。」日借嫩黄初着柳，雨催新緑稍歸田。李長吉正月詩：「上樓迎春新春歸，暗黄著柳宫漏遲。」回頭不見辛夷樹〔二〕，始覺看花是去年。〔三〕辛夷，已見上注。意北方無辛夷，因憶去年之看花。〇韓詩：「元日新詩已去年。」

【校記】

〔一〕「字」，原作「燒」，據宫内廳本、臺北本改。

〔二〕「樹」，宋本、叢刊本作「發」。

〔三〕宫内廳本評曰：「最是愁意。」

永濟道中寄諸〔一〕弟

燈火匆匆出館陶，回看永濟日初高。館陶、永濟，皆魏郡屬邑，今大名府北京。似聞空舍烏鳶〔二〕樂，更覺荒陂人馬勞。左氏：「烏烏之聲樂，齊師其遁。」○杜詩：「知子歷險人馬勞。」○李白詩：「城濠失往路，馬首迷荒陂。」客路光陰真棄置，魏文帝詩：「棄置勿復陳，客子常畏人。」春風邊塞秖蕭騷。辛夷樹下烏塘尾，把手何時得汝曹？烏塘，在撫州。

【校記】

〔一〕宋本、叢刊本「諸」下有「舅」字。

〔二〕「烏鳶」，宋本、叢刊本作「烏烏」。

道逢文通北使歸　故事，使人相遇，不許相見。

朱顔使者錦貂裘，文通，沈遘也。○使燕時年甚少，故云「朱顔使者」。笑語春風入貝州。貝州，屬河北。欲報京都〔一〕近消息，

傳聲車馬少淹留。行人盡道還家樂，李白詩：「錦城雖云樂，不如早還家。」騎士能吹出塞愁。古有出塞、入塞之曲。○小杜詩：「月明更想桓伊在，一笛〔二〕聞吹出塞愁。」回首此時空羨慕〔三〕，驚塵一段向南流。向南流，謂入京師。沈和云：「風沙弊盡舊狐裘，走馬歸來過冀州。聞報故人當邂逅，便臨近館爲遲留。不容傾蓋論時事，空寄新詩寫客愁。却望後車塵已合，簫聲清斷去如流。」

【校記】

〔一〕「都」，宮内廳本作「師」。

〔二〕「笛」，原作「曲」，據宮内廳本、臺北本、全唐詩杜牧潤州二首改。

〔三〕「羨慕」，宋本、叢刊本作「慕羨」。

將次相州

青山如浪入漳州〔一〕，杜詩：「青山意不盡，袞袞上牛頭。」銅雀臺西八九丘。余使燕，過相州，道邊高塚纍纍，云是曹操疑塚也。操謂諸子：「汝等時時登銅雀臺，望吾西陵墓田。」螻蟻往還空壟畝，莊子列禦寇：「莊子曰：『在上而烏鳶食，在下而螻蟻食。奪彼與此，何其偏也。』」騏驎埋没幾春秋。杜詩：「道邊高塚卧騏驎。」功名蓋世知誰是〔二〕？氣力迴天到此休〔三〕。何必地中餘故物，魏公諸子分衣裘。項羽歌：「力拔山兮氣蓋世。」陸士衡弔魏

武文曰：「夫以迴天倒日之力，而不能振形骸之內。濟世夷難之智，而受困魏闕之下。」又云：「智惠不能去其惡，威力不能全其愛。」公詩略取此意。曹公云：「吾餘衣裘，可別爲一藏，不能者，兄弟可共分之。」既而竟分焉。

【校記】

〔一〕宮內廳本評曰：「起得慷慨。」

〔二〕「是」，龍舒本作「氐」。

〔三〕宮內廳本評曰：「語酣暢。」

次韻平甫喜唐公自契丹歸 予辭北使，而唐公代往。

留犁撓酒得戎心，漢匈奴傳：「漢使與單于刑白馬，單于以徑路刀、金留犁撓酒。」應劭曰：「徑路，匈奴金刀也。金，契金也。金留犁，飯匕也。撓，和也。」「契金著酒中，撓攪飲之。」師古曰：「契，刻。撓，攪也，呼高反。」繡袷通歡歲月深。「使者言單于甚苦軍事。服繡袷綺衣、繡袷長襦、錦袷袍各一〔二〕，遺單于。」注：「服，天子所自服也。袷者，衣無絮也。繡袷綺衣，以繡爲表，綺爲裏。」奉使由來須陸賈，陸賈，楚人。以客從高祖定天下。名有口辯，居左右，嘗使諸侯。孝文即位，詔丞相平舉可使越者，平言：「賈先帝時使越。」上召賈爲太中大夫，往使尉佗，去黃屋，稱制，令比諸侯，皆如意指。離親何必強曾參。蘇秦傳：「孝如曾參，義不離其親一宿於外，王又安能使之步行千里，事弱燕之危主哉？」燕人候望空甌脱，匈奴傳：「東胡王愈驕，西侵。與匈奴中間有棄地莫居千餘里，各居其邊爲甌脱。」服虔曰：「甌脱，作土室以伺也。」師古曰：「境上候望之處。」胡馬追隨出蹛林。匈奴「歲正月，諸長少會單于庭，祠。五月，大會龍城，祭其先、天地、鬼神。秋，馬肥，大會蹛林，課校人畜計。」服虔曰：

「蹛，音帶，匈奴秋社八月中皆會祭處。」師古曰：「蹛者，繞林木而祭也。鮮卑之俗，自古相傳，秋天之祭，無林木者尚立柳枝，衆騎馳遶三周乃止。此其遺法。」萬里春風歸正好，亦逢佳客想揮金。疏廣父子既歸鄉里，日令家設酒食，請族人、故舊、賓客。數問其家賜金餘尚幾所，趣賣以供具。○張景陽詠史詩曰：「揮金樂當年，歲暮不留儲。」注云：「揮，散也。」景陽詩，正指二疏事。

【校記】

〔一〕漢書匈奴傳無「繡袷」二字，下「錦」字下無「袷」字。

尹村道中

滿眼霜吹宿草根，杜詩：「霜霧在草根。」漫〔二〕知新歲不逢春。却疑青嶂非人世，更覺黄雲是塞塵。東坡詩：「碧波青嶂非人間。」○王涯詩：「雲黄知塞近，草白見邊秋。」萬里張侯能奉使，張侯，博望侯騫也。百年曾子肯辭親？自憐許國終無用，何事紛紛客此身？雖以身許國，而自謂才實無用，惟當退處。此公謙言也。

補注 檀弓：「朋友之墓，有宿草而不哭焉。」注：「草陳根也。」〔二〕

【校記】

〔一〕「漫」，宋本、叢刊本作「謾」。

〔二〕本注原闌入題下，無「補注」二字。

次韻王勝之詠雪

萬户千門車馬稀，行人却返鳥休飛。漢孝武起建章宮，爲千門萬户。○柳子雪詩：「千山鳥飛絶，萬徑人蹤滅。」玲瓏剪水空中墮，的皪裝春樹上歸。唐人顧況雪詩：「仙人寧底巧，剪水作花飛。」○僧無可雪詩：「片片下玲瓏。」○許敬宗詩：「白雪裝梅樹。」李白詩：「春風柳上歸。」素髮聯華驚老大，玉顔争好羡輕肥。潘安仁秋興賦：「素髮颯以垂領。」古詩：「燕趙多佳人，美者顔如玉。」○李白詩：「春風玉顔畏銷歇。」○樂天雪詩：「素壁聯題分韻句，紅爐巡領戰寒杯。」朝來已賀豐年瑞，謝惠連雪賦：「盈尺則呈瑞於豐年。」○毛萇詩傳曰：「豐年之冬，必有積雪。」更問田家果是非。韓辛卯年雪詩：「平生未曾見，何暇議是非？或云豐年祥，飽食可庶幾。」

次韻酬府推仲通學士雪中見寄

朝來看雪詠君詩，想見朱衣在赤墀。梅福傳：「涉赤墀之塗。」應劭曰：「以丹淹泥塗殿上。」爲問火城將策試，何如雲

屋聽窻知。火城，見退朝注。○退之上裴尚書喜雪詩：「喜深將策試，驚密仰簷窺。」又云：「氣嚴當酒暖，灑急聽窻知。」班倢伃傳：「仰視兮雲屋，雙涕兮横流。」注：「言其黮䨴狀若雲也。」曲墻稍覺吹來密，窮巷終憐掃去遲。欲訪故人非興盡，自緣無路得傳卮。掃雪事，見上注。○靈運擬鄴中詩：「終歲非一日，傳卮弄新聲。」○王子猷雪夜因詠招隱詩，忽憶戴安道時在剡，乘興棹舟，經宿方至，造門而返，曰：「乘興而來，興盡而返，何必見安道？」

次韻次道憶太平州宅早梅[一]

次道，宋敏求也，參知政事綬之子。嘗爲太平州，歐公諸人皆有送行詩。

大梁春費寶刀催，宋之問立春日侍宴賦剪綵花詩：「今年春色早，應爲剪刀催。」不似湖陰有早梅。王敦舉兵至湖陰，晉明帝微行眎其營壘，由是樂府有湖陰曲。即今太平州是也。○韓偓詩：「中宵忽見動葭灰，料得南枝有早梅。」今日盤中看剪綵，當時花下就傳杯。梁簡文梅詩：「定須還剪綵，學作兩三枝。」○周宗懍詩：「散粉成初蝶，剪綵作新梅。」○杜詩：「傳杯不放杯。」紛紛自向江城落，杳杳難隨驛使來。知憶舊游還想見，西南枝上月徘徊。曹子建詩：「明月照高樓，流光正徘徊。」李白詩：「西園飛蓋處，依舊月徘徊。」

【校記】

〔一〕宋本、叢刊本題作「次韻宋次道憶太平早梅」。

次韻曾子翊赴舒州官見貽〔一〕

子翊，名宰。予居撫州，訪遺文於其孫極，止得其寄公詩，云：「官居隱几望灊山，不似茅簷舊日閑。顧我塵沙添白髮，憐君道路助〔二〕朱顔。江涵秋潦鱸魚美，岸入春風荻笋班。此味縱佳吾不樂，惟思一馬返鄉關。」

皖城終歲静如山，官府〔三〕應從到日閑。語：「仁者静。仁者樂山。」言官無事，如山林之静。元和郡國志：「舒州，本春秋時皖國，咎繇之後。在漢時爲皖縣，屬廬江郡。三國初，屬魏。後孫權征皖，克之，獲橋公二女，即其地。」一水碧羅裁繚繞，萬峯蒼玉刻孱顔。韓詩：「江作青羅帶，山如碧玉簪。」舊游筆墨苔今老，公嘗爲舒倅，舊題最多。○李白詩：「緑字錦苔生。」浪走塵沙鬢已斑〔四〕。攬轡羨君橋北路，春風枝上鳥關關。范滂登車攬轡，慨然有澄清天下之志。○詩：「關關雎鳩，在河之洲。」注：「關關，和聲。」

【校記】

〔一〕龍舒本、臺北本目録「見貽」下有「之詩」二字，宋本、叢刊本題作「和曾子翊授舒掾之作」。

〔二〕「助」，宫内廳本、臺北本作「失」；下「潦」，宫内廳本作「老」；「班」，宫内廳本、臺北本作「斑」。

〔三〕「官府」，宋本、叢刊本作「府掾」。

〔四〕「斑」，龍舒本作「班」。

送劉和甫奉使江南〔一〕

劉郎今日擁旄麾，傳到江南喜可知。和甫名敂，慶曆二年及第。○原父之弟。上冢還須擊羊豕，建武二年春，詔馮異歸家上冢，使太中大夫齎牛酒，令二〔二〕百里内太守、都尉以下及宗族會焉。又，岑彭南還津鄉，有詔過家上冢。又，鮑永爲司隸，行縣，西至扶風，椎牛上荀諫冢。諫，蓋永爲功曹時所事太守。下車應不問狐狸。漢張綱奉使之部，獨埋其車輪於洛陽都亭，云：「豺狼當道，安問狐狸？」遂奏劾大將軍梁冀等。無人敢勸〔三〕公榮酒，爲我聊尋逸少池。劉公榮與人飲酒，雜穢非類。人或譏之，答曰：「勝公榮者，不可不與飲；不如公榮者，亦不可不與飲；是公榮輩者，又不可不與飲。」故終日共飲而醉。此言劉君風采之峻，人不敢褻近。○右軍墨池，在臨川學宮，公鄉里，故云「爲我」。亦見嶺頭花爛熳，更將春色寄相思。

【校記】

〔一〕「甫」，宋本、叢刊本作「父」。「南」，宋本、叢刊本作「西」。

〔二〕「二」，原作「一」，據後漢書馮岑賈列傳、宫内廳本、臺北本改。

〔三〕「勸」，宋本、叢刊本作「效」，注：「一作『勸』。」

次韻張子野竹林寺二首

澗水横斜石路深，水源窮處有叢林。「行到水窮處，坐看雲起時。」王摩詰詩。青鴛幾世開蘭若，日藏經云：「青鴛蘭若，在須彌山下。」○青鴛，或謂瓦也。魏文帝問周宣：「吾夢殿屋兩瓦墮地，化爲鴛鴦。」黄鶴當年瑞卯金。寰宇志潤州：「劉裕微時，常游竹林寺。每息於此山，常有黄鶴飛舞。後改爲鶴林寺，故云『瑞卯金』。」敗壁數峯連粉墨，凉煙一穗起檀沈。傳燈録：「祖摩拏羅至西印土焚香，而月氏國王忽睹異香成『穟』字。」書：「穟，亦作穗」。十年親友半零落，回首舊游成古今。杜詩：「素交盡零落。」

其二

京峴城南隱映深，兩牛鳴地得禪林。一牛鳴，見答張奉議注。風泉隔屋撞哀玉，杜詩：「大邑燒甆輕且堅，扣如哀玉錦城傳。」竹月緣堦貼碎金。晉書：「此是安石碎金。」○韓詩：「竹影金瑣碎，泉聲玉琮琤。」藻井仰窺塵漠漠，青燈對宿夜沈沈。風俗通：「殿堂象東井形，刻作荷菱水物，所以厭火。」○石晉張允避郭威兵，匿於佛殿藻井之上，登者浸多，板壞而墜。扁舟過客十年事，一夢北山〔一〕愁至今。

【校記】

〔一〕「北山」，宋本、叢刊本作「此山」。

補注 和楊樂道一 綴旒 綴斿有兩誼，漢五行志：「諸侯在，而大夫獨相與盟。君若綴斿，不得舉手。」〔一〕

補注 陰何 韓舍人云：「世稱陰何齊名，然遜詩清麗簡遠，鏗淺易無他奇，乃似隋唐間人。予友李郛言：陰何雖俱梁時人，然鏗生稍後，猶逮事陳，則其詩律宜少變於前矣。」〔二〕

補注 和登紫微閣〔三〕 温公朔記：「介父辭脩注，祖無擇實代之。」無擇，景祐五年進士第三人，此儕輩最晚達。據紫微唱和，當是紫微此時辭脩注，在嘉祐七年壬寅，尋除工部郎中、知制誥，故下云「隨諸彥」也。

送沈興宗出湖南 興宗名起，鄞縣人。嘉祐五年，以論鐵治事，自監察御史裏行謫通判越州。熙寧初，以工部郎中、開封府判官出爲湖南轉運使。此言駿〔四〕馬，蓋追述其舊時之美也。

【校記】

〔一〕本注原在「次韻张子野竹林寺二首其二」後，無「補注」二字。臺北本「舉手」下注曰：「注：『爲下所執，隨人東西也。』公句用詩注。」

〔二〕蓬左本無此條，據臺北本補。

〔三〕題全作「和祖擇之登紫微閣二首」。

〔四〕「駿」，臺北本作「驄」。

庚寅增注第二十九卷

和楊樂道韻其一　鵲頭（鶴頭書，古用以招隱士，謂尺一簡。）太官羞（王莽傳：「太官膳羞備其品矣。即有災害，以什率多少損膳焉。又，郎從官中都官吏食祿都內之委者，以太官膳羞備損而爲節。」）

其六　天上事（廣記：「蘇韶既死，爲鬼。至其家，言天上及地下之事，亦不能盡知也。」）

詳定試卷　法嚴人更謹誰何（嘉祐中，進士奏名訖，未御試，京師妄傳王俊民爲狀元，不知言之所起，人亦莫知俊民爲何人。及御試，王荆公時爲知制誥，與天章待制楊樂道二人爲詳定官。舊制，御試舉人，初考官先考定等第，復對彌之，以送覆考官，再定等第，乃付詳定官，發初考所定等，以對覆考之等。如同，即已；如不同，則詳其程文，當從初考，或從覆考爲定，即不得別立第。是時王荆公以初、覆考所定第一人皆未允，當於行間別取一人爲狀首。章子平榜雖有此例，而未有著令。楊樂道守法，堅以爲不可，議論未決，太常少卿朱從道時爲封彌官，聞之，謂同舍曰：「二公何用力爭，從道十日前已聞王俊民爲狀元，事必前定，二公浪自苦耳。」既而二人各以己意進稟，而詔從荆公之請。及發封，乃王俊民也。詳定官得別立等自此始，遂爲定制。）

奉酬楊樂道　百一分（柳子厚伊尹五就桀贊：「以至於百一、千一、萬一，卒不可，乃相湯。」）

次韻吳仲庶畫壁　却爲丹青肯少留（姚合題劉相公三湘圖云：「昔別醉衡霍，爾來憶南州。今朝平津邸，兼得瀟湘游。稍辨荆門樹，依然芳杜洲。微明三巴峽，咫尺萬里

流。去鳥不知倦，遠帆生暮愁。滂陽指天末，北渚空悠悠。枕上見漁父，座中常狎鷗。誰言魏闕下，日有東山幽。」公詩似略採此。

答張奉議

五馬渡 五馬渡，在金陵西北二十三里幕府山之前。趙叔平題琅琊山詩：「二馬爲龍潛隱處，空山從此得嘉名。」

過旬 易豐卦：「雖旬無咎。過旬，災也。」

欲忘言語道 維摩經：「文殊歎曰：『善哉善哉，至無有文字語言，是真入不二法門。』」

送沈興宗察院出湖南

按：興宗名起，以包拯薦爲御史，彈劾無所假。吏部格：吏以贓私絓法，無輕重，終身不遷。起論其情可矜者，可限年叙，遂著爲令。立縣令考課法；設河渠司，領諸道水政；乞採漢故事，擇卿大夫子弟入宿衛；選賢良文學高第給事宫省下，不宜專任宦官。論奏甚多，故詩稱「皂囊」及「争看」之語，可見公論所屬也。公以「直道」許起，亦見其前後敢於論事也。起傳稱：「衆謂興國軍鐵官補吏法弊，不可不更。起獨以爲從舊便，故謫。」温公朔記載此一事甚詳，今附於此：「先是，詔兩制與臺諫官議天下鐵冶。兩制以爲官自鼓鑄，不復令衙吏、富民立課買撲，於事爲便，已立檢署字。次至吴及與起，以爲慈湖程氏爲縣官鼓鑄，歲入鐵課甚多，已數世矣。朝廷每世除班官一人以酬之，其薪炭、工力，皆程氏主辦，官無所費，與它人爲冶户者不同，不可一切罷去。乃於檢上增入，惟慈湖程氏且如舊式。署字已，即先去。吏以白兩制，兩制以爲不可，遣吏邀二人還，更議之。二人不肯還，曰：『事已決，不可復易。諸君議異者，自别爲奏。』於是兩制怒，以爲二人挾臺勢，以氣加己，共爲奏，以爲程氏家富，而及、起於變法之際，獨佑程氏，不與衆人共議，私注案檢，疑與程氏爲姦。翰林學士承旨孫抃、天章閣待制錢象先不肯署奏，自餘皆連名奏之。事未報，翰林學士歐陽修、知制誥劉敞等又再上奏，力争之。故二人皆左遷。」

借湖風 荆州記：「宫亭湖神，能使中湖分風而上。」○劉删詩：「迴艫承派水，舉棹逐分風。」○湖風，别本一作「分風」。

喜唐公自契丹歸

據温公朔記：「王安石以多病不願奉使，以侍御史知雜范師道，又辭，乃以校理王繹代之。」今此詩，公自言代公者乃張唐公也，兼公集奉使道中詩不一，不知或已發至半塗而返耶？或止是送契丹使道中詩也。送契丹使，亦不載於傳，見律詩五十三卷公自言。

送劉和甫奉使江南

無人敢勸公榮酒　王戎傳：「戎嘗詣阮籍，時兗州刺史劉昶字公榮在坐，阮謂王曰：『偶有二斗美酒，當與君共飲，彼公榮者無預焉。』二人交相酬酢，公榮遂不得一杯，而言語談戲，三人無異。或有問之者，阮曰：『勝公榮者，不得不與飲酒；不如公榮者，不敢不與飲酒；公榮，可不與飲酒。』」二處所載各不同，當考。更將春色寄相思　唐人詩：「寄語王孫莫來好，嶺梅多是斷腸枝。」

竹林寺其二

兩牛鳴地　阿含經：「村邑人民相近，如雞一飛，亦如牛一鳴也。」

王荆文公詩卷第三十

律詩

送吴龍圖知江寧〔一〕吴中復也。

才高明主睠方深，屬郡聞風自革心。閭里不須多按治，魏相爲揚州刺史，按治郡國守相，多所貶退。丙吉與書曰：「朝廷深知弱翁，願少謹事自重，藏器於身。」不顯其能也。山川從此數登臨。茅簷坐隔雲千里，柏壟初抽翠一尋。東望泫然知有寄，介父居第及先壠皆在江寧，故云「泫然知有寄」，末句又言其不久於外，行召歸也。○劉禹錫贈陳長史：「一自分襟多歲月，相逢滿眼是淒凉。」選詩：「分袂澄湖陰。」〔二〕但疑公豈久分襟？

【校記】

〔一〕本詩，宫内廳本列卷二十九末。

〔二〕宫内廳本注曰：「分襟猶分袂。」

送直講吴殿丞宰鞏縣

青嵩碧洛曾游地，墨綬銅章忽在身。鞏縣屬西京。郭緣生述征記云：「本周之鞏伯邑，左氏『晉師克鞏，逐王子朝』是也。」嵩山在縣西南六十里。桑欽水經：「洛水出京兆上洛縣，過散關，歷河南、洛陽、偃師，至鞏縣東北入河，謂之洛汭。」〇漢制，縣令、長皆銅印墨綬。〇劉長卿詩：「歸路空回首，新章已在腰。」擁馬尚多畿甸雪，隨衣無復禁城塵。退之詩：「雪擁藍關馬不前。」〇吕讓詩：「髮改河陽鬢，衣餘京洛塵。」古來學問須行己，此去風流定慰人。更憶少陵詩上語，知君不負鞏梅春。杜詩：「秋風楚竹冷，夜雪鞏梅春。」

送吴仲純守儀真〔一〕

江上齋舡駐彩橈，鳴笳應滿緑楊橋。久爲漢吏知文法，當使淮人服教條。張湯傳：「好興事，舞文法。」又，龔遂爲渤海太守，奏曰：「治亂人猶治亂繩，不可急。願勑丞相、御史，且無拘臣以文法。」○黄霸守潁川，爲條教，務耕桑蓄養而已。又云：「歸告二千石，毋得擅爲條教。」拱木延陵瞻故國，叢祠瓜步認前朝。陳勝傳：「間令廣之次所旁叢祠中，夜搆火，狐鳴。」師古曰：「叢，謂草木岑蔚者。祠，神祠也。」○鎮江有延陵縣，熙寧五年廢爲鎮。有季札墓，夫子十字碑存焉。○晉許邁傳：「懸霤山，近延陵茅山。」茅山，今屬江寧，可見壤地相接。○瓜步有魏太武祠。登臨莫負山川好，終欲東歸聽楚謡。

【校記】

〔一〕宋本、叢刊本題作「送真州吴處厚使君」。

送質夫〔一〕之陜府

平世求才謾〔二〕至公，南史：「宋武帝嘗曰：『羊徽、蔡廓，可平世三公。』」孟子：「禹、稷當平世。」悠悠羇旅士〔三〕多窮。十年見子尚

短褐，千里隨人今北風。户外屨貧虛自滿，言賓客雖衆，皆清脩之士，無富兒也。○貢禹短褐不完。○莊子：「伯昏瞀人曰：『善哉，觀乎汝處乎，人將保汝矣。』無幾何而往，則户外之屨滿矣。」樽中酒賤亦常空。孔融傳：「坐上客常滿，罇中酒不空。」言酒雖賤，無錢不能得。共嫌欲〔四〕老無機械，心事還能與我同。詳見賜也注。

【校記】

〔一〕宋本、叢刊本「質夫」上有「李」字。
〔二〕「謾」，宋本、叢刊本作「漫」。
〔三〕「士」，龍舒本作「已」。
〔四〕「欲」，宮内廳本作「此」。

題致政〔一〕孫學士歸來亭

彭澤陶潛歸去來，素風千載〔二〕出塵埃。明時雋老心無累，故里高門子有才。莊子達生篇：「有張毅者，高門縣薄，無不走也。」疏云：「高門，富貴之家也。」更築〔三〕園林負城郭，長〔四〕留花月映池臺。却尋五柳先生傳，薪〔五〕水

區區但可哀。淵明爲彭澤，送一力給其子，曰：「汝旦夕之費，自給爲難。今遣一力，助汝薪水之勞，此亦人子也，可善遇之。」〇李白詩：「罷既東籬下，淵明不足羣。」亦此意。

【校記】

〔一〕宋本、叢刊本「致政」上有「儀真」二字。

〔二〕「素」，龍舒本作「餘」。「載」，宋本、叢刊本作「歲」。

〔三〕「築」，宋本、叢刊本作「作」。

〔四〕「長」，宋本、叢刊本作「常」。

〔五〕「薪」，龍舒本作「山」，宋本、叢刊本作「柴」。

次韻吴季野題岳上人澄心亭

梅聖俞亦有和韻。

空庭〔一〕五月尚寒生，回首塵沙自鬱蒸。杜詩：「炎天避鬱蒸。」砌水亂流穿石底，野〔二〕雲高出蔽山層。劉滄詩：「寒山半出白雲層。」又，韋處厚詩：「緑崖踏石層。」躋攀欲絶人間世，締構應〔三〕從物外僧。腸胃坐來清似洗，神奇未怪佛圖澄。佛圖澄傳：「腹傍有一孔，常以絮塞之。每夜讀書，則拔絮，孔中出光照一室。又嘗齋時，平旦至流水側，從腹傍孔中引出五臟六腑洗之，還納腹中。」

【校記】

〔一〕「空庭」，龍舒本作「空亭」，宋本、叢刊本作「高亭」。

〔二〕「野」，宋本、叢刊本作「檻」。

〔三〕「應」，宋本、叢刊本作「知」。

送彦珍

挾策窮鄉滿鬢絲，阪〔一〕田荒盡豈常窺。正月詩：「瞻彼阪田，有菀其特。」注：「阪田，崎嶇墝埆之處。」未應谷口終身隱，正合菑川舉國推。二事見別注。握手百憂空往事，還家一笑即芳時。柘崗定有辛夷發，亦見東風使我知。吴彦珍所居在柘崗，屬臨川。

【校記】

〔一〕「阪」，宋本、叢刊本作「陂」。

寄張先郎中 張子野也。

留連山水住多時，年比馮唐未覺衰。篝火尚能書細字，郵筒還肯寄新詩。陳勝傳：「叢祠中，夜篝火。」注：「篝者，籠也。音溝。」○韓詩：「夜書細字綴語言。」胡牀月下知誰對？風俗通曰：「靈帝好胡牀，董卓擁胡兵之應也。」庾肩吾胡牀詩曰：「傳名乃外域，入用信中京。足欹形已正，文邪體自平。」魏略曰：「裴潛爲兗州刺史，嘗作一胡牀。及去，留以掛樹。」○晉庾亮傳：「亮在武昌，佐史殷浩之徒乘秋夜往共登南樓。俄而不覺亮至，諸人皆起避之。亮徐曰：『諸君少住，老子於此，興復不淺。』便據胡牀，與君等談詠竟夕。」鑾榼花前想自隨。説文曰：「榼，酒器也。」○成公十六年〔一〕：「晉欒鍼使行人執榼承飲，造於子重。」唐人詩云：「莫歎青山抛皓月，直傾鑾榼盡濃醪。」○白詩：「鑾榼來方瀉，蒙茶到始煎。」又：「小花鑾榼二三升。」投老主恩聊欲報，每瞻高躅恨歸遲。僧文兆詩：「別來耡久廢，身老恨歸遲。」

【校記】

〔一〕「六」，原作「五」，據左傳成公十六年改。

氾水寄和父

鄭州，唐有氾水縣，本朝九域志無之。

虎牢關下水逶迤，想汝飄然過此時。莊二十一年：「自虎牢以東。」杜注：「在河南成皋縣。」○寰宇志：「鄭地，漢屬河南，宋武帝立司州，理虎牢。東魏分滎陽，置成皋郡，理今之氾水。」洒血只添波浪起，脱身難借羽翰追。杜詩：「洒血江漢身衰疾。」又：「脱身簿尉間，始與箠楚辭。」又：「天涯春色催遲暮，别淚遥添錦水波。」留連厚禄非朝隱，揚子淵騫篇：「或問：『柳下惠非朝隱者歟？』」○此言禄厚則責深，不可言朝隱矣。乖隔殘年更土思。土思，烏孫公主事。已卜冶城三畝地，寄聲知我有歸期。公嘗有「寄聲冶城人，爲我問一丘」之句。○王維詩：「五湖三畝宅，萬里一歸人。」唐人好使「三畝地」。○退之薦士詩：「使以歸期告。」

寄〔一〕吉甫

朱顔去似朔風驚，白髮多於野草生。李翱云：「人之受命，其長者不過七十、八九十，至百年者則稀矣。雖饗百年，若風之飄而還也。」○杜牧詩：「故人容易去，白髮等閑生。」○白傅草詩：「野火燒不盡，春風吹又生。」挾策讀書空有得，求田問舍轉無成。二事，公屢使。解鞍烏石崗邊路〔二〕，携手辛夷樹下行。皆言撫州舊游。今日追思真樂事，黄塵深處走雞鳴。雞鳴即於黄塵深處走，此言趍朝時。

【校記】

〔一〕宋本、叢刊本「寄」下有「黄」字。

〔二〕「路」，龍舒本、宋本、叢刊本作「坐」。

次韻平甫村墅春日

昨日青青尚未齊，忽看春色滿高低。退之詩：「南陽郭門外，桑下麥青青。」又：「青青四墻下，已復生滿地。」陂梅弄影争先舞，葉鳥藏身自在啼。少陵百舌詩：「花密藏難見。」又：「鳥呼藏其身，有似懼彈射。」樵蹻踏雲歸舊徑，王褒傳：「離疏釋蹻。」注云：「蹻，居略反，以繩爲之。」韓詩：「雪徑抵樵叟。」漁蓑背雨向前溪。韓偓詩：「須信閑人有忙事，早來衝雨覓漁師。」似知我欲逃軒冕，談笑相過各有携。莊子繕性：「古之所謂得志者，非軒冕之謂也。軒冕在身，非性命也。物之儻來，寄也。」〇杜詩：「手中各有携，傾榼濁〔一〕復清。」

【校記】

〔一〕「濁」，原作「渴」，據杜工部草堂詩箋羌村三首及宮内廳本改。

即席次韻微之泛舟

畫舸幽尋北果園，應將陳跡問桑門。北果園，近半山。○杜詩：「果園坊裏爲求來。」○桑門，見上注。地隨墻塹〔一〕行多曲，天著岡巒望易昏。故國時平空有木，荒城人少半爲村。孟子梁惠王下：「所謂故國者，非謂有喬木之謂也。」選詩：「故林衰木平，荒池秋草徧。」白詩：「市井蕭條半似村。」悠悠興廢皆如此，賴付乾愁酒一罇。韓詩：「乾愁漫解坐自累，與衆異趣寧相親。」○宋范曄傳有「乾笑」字。「笑」、「愁」雖異，「乾」義則同。

【校記】

〔一〕「塹」，叢刊本作「壍」。

示長安君　此詩恐是使北時作。長安君，公妹也。

少年離別意非輕，老去相逢亦愴情。草草杯盤供笑語，退之送劉師服詩：「草草具盤饌，不持酒勸酬。」昏昏燈火話平生。〔一〕張耳傳：「貫高仰視，泄公勞苦如平生歡。」自憐湖海三年隔，又作塵沙萬里行。成都記：「諸葛亮送費禕使吳，別於江上，禕曰：『萬里之行，

始於此矣。』」○樂天詩：「雲雨三年別，風波萬里行。」欲問後期何日是，寄書應見鴈南征。劉長卿詩：「離亂要知君到處，寄書須及鴈南飛。」

【校記】

〔一〕宮内廳本評曰：「自在儂至。」

和平甫招道光法師

鍊〔一〕師投老演真乘，昇玄經：「若有沙門來聽經，當置上座，道士、鍊師，自在其下。」○法華經：「唯有一佛乘，餘二即非真。」○神秀碑：「高悟與真乘同徹。」像刧空王爪與肱。曇無羅讖曰：「釋迦佛正法住世五百年，像法一千年，末法一萬年。」○華嚴經第十四卷有「空王佛」。○神秀碑：「有師而成，即燃燈佛所，無依而説，是空王法門。」於摠持門通一路，華嚴經：「成就摠持三昧門，此真佛子之住處。」○楞嚴經：「頌十方薄伽梵，一路涅槃門。」以光明藏續千燈。圓覺經：「入於神通大光明藏，維摩詰與二千魔女説法，云：『諸姊，有法門，名無盡燈。汝等當學無盡燈者，譬如一燈然百千燈，冥者皆明，明終不盡。』」李白尊勝幢頌：「傳千燈於智種，了萬法於真空。」從容發口酬摩詰〔二〕，維摩問三十二菩薩不二法門。邂逅持心契慧能。韶州法海禪師初見六祖，問曰：「即心即佛，願垂指喻。」祖曰：「何〔三〕念不生即心，後念不滅即佛。成一切相即心，離一切相即佛。吾若具説，窮刧不盡。吾偈曰：『即心名慧，即佛乃定。定慧等持，意中清淨。悟此法門，由汝習性。用本無生，雙脩是正。』」法海信受，以偈贊曰：『即心元是佛，不悟而自屈。我知言慧因，雙脩離諸物。』」新句得公還有賴，古人詩字恥無僧。詩字有僧，如賈島「僧敲月下門」之類。鄭谷雲臺集，其詩用「僧」字凡三十五處。故

詩人云：「仲先筆苑多籠鶴，鄭谷詩壇愛惹僧。」蓋谷詩好使「僧」字，而魏野仲先詩好使「鶴」字。二公以「僧」、「鶴」格致清高，故句多及之。

【校記】

〔一〕「鍊」，宋本、叢刊本作「練」。

〔二〕「摩詰」，原作「摩誥」，據宫内廳本、叢刊本改。

〔三〕「何」，宫内廳本作「前」。

和祖仁晚過集禧觀

姸暖聊隨馬首東，欒黶曰：「余馬首欲東。」春衫猶未着方空。漢元紀：「罷齊〔一〕三服官。」注：「春獻冠幘縰爲首服，紈素爲冬服，輕綃爲夏服，凡三。」師古曰：「縰，與纚同，音山爾反。即今之方目紗。」又後漢：「建初二年，詔齊相省冰紈、方空縠、吹綸絮。」紈，素也。冰，言色鮮潔如冰。釋名曰：「縠，綏也，方空者，紗薄如空也。或曰：空，孔也，即今之方目紗也。綸，似絮而細。吹者，言吹噓可成，亦紗也。」煙霞送色歸瑶水，王元長曲水序：「穆王八駿，如舞瑶水之陰。」杜子美九成宫詩：「巡非瑶水遠。」山木分香繞閬風。三島記：「崐崙山有三角，其一角正北，干星辰之煇，名曰閬風巔。」又，十洲記：「聚窟洲在西海中，北接崐崙二十六萬里。山上專多大樹，與楓木相類，而林芳葉香，聞數百里，名曰反魂樹。」壯髮已輸塵外緑，趙后傳：「我男也，額上有壯髮，類孝元皇帝。」師古曰：「壯髮當額前侵下生，今俗呼爲圭頭者是也。」言塵外人不與事接，故髮常緑。衰顔漫到酒邊紅。潘安仁金谷詩：「玄醴染朱顔。」○東坡詩：「衰顔得酒尚能韶。」又：「兒童誤喜朱顔在，一笑那知是

酒紅。」日斜歸去人間世，却記前游似夢中。

【校記】

〔一〕「齊」，原作「齋」，據漢書元帝紀、宮内廳本改。

送程公闢轉運江西〔一〕

江西一節鑄黄金，最慰章濱〔二〕父老心。公闢於嘉祐間嘗爲洪州。至治平三年，爲江西路轉運副使，故公詩有「不異重臨」、「最慰章濱」之句。周禮地官掌節：「凡邦國之使節，山國用虎節，土國用人節，澤國用龍節，皆金也，以英蕩輔之。」長孺重〔三〕來真强予，汲黯字長孺，拜淮陽太守，伏謝，不受印綬，數强予，然後奉詔。次公今不異重臨。黄霸字次公，爲京兆尹，坐乏軍興，有詔歸潁川太守官，以八百石居治如其前。柳柳州再授連州酬别劉夢得詩：「重臨事異黄丞相，三黜名慚柳士師。」餘風尚有歡謡在，陳跡非無勝事尋。退之詩：「園林窮勝事。」豫想新詩能寄我，十年華省故情深。皇甫冉酬盧十一詩：「閉門公務散，枉策故情深。」

【校記】

〔一〕龍舒本卷五十九題作「寄江西程公闢」。

〔二〕「章濱」，龍舒本、宮内廳本作「漳濱」，下注同。

〔三〕「長孺」，原作「直孺」，下注同，據漢書汲黯傳及宋本、叢刊本改。「重」，龍舒本、宋本、叢刊本作「向」。

次韻微之即席

釀成吴米野油囊，却愛清談氣味長。仙人王方平傳：「沽酒餘杭姥，得一油囊，酒五斗許。」○樂天謝劉蘇州寄糯米李浙東舞衫詩：「金屑醅濃吴米釀，銀泥衫穩越娃裁。」閑日有僧來北阜，僧，謂寶公之流。北阜，指鍾山。平時無盜出南塘。南塘，秦淮南岸塘也。祖逖傳：「所從賓客義徒多爲盜，逖撫慰之，曰：『比復南塘一出否？』盜爲吏所繩，逖輒擁護之。」又：「謝公時厮養逋亡，多竄在南塘諸舸中。或欲一時搜索，謝公不許，曰：『不容置此輩，何以爲京師？』」風亭對竹酬孤峭，雪逕尋梅認暗香。公梅詩又有「風亭把酒酬孤艷，雪逕回輿認暗香」之句。江水中澪〔二〕應未變，一杯終欲就君嘗。張又新水録：「代宗時，李季卿刺湖州，至維揚，遇陸鴻漸，謂曰：『陸君善茶，天下所聞；揚子南零，水又殊絶，今者二妙千載一遇，何可輕失？』乃命軍士信謹者挈瓶操舟，深詣南零，陸潔器以俟。俄水至，陸以杓揚水曰：『江則江矣，非南零者，似臨岸者。』使稱：『不敢紿。』既而傾諸盆，至半遽止，又以杓揚之，曰：『此南零者矣。』使蹶然駭服，曰：『某自南零齎至岸，舟盪半，懼其尠，挹岸水以增之。處士之鑒，神鑒也。』李大驚。陸又曰：『楚水第一，晉水最下。』因命吏占而次弟之。贊皇公李德裕，博達士。居廊廟日，有〔三〕親知奉使於京口，李曰：『還日，金山下揚子江中澪水，與取一壺來。』其人舉棹日，醉而忘之，泛舟止石城下，方憶，乃汲一缾於江中，歸京獻之。李公飲後，歎訝非常，曰：『江表水味有異於頃歲矣！此水頗似建業石城下水。』其人謝過不隱。」杜牧之詩：「商歌如不顧，歸棹越南濡。」自注：「某家在朱方。揚子江界，有南濡、北濡。」據此，則中濡之外，又自有南濡、北濡耶？

【校記】

〔一〕「水」，宮内廳本作「上」。「中滘」，宋本、叢刊本作「中濡」，龍舒本作「中泠」。

〔二〕宮内廳本「有」以下脱文。

和王微之秋浦望齊山感李太白杜牧之〔一〕

齊山在池州貴池縣南五里。王晳齊山記云：「山有十餘峯，其高正等，故曰齊山。或謂唐刺史齊映有善政，好此山，因名焉。」按：唐書載映爲江西觀察使，不作池州，郡牧題名却有齊照，當是以此得名也。

齊山置酒菊花開，秋浦聞猿江上哀。池陽記：「秋浦水，源起石埭，北帶郡城，南走驛道，爲舟楫之路。李景業始築大堤於南，續長橋於北。」○杜牧之齊山詩：「人世難逢開口笑，菊花須插滿頭歸。」○太白秋浦詩：「秋浦猿夜愁，黄山堪白頭。」又：「君莫向秋浦，猿聲碎客心。」此地流傳空筆墨，昔人埋没已蒿萊。平生志業無高論，末世篇章有逸才。張釋之傳：「卑之無甚高論。」王褒傳：「有逸才。」介父平生以三代自詭，下睎漢、唐，宜謂二公無高論，特以逸才許之耳。尚得使君驅五馬，與尋陳跡久裴回〔二〕。

【校記】

〔一〕宮内廳本本首脱文。

〔二〕「裴回」，龍舒本、宋本、叢刊本作「徘徊」。

次韻登微之高齋有感〔一〕

臺殿荒墟辱井堙，豪華不復見臨春。辱井，即景陽宮井。○建康志云：「井在臺城内。陳末，後主與張麗華、孔貴嬪投其中，以避隋兵。其井有石闌，多題字。舊傳云：『欄有石脈，以帛拭之，作煙脂痕。』或云，石脈色類煙脂，故又一名煙脂井。」○歐陽公集古録跋尾云：「景陽樓下井記，不著撰人名氏，述隋滅陳，叔寶與張麗華等投井事。其後有銘，以爲戒。又有唐江寧縣丞王震井記云：『井在興嚴寺，其石檻有序，稱余者，晉王廣也，其文字磨滅，僅可識其十一二。』今其文尚可讀處，有云『前車已傾，負乘將没』也。」曾南豐集亦載：「井有篆文，云：『辱井斯在，可不戒乎？』並下文共十八字，在井石檻上，不知誰爲之文。」臨春，見和微之登高齊注。左氏：「井湮木刊〔三〕也。」北山漠漠雲垂地，子美賦云：「九天之雲下垂。」北山，即鍾山。南埭悠悠水映人。建康實録：「於方山南截淮立埭，即南埭。」馳道蔽虧松半死，賈山至言：「隱以金椎，樹以青松。爲馳道之麗至此，使其後世曾不得邪徑而託足焉。」○李太白金陵懷古詩：「緑水絶馳道，青松摧古丘。」射場埋没雉多馴。齊武帝數幸琅琊城，游鍾山射雉，至湖北埭，雞始鳴。射場蓋距埭不遠。登高一曲悲亡國，想繞紅梁落暗塵。謝玄暉詩：「舞館識餘基，歌梁想遺轉。」注：「妙歌者發聲，聲繞梁而塵起，故見梁則想其遺聲。」○博物志：「昔韓娥東之齊，糧匱，過雍門，鬻歌假食。既去，而響繞梁，三日不絶。」○隋薛道衡詩：「空梁落燕泥。」

【校記】

〔一〕宋本、叢刊本題作「次韻王微之登高齋」。

〔二〕宮内廳本「木刊」上注及全詩脱文。

和微之重感南唐事

叔寶傾陳衍弊梁，可嗟曾不見興亡。陳書：「後主諱叔寶。禎明三年，隋師賀若弼、韓擒虎進攻宮城，自南掖門入，執後主與王公百官入於長安。」○梁書：「武帝諱衍。太清三年，侯景攻陷宮城，縱兵大掠。五月，帝崩。」齋祠父子終身費，梁武帝天監十八年，於無碍殿受戒。大通元年，幸同泰寺捨身。中大通元年九月，幸同泰寺，設無遮大會，釋御服，披法衣，行清浄大捨。十月，又設無遮會。二年四月，幸寺，設平等會。三年十月，幸寺，説涅槃經。十一月，又幸寺，説般若經。五年三月，幸寺，設四部大會。大同元年三月，幸寺，設無遮會。四月，幸寺，鑄十方銀像，設無碍會。二年三月，幸寺，設平等會。九月，幸寺，設四部無碍會。三年五月，幸寺，鑄十方金銅像，設無碍法會。八月，幸阿育王寺，設無碍法喜食。十年，於皇基寺設法會。中大同元年，幸同泰寺施身，仍設法會，皇太子以下奉贖。太清元年三月，幸寺，設無遮大會，行清浄大捨，又升光嚴殿講經，捨身。御輦還宮，幸太極殿，如即位禮。昭明太子傳：「高祖大弘佛教，親自講説。太子亦崇信三寶，偏覽衆經，乃於宮内制立慧義殿，專爲法集之所，招引名僧，談論不絶。太子自立三諦法身義，並有新意。普通元年，甘露降於慧義殿，咸以爲至德所感焉。」酣詠君臣舉國荒。南史江揔傳：「揔既當權任宰，不持政務，但日與後主游宴後庭，多爲艶詩。好事者相傳諷翫，於今不絶。又與陳暄、孔範、王瑳等十餘人，當時謂之『狎客』。由是國政日頹，綱紀不

立。有言之者，輒以罪斥之。君臣昏亂，以至於滅。」又建康志：「後主常使張貴妃、孔貴人等八人夾坐，江摠、孔範等十人預宴，號曰『狎客』。君臣酣飲，從夕達旦，以此爲常。」○王轂詩：「君臣猶在醉鄉中，一面已無陳日月。」南狩皖山非故地，皖山，屬舒州。○湘素雜記云：「江南伶人王感化口捷急，滑稽無窮。中主從豫章，至潯陽，遇大風。中主不悅，命酒獨酌，指北岸山問舟人，云：『皖公山也。』愈不懌。感化獨前，獻詩曰：『龍舟萬里駕長風，漢武潯陽事正同。珍重皖公山色好，影斜不入壽杯中。』中主大悦。」北師淮水失名王。梁武帝普通六年五月壬子，遣中護軍夏侯亶督壽陽諸軍侵魏。六月庚辰，豫章王綜奔魏，魏復據彭城。天移四海歸真主，誰誘昏童肯用長〔一〕？唐史穆宗等贊：「穆、敬昏童不君。」鄧艾報蜀後主書：「龍戰虎争，終歸真主。」杜牧之金陵懷古：「如今四海歸皇化，兩岸蕭蕭蘆荻秋。」

【校記】

〔一〕「長」，宋本、叢刊本作「良」。

寄李君昺弟訪别長蘆至淮陰追寄〔一〕

怒水搏〔二〕風雪壠高，亂流追我秖漁舠。韓詩：「怒水忽中裂。」又：「説楚波堆壠。」〔三〕海中作金鼓聲。土人謂之海怒，當作風雨。○李白詩：「濤白雪山來。」忽看淮月臨寒食〔四〕，想映江春聽伯勞〔五〕。豳詩：「七月鳴鵙。」注：「伯勞也。」又，伯勞鳴，將寒之候。此詩乃云「江春」。或稱伯勞爲食母鳥，非。道義終期〔六〕麟一角，文章已〔七〕禿兔千毫。草木疏：「麟，麕身，牛尾，馬足，黄色，圓蹄，一角，角端有肉。音中鐘呂，行中規矩。」毛萇詩傳云：「麟角，所以表其德也。」○北史：「學者

如牛毛，成者如麟角。」○王羲之傳贊：「雖秃千兔之翰，聚無一毫之筋。」○李白詩：「書秃千兔毫，詩裁兩牛腰。」後生可畏吾知子，語：「後生可畏，焉知來者之不如今也？」南北何時見兩〔八〕髦。詩柏舟：「髧彼兩髦，實維我儀。」注：「髦者，髮至眉。」

補注 雪巃 黄庭：「鼻神玉巃字靈堅。」雪巃，猶云玉巃也〔九〕。

【校記】

〔一〕龍舒本卷六十題作「寄李秀才兄弟」。宋本、叢刊本題首無「寄」字。

〔二〕「搏」，宋本、叢刊本作「慿」。

〔三〕此爲孟郊詩，見韓愈會合聯句。

〔四〕「淮」，龍舒本作「槐」。「寒食」，龍舒本作「秋渚」。

〔五〕「想映」句，龍舒本作「更聽漁人雜佩濤」。

〔六〕「終期」，宋本、叢刊本作「當成」。

〔七〕「已」，龍舒本作「先」。

〔八〕「南北」，龍舒本作「握手」。「兩」，龍舒本作「二」。

〔九〕本注原闌入題左，無「補注」二字。

貴州虞部使君訪及道舊竊有感惻因成小詩

韶山秀拔江清寫，郡國志：「韶州科斗勞水間有兩石對峙，相去一里，大小略均，有似雙闕，謂之韶石。昔帝舜南游登此，奏韶樂，因以名之。隋開皇九年，取以名郡。」公詩所指韶山，未知即此韶石乎？或只泛言「靈鷲山」、「芙蓉崗」之類也。江，即州之曲江，舊有湞水。氣象還能出縉紳。當我垂髫初識字，看君揮翰獨驚人。楚公嘗守韶州，公時尚幼。郵籤忽報旌麾入，齋閤遥瞻組綬新。握手更誰知往事？同時諸彥略成塵。李昉文正賞花感事詩云：「當時同醉花前客，今日半爲泉下人。」

冲卿席上〔一〕

二年相值喜同聲，易：「同聲相應。」並轡塵沙眼亦明。雖在塵沙中，以得友故，眼亦爲之明。新詔各從天上得，殘罇同向月邊傾。李白詩：「何如月下傾金罍？」已嗟後會歡難必，晉書載記：「石韜燕寮屬於東明觀，酒酣，長歎曰：『人居世無常，別易會難，各付一杯開意。爲吾飲，令必醉，知後會復何期，而不飲乎？』」○謝惠連雪賦：「傷後會之無因。」冲卿先得外，故有「後會」之語。更想前官責〔二〕尚輕。黽勉敢忘君所勗，古人憂樂有違行。憂則違之，不以退爲高；樂則行之，不以進爲泰。

【校記】

〔一〕宋本、叢刊本題下有「得行字」三字。

〔二〕「責」，龍舒本作「老」。

示董伯懿

穿橋度塹只閑行，詠石嘲花亦漫〔一〕成。嚼蠟已能忘世味，楞嚴經：「當橫陳之時，味如嚼蠟。」畫脂那更惜時名。元次公鹽鐵論曰：「無其質而外學其文，若畫脂鏤冰，費日損功。」長干里北寒山紫，白下門西野水明。滕王閣記：「煙光凝而暮山紫。」長干、白下，見上注。此地一廛須卜築，孟子：「願受一廛而爲氓。」○揚雄：「有田一廛。」故人他日訪柴荆。

【校記】

〔一〕「漫」，龍舒本作「謾」。

思王逢原三首〔一〕

布衣阡陌動成羣，卓犖高才獨見君。莊子：「舉魯國而儒服，然千轉萬變而不窮者，獨有一儒耳。」○介甫以令爲古之天民。杜詩：「胡人高鼻動成羣。」杞梓豫章蟠絶壑，騏驎騕褭跨浮雲。豫章，已見別注。應劭曰：「騕褭，古之良馬名，赤喙，玄身，日行五千里。」又，崔鴻十六國春秋：「呂光討平西域，上疏曰：『龜茲據三十六國之中。入其國城，天驥、龍麟、騕褭、丹髦萬計盈廐，雖伯益更生，衛賜復出，不能辨也。』」前書天馬歌：「籋浮雲，晻上馳。」行藏已許終身共，述而篇：「子謂顏淵曰：『用之則行，捨之則藏，惟我與爾有是夫？』」此則已許終身共之意。生死那知半道〔二〕分。逢原死時年二十八。便恐世間無妙質，鼻端從此罷揮斤。莊子送葬，過惠子之墓，顧謂從者曰：「郢人堊漫其鼻端若蠅翼，使匠石斲之。匠石運斤成風，聽而斲之，盡堊而鼻不傷，郢人立不失容。宋元君聞之，召匠石曰：『嘗試爲寡人爲之。』匠石曰：『臣則嘗能斲之，雖然，臣之質死久矣。自夫子之死也，吾無以爲質矣。』」○揚雄傳：「獿人亡，則匠石輟斤而不敢妄斲。」注：「古之善塗墍者也。施廣領大袖以仰塗，而袖不汙。獿，乃高反。又乃回反。」

【校記】

〔一〕龍舒本卷六十九此詩第一首題作「哭王令」，下二首題作「思王逢原二首」。

〔二〕「道」，龍舒本、宋本、叢刊本作「路」。

其二

蓬蒿今日想紛披，塚上秋風又一吹。逢原嘉祐四年秋卒，作此詩時〔一〕死之明年。妙質不爲平世得，微言惟有故人知〔二〕。衛玠傳：「嘗恐微言將絶，今乃復聞於君。」○陳師道懷魯直詩亦云：「妙手不爲平世用，高懷猶有故人知。」廬山南墮當書案，湓水東來入酒巵。郡國志：「有人洗銅盆，忽水暴漲，乃失盆。遂投水求之，即見一龍銜盆，奪之而出。故曰湓水。」又云：「源出青盆山，因以爲名。」陳跡可憐隨手盡，韓信傳：「鍾離眛曰：『吾今死，公隨手亡矣。』」○樓護傳：「爵禄賂遺，所得亦緣手盡。」○蘭亭記：「況脩短隨化，終期於盡。」欲歡無復似當時。杜詩：「可惜歡娱地，都非少壯時。」○退之祭張員外文：「中宵興歎，無復昔時。」

【校記】

〔一〕「時」，原作「將」，據宮内廳本改。

〔二〕宮内廳本評曰：「上句可哀。」

其三

百年相望濟時功，公作逢原誌云：「始余愛其文章，而得其所以言」云云，「於是慨然歎，以爲可以任世之重而有功於天下者，將在於此」。歲路何知向此窮。歲路，猶言年事也。王褒書曰：「年事遒盡，容髮衰謝，芸其黄矣，零落無時。」陸士衡豫章行云：「前路既已多，後塗隨年侵。」呂延濟注云：「前路，謂日月。」李善曰：「前路、後塗，喻壽命也。」○公代王魯公乞致仕表亦云：「徒以歲路之向窮，不勝人言之甚衆。」亦是暗借阮籍「塗窮」字。鷹隼奮飛凰羽短，薛令之，開元中爲東宮侍講。時宮僚閑淡，以詩自悼，書於壁曰：「朝旭上團團，照見先生盤。盤中何所有？苜蓿長闌干。飯澁匙難綰，羹稀箸易寬。只可謀朝夕，何由度歲寒？」上因幸東宮，見焉，索筆續之曰：「啄木觜距長，鳳凰毛羽短。若嫌松桂寒，任逐桑榆暖。」令之因此謝病東歸。肅宗即位，詔徵之，已卒。出閩中名士傳。騏驎埋没馬羣空。埋没，如厄鹽車之類。又：「伯樂一過冀北之野，而馬羣遂空。」中郎舊業無兒付，韓詩：「中郎有女能傳業。」謂蔡邕。康子高才有婦同。逢原妻吴氏有賢行。皇甫謐高士傳：「黔婁先生卒，曾西來弔，見屍牖下，覆以布被，手足不盡，覆頭則足見，覆足則頭見。西曰：『斜其被，則歛矣。』妻曰：『斜之有餘，不若正之不足。先生生而不斜，死而斜之，非先生意也。』西曰：『以何爲謚？』妻曰：『先生存時，食不充飽，衣不蓋形，可以謚爲康乎？』西曰：『昔先生，君欲用爲相國而辭不爲，是有餘貴；君賜粟而辭不受，是有餘富。甘天下之淡味，安天下之卑位，其謚爲康，不亦宜乎？』」想見江南原上草〔一〕，樹枝零落紙錢風。逢原葬於常州武進縣鄉村上原〔二〕。○白樂天詩：「風吹曠野紙錢灰，古墓無人春草緑。」○唐詩：「野風吹起紙錢灰。」

【校記】

〔一〕「草」，諸本作「墓」。

〔二〕「鄉村上原」，宮内廳本作「薛村之原」，宋本、叢刊本王逢原墓誌銘作「南鄉薛村之原」。

和吳御史臨淮感事

柵鏁城扉曉一開，㩜牙車軸轉成雷。說文：「柵，編樹木也。」晉書載記：「苻堅入寇，前軍將梁成、王顯等率衆五萬屯落澗〔一〕，柵淮以遏東軍。」今言「柵鎖」，謂置鏁於柵之兩端，可以開閉，以操縱舟舡之往來。○牧之阿房賦：「雷霆乍驚，宫車過〔二〕也。」○鮑昭蕪城賦：「㩜以漕〔三〕渠，軸以崐崗。」黃塵欲礙龜山出，渡淮而北至京，絶多塵坌，張垍所以有「灰堆」之句。○梁末童謡云：「黃塵汙人衣，皂筴相料理。」龜山在泗州臨淮縣，山下有淮渦神。按：古嶽瀆經云：「禹治水，三至桐柏山，獲淮渦水神，名曰無支祁，形若獮猴，力踰九象，人不可視。禹授之童律及烏木田，皆不能制，乃命庚辰制之。是時木魅、水靈、山妖、石怪奔號叢繞，幾以千數。庚辰持戟逐去，遂頭鎖大索，鼻穿金鈴，徙淮陰，鎖龜山之足，淮水乃安。唐永泰初，楚州有漁人夜釣於龜山之下，其鈎爲物所制，不復可出，漁因沉水視之，見大鐵鎖盤繞山足，不知其極。漁者驚異，出告刺史李湯。遣能水者數十人下，獲其鎖，力不能制，加五十六牛拽之，稍稍到岸。鎖末一獸，形如青猴，皃若昏醉，高五丈許，狀甚怪異。耳目口鼻皆悉水流，涎沫腥穢，不可近傍。雙眸忽開，光采若電，觀者奔走，獸亦徐徐引鎖拽牛，入於水去。」白浪空分汴水來。汴自淮入江。澄觀有材邀昧陋，韓詩：「人言澄觀雖僧徒，公才吏用當今無。」昧陋，謂商販之輩。○泗州僧迦塔，澄觀所建，舟車過此，多有施金帛以乞靈者。故公詩云。然退之又云：「僧迦

後出淮泗上，勢到衆佛尤魁奇。越商胡賈脱身罪，珪璧滿船寧計資。」意事謂此。霽雲無力報姦回。南霽雲乞救於賀蘭也，賀蘭嫉巡、遠聲威功績在其上，不肯出師赴救。雲知賀蘭終無出師意，即馳去，將出城，抽矢射佛寺浮圖，矢著其上甎半箭，曰：「吾歸破賊，必滅賀蘭，此矢所以志也！」騷人此日追前事，賈誼治安策：「竊跡前事。」悲氣隨風動管灰。後漢律曆志：「候氣之法，爲室三重，户閉，塗釁必周。密布緹縵室中，以木爲案，每律各一，内庳外高，從其方位，加律其上，以葭莩灰抑其内端，案曆而候之，氣至者灰去。其爲氣所動者，其灰散。人及風所動者，其灰聚。」

【校記】

〔一〕「落澗」，宫内廳本作「洛間」。
〔二〕「過」，原作「逼」，據樊川文集阿房宫賦、宫内廳本改。
〔三〕「漕」，原作「遭」，據文選所載蕪城賦、宫内廳本改。

補注 劉貢父嘗云：「人必自知，然後可以知人，人必能盡其性，然後可以自知。己誠聖人耶，則可以知聖人矣，而况賢者乎？己誠賢人耶，則可以知賢者矣，而况有常者耶？由衆人視賢者、賢者視聖人，不能測也。譬猶觀物，自上視下，則其短長可見；由下視上，知其高而已，短長不可差也。世之人不自知，而易以賢智許人，非狂則誣。」余嘗疑貢甫此言似爲介甫稱逢原輩設，姑附於此。

補注 重感南唐事〔一〕 王逢原詩：「乾坤未發龍虎争，日月須歸仁義主。江山本不爲英雄，英雄自負江山去。」

感南唐事詩〔一〕

酣詠君臣舉國荒 李泰伯詩：「江左君臣筆力雄，一爲宫體便移風。始知姬旦無才思，秖把豳詩詠女功。」

補注　送質夫　平世求材謾至公　朝廷科舉，至封彌、謄録以取士，其立法可謂公矣，而士多遺才，其中選者未必盡賢也。要不若三代鄉舉里選之法爲得。公云「謾至公」，亦致不足之意云耳。

重感南唐事〔三〕　齋祠　如築浮山堰之類，可謂弊矣，不特齋祠也。　南狩皖山　梁室喪亂，淮南地竝入齊、陳。高宗太建初，志復舊境，乃運神略，授律出師，至於戰勝，攻取獻捷相斷繼，遂返侵地，功實懋焉。及周滅齊，勝，略地還達江淮矣。據周略地，沿江爲界，正叔寶時。故公詩之「皖山非故地」，指叔寶也。　北師淮水　又臨川王宏兩軍亦北師淮水也。

思王逢原三　歲路　南史：「齊張充與王儉書曰：『丈人歲路未窮，學優而仕，道佐蒼生，功横海宇，可謂盛德，當時孤松獨秀者也。』」

【校記】

〔一〕〔二〕〔三〕題全作「和微之重感南唐事」。

庚寅增注第三十卷

送吴殿丞宰鞏縣　青嵩碧落　白樂天詩：「翠華黄屋未東巡，碧落青嵩付大臣。」

送吴仲純守儀真　栱木故國　左氏：「汝墓之栱矣。」季子賢者之邑，故云「故國」。

送質夫之陜府　共嫌欲老無機械　莊子天地篇：「子貢過漢陰，見一丈人爲圃畦，鑿隧而入井，抱甕而出灌，用力甚多而見功寡。子貢曰：『有械於此，一日浸百畦，夫子不欲乎？』丈人曰：『奈何？』曰：『鑿木爲機，後重前輕，挈水若抽，數如泆湯，其名桔槔。』爲圃者忿然作色而笑曰：『有機械者必有機事，有機事者必有機心，道之所不載也。吾非不知，羞而不爲也。』」

題孫學士歸來亭　明時雋老　晉鄭中傳：「迪宣謀猷，弘敷大烈。可謂朝之雋老，衆所具瞻者也。」

汜水寄和父　留連厚禄　白樂天詩：「形骸俛仰班行内，骨肉勾留俸禄中。」

寄吉甫　辛夷樹下行　李宣遠詩：「靖安院裏辛荑下，醉笑狂吟氣最麄。」

和平甫招道光法師　千燈　天一菩薩開導百千衆生，令發阿耨多羅三藐三菩提心於其道，意亦不滅盡，是名無盡燈。　持心契慧能　後漢韋彪傳：「忠孝之人，持心近厚。」

和祖仁晚過集禧觀　煙霞送色　退之詩：「春雲送色曉雞號。」

次韻微之即席　有僧來北阜　李端詩：「經秋無客到，入夜有僧來。」

登微之高齋　馳道　宋孝武帝作馳道，南自閶闔門，北出承明，抵玄武湖十餘里，爲調馬之所。　射場埋没雉多馴　齊東昏侯置射雉場數百所，皆以七寶椺，在江寧縣東北三十里。

寄李君梟　兩髦　觀公詩意，「兩髦」謂李君兄弟也，乃「英髦」之髦，借用「髧彼兩髦」字爾。

思王逢原其一　卓犖高才獨見君　韓退之文：「卓犖瓌怪〔一〕之士，宜乎游於大人君子之門也。」又與王深父書云：「有王逢原者，卓犖可駭，求之於時，殆未見比。」　半道分　賀蘭晉明詩：「人生結交在終始，莫以升沉中路分。」　紛披　韓詩：「此處皆緑净，岸樹共紛披。」

其三　騏驎埋没　杜詩：「豈有騏驎地上行？」又：「生男埋没隨百草。」

【校記】

〔一〕「卓犖瓌怪」，原作「章犖瓌怪」；下「大人」，原作「大」：均據宋蜀刻本昌黎先生文集送權秀才序改。

王荆文公詩卷第三十一

律詩

和文淑湓浦見寄

文淑，公女弟，張劒州之妻，亦能文。

多難漂零歲月賒，空餘文墨舊生涯。相看楚越常千里，孟浩然送從弟邕詩：「千里在俄頃，三江坐超忽。向來共歡娱，日夕成楚越。」不及朱陳似一家。徐州古豐縣有村曰朱陳，去縣百餘里。一村唯朱陳兩姓，世爲婚姻。白樂天有朱陳村詩。髪爲感傷無翠葆，子虚賦：「建翠乘之旗。」師古注云：「以翠羽爲旗上葆也。」光武紀：「益州傳送公孫述葆車輿輦。」注：「葆車，謂上建羽葆也。合聚五采羽，名爲葆。」又：「廣陵王謀反，上賜璽書云：『當此之時，頭如蓬葆。』」注：「頭久不理，如蓬茸羽葆。」○韓偓詩：「心爲感恩長慘戚，鬢緣多病早蒼浪。」眼從瞻望有玄花。韓詩：「玄花著兩眼，視物隔褷褵。」惟詩與我寬愁病，報爾何妨賦棣華。詩小雅棠棣篇：「棠棣之華，鄂不韡韡。凡今之人，莫如兄弟。」

次韻吳季野再見寄

衣裘南北弊風塵，志格〔一〕卑汙已累親。蘇秦家貧親老，觸塵埃，蒙霜露，越漳河以見李兌，抵掌而談。李兌遺以黑貂之裘，黃金百鎰，秦迺西入於秦。書十上而說不行，黑貂之裘弊，資用乏絶。去秦而歸，羸縢履蹻，負書擔囊，形容枯槁，面目犂黑，狀有愧色。至家，妻不下紝，嫂不爲炊，父母不與言。秦歎曰：「妻不以爲夫，嫂不以爲叔，父母不以爲子，皆秦之罪也。」流俗尚疑身察察，交游方笑黨頻頻。屈平：「安能以身之察察，受物之汶汶？」揚子：「頻頻之黨，甚於鸒斯。」遠同魚樂思濠上，老使鷗驚恥海濱。莊子與惠子游於濠梁之上。莊子曰：「儵魚出游從容，是魚樂也。」惠子曰：「子非魚，安知魚之樂？」莊子曰：「子非我，安知我之不知魚之樂？」列子：「海上之人有好漚鳥者，每旦之海上，從漚鳥游。漚鳥之至者，百住而不止。（注曰：「住」，當作「數」。）其父曰：『吾聞漚鳥皆從汝游，汝取來，吾玩之。』明日之海上，漚鳥舞而不下。」邂逅得君還恨晚，能明吾意久無人。

【校記】

〔一〕「格」，宋本、叢刊本作「趣」。

次韻平甫贈三靈〔一〕程惟象

家山松菊半荒蕪，杖策窮年信所如。李羣玉詩：「舊館苔蘚合，幽齋松菊荒。」司馬遷書：「居則忽忽若有所亡，出則不知所如往。」師古曰：「如，亦往也。」占見地靈非卜筮，筭知人貴自陶漁。洛誥：「我又卜瀍水東，亦惟洛食。」此以卜筮占見地靈也。今言「非卜筮」，其術猶高矣。○孟子公孫丑稱舜「自耕稼陶漁，以至爲帝，無非取於人者」。久諳郭璞言多驗，老比顔含意更疏。此以惟象擬璞。「久諳」云者，謂熟聞其術之驗。按璞傳：「庾翼幼時，嘗令璞筮公家及身。卦成，曰：『立始之末丘山傾，長順之初子凋零。』及康帝即位，始改元爲建元。或謂庾冰〔二〕曰：『忘郭生之言乎？立始，建元也；丘山，上名。此號不宜用。』冰撫心歎恨。帝崩，何充改元爲永和。庾翼歎曰：『天道精微，乃當如此。長順者，永和也，吾庸得免乎？』璞之占驗多此類。撰前後筮驗六十餘事，名曰洞林〔三〕。璞嘗欲爲顔含筮，含曰：『年在天，位在人。脩己而天不與者，命也；守道而人不知者，性也。自有性命，無勞蓍龜。』」秖欲勒成方士傳，借君名姓在新書。方士傳，史記謂之「龜筴」、「日者」，續漢書謂之「方術」，三國志謂之「方伎」，晉及北史謂之「藝術」，新、舊唐書並謂之「方伎」，皆醫卜之流也。嵇康傳：「撰上古以來高士，爲之傳贊。」

【校記】

〔一〕龍舒本、宋本、叢刊本「三靈」下有「山人」二字。

〔二〕「庾冰」，原作「庾水」，據晋書郭璞傳、宫内廳本改。

〔三〕「洞林」，原作「同林」，據晉書郭璞傳、宫内廳本改。

次韻和甫詠雪

奔走風雲四面來，坐看山隴〔一〕玉崔嵬。平治險穢非無德，潤澤焦枯是有才。退之詠雪：「松篁遭挫折，糞壤獲饒培。」〇高駢雪詩：「逡巡好上高樓看，蓋盡人間惡路岐。」亦平治之意。勢合便疑包地盡，功成終欲放春回。韓詩：「隱匿疵瑕盡，包羅委瑣該。」〇又：「翕翕凌厚載。」寒鄉不念豐年瑞，只憶青天萬里開。言久雪願晴。

補注　青天　歐公詩：「青天却掃萬里净，但見緑野如雲敖。」〔二〕

【校記】

〔一〕「隴」，宋本、叢刊本作「壟」。

〔二〕本注原闌入題下，無「補注」二字。

次韻張氏女弟詠雪

天上空多地上稀，初寒風力故應微。唐人詩：「枝上空多地上稠。」○詩：「北風其涼，雨雪其雱。」○退之詠雪：「助留風作黨。」那能鎮壓黃塵起，強欲侵凌白日飛。晉童謠：「不見馬上郎，但見黃塵起。」○退之獻裴尚書雪詩：「照曜凌初日。」又：「欺梅并壓枝。」○詠雪贈張籍：「日輪埋欲側，坤軸壓將頹。」○射訓狐詩：「意欲唐突羲和烏。」邑犬橫來矜意氣，窟蟾偷出助光輝。楚詞：「邑犬羣吠，吠所怪也。」兼用柳子厚「吠雪」事。○窟蟾，謂月中蟆也。謝惠連雪賦：「月承幌而通輝。」○退之春雪詩：「莫愁陰景促，夜色自相饒。」公又有「閶闔與風生意氣，姮娥教月借光輝」之句。都城只有袁安憊，我亦年年幸賜衣。

次韻徐仲元詠梅二首

溪杏山桃欲占新，亭〔一〕梅放蘂尚嬌春。江淹別賦：「羅與綺兮嬌上春。」額黃映日明飛燕，肌粉含風冷太真。李義山詠蝶詩：「壽陽公主嫁時粧，八字宮眉捧額黃。」○早梅詩：「何處拂胷資蝶粉，幾時塗額籍蜂黃。」○雖言飛燕，借用壽陽公主事。○宋武帝女壽陽公主人日卧於含章簷下，梅花落公主額上，成五出之花，拂之不去，皇后留之。自是有梅粧，後人多効之。玉笛淒涼吹易徹〔二〕，李白詩：「黃鶴樓中吹玉笛，江城五月落梅花。」○曹松詩：「初開偏稱雕梁畫，未落先愁玉笛吹。」○古樂府有落梅之曲。○江揔落梅詩：「橫笛短簫吹復咽，

誰知柏梁聲不絶？」冰紈生澀畫難親。漢書地理志：「齊俗織作冰紈綺繡純麗之物。」師古曰：「紈，素也；冰，謂布帛之細，其色鮮潔如冰。」争妍喜有君詩在，老我〔三〕翛然敢効顰！莊子天運篇：「西施病心而矉其里，其里之醜人見而美之，歸亦捧心而矉其里。其里之富人見之，堅閉門而不出；貧人見之，挈妻子而去之走。」注：「通俗文：『蹙額曰矉。』」

【校記】

〔一〕「亭」，宋本、叢刊本作「高」。

〔二〕「徹」，龍舒本、宋本、叢刊本作「散」。

〔三〕「老我」下宋本、叢刊本注云：「一作『我老』。」

其　二

舊挽青條冉冉新，選詩：「青條若葱蒨。」花遲亦度柳前春。肌冰綽約如姑射，膚雪參差是太真〔一〕。姑射事，公屢用。○樂天長恨歌：「雪膚花貌參差是。」謂楊妃也。摇落會應傷歲晚，樂天詩：「霜降水反壑，風落木歸山。苒苒歲將晏，物皆復本原。」攀翻賸欲寄情親。謝靈運詩：「桂枝徒攀翻。」注云：「桂樹貞芳，可以翫游。」今友人不還，故徒爲攀援，誰與共之？翻，援〔二〕也。孟浩然詩：「茱萸正可佩，折取寄情親。」終無驛使傳消息，寂寞知誰笑與顰？

【校記】

〔一〕宮内廳本評曰：「和韻兩太真，不爲工」。

〔二〕「援」，原作「閲」，據清綺齋本改。

次韻酬陸彦回 經之子也。〔一〕

中郎筆墨妙他年，江文通賦：「雖淵、雲之墨妙，皆嚴、樂之筆精。」又：「君房言語妙天下。」晚與君游喜象賢。經，歐公朋友，有文名。書微子之命：「惟稽古崇德象賢。」欻欻故情初未慭，文公十二年：「兩軍之士，皆未慭也。」注：「慭，缺也。」英才但未遭文舉，明主寧當棄浩然。孔北海薦禰衡：「淑質貞亮，英才卓礫。」摭言載：「孟浩然入翰苑訪王維，適明皇駕至，浩然倉黄伏匿。維不敢隱而奏知，明皇曰：『吾聞此人久矣。』召使進所業，浩然誦：『不才明主棄，多病故人疏。』明皇曰：『吾未嘗棄卿，何誣之甚也？』放歸襄陽。」投贈臨分加組麗，小詩能不強雕鐫！揚子：「霧縠之組麗。曰：女工蠹矣。」

【校記】

〔一〕宋本、叢刊本題作「詩呈節判陸君」，注曰：「名彦回。」

留題曲親盆山　和州曲叙。

巧與天成未覺殊，國工施手豈須臾？巧，謂假人爲也。考工記「國工」注：「國之名工。」根連滄海蓬萊闊，勢壓黄河砥柱孤。鍾離權詩：「自言住處連滄海，别是蓬萊第一峯。」砥柱，山名，在虢城東北，大陽城東。酈道元水經注云：「昔禹治洪水，山陵當水者鑿之，故破山以通河，河水分流，包山而過，山見水中若柱然，故曰砥柱。三穿既決，水流疏分，指狀表白，亦謂之三門。」坐上煙嵐生紫翠，杜詩：「堂上不合生楓樹。」又假山詩：「幽處欲生雲。」影中樓閣見青朱。爲山觀水皆良喻，語：「譬如爲山，未成一簣。」○孟子：「觀水有術，必觀其瀾。」誰向君家識所趨。子由黄樓賦：「朱閣青樓。」

不到太初兄所居遂已十年以詩攀寄

一水衣巾翦翠綃，杜詩：「安得并州快剪刀，剪取吴松半江水。」杜牧池州詩：「弄水亭前溪，颭灩翠綃舞。」九峯環珮刻青瑶。韓詩：「字重青瑶鐫。」生才故有山川氣，前書地理志云：「凡民函五常之性，而其剛柔緩急、音聲不同，繫水土之風氣。」又，楊惲傳：「西河魏土，文侯所興，有段干木、田子方之遺風，漂然皆有節槩，知去就之分。安定山谷之間，昆戎舊壤，子弟貪鄙。」此皆謂人才係山川之風氣。卜築兼無市井囂。左氏：「晏子之宅近市，湫隘囂塵，不可以居。」三葉素風門閥在，十年陳跡履綦銷。思玄

賦：「逮三葉而遘武。」班婕好詞：「思君兮履綦。」歸榮早晚重携手，詩：「携手同歸。」莫負幽人久見招。陸士衡招隱詩：「躑躅欲安之，幽人在浚谷。」

偶成二首〔一〕

元微之詩：「二十年來諳此事，三千里外欲歸人。」

漸老偏諳世上情，已知吾事獨難行。脱身負米將求志，戮力乘〔二〕田豈爲名？高紀：「脱身去，已至軍矣。」○左氏：「相好戮力同心。」高論頗隨衰俗廢，壯懷難值故人傾。游俠傳：「久孤於世，豈卑論儕俗？」相逢始欲〔三〕寬愁病，搔首還添白髮生。杜詩：「自到青冥裏，休看白髮生。」

【校記】

〔一〕龍舒本卷七十五偶成二首其一同此；其二爲下首中四句，唯第三句「年」作「風」，「老」作「去」。宫内廳本僅一首，即下首。

〔二〕「乘」，龍舒本作「求」。

〔三〕「欲」，叢刊本作「覺」。

其　二〔一〕

懷抱難開醉易醒，曉歌悲壯動秋城。杜詩：「五更鼓角聲悲壯。」〇李白詩：「歌酣易水動。」又：「高歌振林木。」年光斷送朱顏老〔二〕，王康琚詩：「凝霜凋朱顏。」〇李白詩：「昨來朱顏子，今日白髮催。」世事栽培白髮生。三畝未成幽處宅，一身還逐衆人行。韓集：「九品之位其可望，一畝之宅其可懷。」王維詩：「五湖三畝宅，萬里獨歸人。」〇杜詩：「愁窺高鳥過，老逐衆人行。」可憐蝸角能多少，獨與區區觸事爭。莊子則陽篇：「戴晉人曰：『有所謂蝸者，君知之乎？』曰：『然。』『有國於蝸之左角者曰觸氏，有國於蝸之右者曰蠻氏，時相與爭地而戰，伏屍數萬，逐北旬有五日而後返。』」又：「通達之中有魏，於魏中有梁，於梁中有王。王與蠻氏有辨乎？」〇樂天詩：「相爭兩蝸角，所得一牛毛。」又：「蝸牛角上爭何事？石火光中寄此身。」〇皎然細言詩：「蚊眉自可託，蝸角豈勞爭。欲効絲毫力，誰知螻蟻誠。」

【校記】

〔一〕龍舒本卷七十四有感五首，此爲其一；其二爲本書卷四十四重將；其三爲本書卷四十四載酒；其四爲本書卷四十七春入；其五爲本書卷四十四楚天。

〔二〕「老」，宋本、叢刊本作「去」。

雨過偶書

霈然甘澤洗塵寰，南畝東郊共慰顏。地望歲功還物外，天將生意與人間。昭公三十二年：「閔閔焉如農夫之望歲。」○董仲舒策：「天使陽出布施於上，而主歲功。」○周茂叔不去窗前草，云：「常見造物生意。」霽分星斗風雷静，涼入軒窗枕簟閑。杜牧詩：「牕虚枕簟涼，寢倦憶瀟湘。」○許渾詩：「前山雨過池塘滿，小院秋歸枕簟閑。」○韓詩：「新涼入郊墟。」誰似浮雲知進退，纔成霖雨便歸山。易：「知進退存亡而不失其正者，其惟聖人乎？」○子建詩：「朝雲不歸山，霖雨成川澤。」○許渾詩：「塵意迷今古，雲情識卷舒。」亦知進退之意。

季春上旬苑中即事

輦路行看斗柄東，簾垂殿閣轉春風。北斗七星，在紫宫南。其杓所建，周於十二辰之舍，以定十有二月，斟酌元氣，運乎四時。○李白歌：「天之何爲令北斗而知春兮，回指於東方。」樹林隱翳燈含霧，河漢欹斜月墜空。虞羽客詩：「龍城含曉霧，瀚海隔遥天。」○唐人鬼詩：「河漢已欹斜，神魂欲飛越〔一〕。」新蘂謾〔二〕知紅蔌蔌，元稹連昌宫詞：「又有墻頭千葉桃，風動〔三〕落花紅蔌蔌。」○沈括詩：「不見連昌桃，無言紅蔌蔌。」○樂天詩：「水蓼冷花紅蔌蔌，江蘺濕葉碧凄凄。」舊山常夢直叢叢。姚鵠詩：「舊山常

夢到，流水送愁餘。」○退之詩：「楚山直叢叢，淮之水舒舒。」

賞心樂事須年少，老去應無日再中。謝靈運云：「天下良辰、美景、賞心、樂事，四者難并。」○左太冲賦：「將轉西日而再中，齊既往之精神。」○唐人詩：「事逐時偕往，恩無日再中。」○白詩：「百川未有回流水，一老終無却少人。」○謝惠連詩：「頹魄不再圓，傾羲無兩旦。」向注云：「魄，月；羲，日也。言月既缺，一月之中無再復圓；日既傾，一日之中無更朝也。」喻人老不可更少。

【校記】

〔一〕「飛越」，宮内廳本作「超忽」。

〔二〕「謾」，宋本、叢刊本作「漫」。

〔三〕「動」，原作「送」，據全唐詩、宮内廳本改。

上西垣舍人〔一〕

共説才高世所珍，諸賢誰敢望光塵？討論潤色今爲美，學問文章老更醇。論語憲問：「爲命，裨諶草創之，世叔討論之，行人子羽脩飾之，東里子産潤色之。」

賦擬相如真復似，詩看子建的應親。揚雄作賦，擬相如爲式，後客有薦雄文似相如者。此言「真復似」，蓋取諸此。○杜詩：「詩看子建親。」

仍聞悟主言多直，許史家兒往往嗔。雄傳：「有談范、蔡之説於金、張、許、史之間，則狂矣。」○班固稱：「許、史不敢縱恣，是以能全。然害蕭太傅，殺蓋司隸，皆

許、史也。」故公云「許史家兒往往嗔」，此得之矣。

【校記】

〔一〕龍舒本卷七十六題作「西垣當直」。

退朝

門外鳴騶送響頻，披衣強起赴雞人。雞人，見上注。火城夜闇雲藏闕，玉坐〔一〕朝寒雪被宸。每歲正旦，曉漏以前，宰相、三司使、大金吾皆以樺燭百炬擁馬，方布象城，謂之「火城」，仍雜以衣綉、鳴珂，焜耀街陌。如逢宰相，即諸司火城悉皆撲滅。○唐皇甫冉詩：「雲藏神女館。」○李端詩：「回合雲藏日，霏微雨帶風。」被宸，見上注。邂逅欲成雙白鬢，蕭條難得兩朱輪。猶憐退食親朋在，相與吟哦未厭貧。此詩作於嘉祐初，時爲羣牧判官、提點府界諸縣鎮公事，以貧，屢乞郡而未得。○詩：「退食自公。」

【校記】

〔一〕「坐」，宋本、宮内廳本、叢刊本作「座」。

與微之同賦梅花得香字三首

漢宮嬌額半塗黃，幽怪録云：「巴邛人霜後園中有兩大橘，如三斗盎，剖開，各有二叟相對象戲，相與更決賭。一叟曰：『君輸我海龍王女髲髲十兩、智瓊額黃十二枝』云云。言訖不見。」庾信武媚娘詩：「眉心濃黛直點，額角輕黄細安。」李義山蝶詩：「壽陽公主嫁時粧，八字宮眉捧額黃。」壽陽事，已見上注。山謙之丹陽記曰：「皇后正殿曰顯陽，東曰含章，西曰徽音。」皆後漢洛陽宮舊名。公雖用宋事，而仍曰「漢宮」。粉色凌寒透薄粧〔一〕。好借月魂來映燭，月魂，猶言月魄。退之詩：「若不妬清妍，却成相映燭。」恐隨春夢去飛楊〔二〕。風亭把盞酬孤艷，雪徑回輿認暗香。晏元獻詩：「冷艷風中凝，濃香雪後多。」○林逋梅花詩：「暗香浮動月黃昏。」李羣玉詩：「雪打溪梅狼籍香。」不爲調羹應結子，直須留此占年芳。此句亦兆公相業也。○杜詩：「卑枝低結子。」○白公石楠〔三〕詩：「見説上林無此樹，只教桃李占年芳。」

補注　月魂　杜詩：「環珮空歸月下魂。」〔四〕

【校記】

〔一〕「粧」，龍舒本作「裝」。

〔二〕「楊」，諸本作「揚」。

〔三〕「楠」，原作「橋」，據宮内廳本、全唐詩白居易石楠樹改，全唐詩題一作「石榴樹」。

〔四〕本注原闌入題下，無「補注」二字。

其二

結子非貪鼎鼐嘗，王建詩：「自是桃花貪結子。」偶先紅杏占年芳。梅聖俞詩：「已先羣木得春色，不與杏花爲比紅。」從教臘雪埋藏得，却怕春風漏洩香。黎錞希聲詩云：「雪徑清寒蝶未知，暗香誰遣好風吹。野橋漏洩春光處，正爲橫斜一兩枝。」本公此意也。○李義山柳詩：「爲有橋邊拂面香，何曾自敢占年光。」又：「已遭江映柳，更值雪藏梅。」不御鉛華知國色，洛神賦：「芳澤無加，鉛華不御。」○李正封牡丹詩：「國色朝含酒。」○杜詩：「自嫌脂粉汙顔色，淡掃蛾眉朝至尊。」秖裁雲縷想仙裝。太白宮詞：「雲想衣裳花想容。」少陵爲爾牽詩興，可是無心賦海棠。〔一〕詩話云：「子美母名海棠，故集中無海棠詩。然『曉看紅濕處，花動錦官城』，非海棠不能當也。」○子美詩：「東閣官梅動詩興。」鄭谷海棠詩：「浣花溪上堪惆悵，子美無心爲發揚。」

補注 漏洩 杜詩：「漏洩春光有柳條。」〔二〕

【校記】

〔一〕龍舒本注曰：「鄭谷海棠詩云：『子美無心爲發揚。』而子美有『東閣官梅動詩興』之句。」

〔二〕本注原闌入題下，無「補注」二字。

其三

淺淺池塘短短墻，崔魯梅花詩：「含情含態一枝枝，斜壓漁家短短籬。」年年爲爾惜流芳。向人自有無言意，退之詩：「凌晨擬作紅糚面，對客偏含不語情。」○羅隱詩：「若教解語應傾國，任是無情也動人。」○李義山桃花詩：「脈脈無言度幾春。」用息嬀事。傾國天教抵死香。漢文詔：「此細民之愚無知，抵死。」師古注曰：「抵，觸也，亦至也。」○李夫人傳：「一顧傾人城，再顧傾人國。」鬢裊一作「撚」。黃金危欲墮，梅聖俞梅花詩：「豈辭盡醉對顏色，頻嗅競粘鬢蘂黃。」蔕團紅蠟巧能裝。魏野詩：「蘂訝粉綃裁太碎，蔕疑紅蠟綴初乾。」○白詩：「紅蠟粘枝杏欲開。」○遯齋閑覽云：「凡詠梅，多詠白，而荆公詩獨云『鬢撚黃金，蔕團紅蠟』，不惟造語巧麗，可謂能道人不到處矣。」嬋娟一種如冰雪，依倚春風笑野棠。

和晚菊

不得黃花九日吹，空看野葉翠葳蕤。庾肩吾九日詩：「玉醴吹花菊，銀牀落井桐。」又，張說詩：「菊花吹御酒，蘭葉捧天詞。」○歐公言：「家菊性凉，野菊性熱。」家菊，則甘菊是也。此必指野菊，故下有「委翳草莽」之句。淵明酩酊知何處？子美蕭條向此時。杜牧詩：「直須酩酊酬佳節。」淵明不見酩酊事。獨李羣玉詩有「借問陶淵明，何物號忘

憂？無因一酩酊，高枕萬情休」。○少陵詩：「九日蕭條醉盡醒，殘花漫爛開何益？」委翳似甘終草莽，栽培空欲傍藩籬。可憐蜂蝶飄零後，始有閑人把一枝。杜詩：「來把菊花枝。」

景福殿前柏

殿在禁中。梅聖俞亦有景福殿後酴醾花及景福殿水詩。

香葉由來耐歲寒，子美老柏行：「香葉曾經宿鸞鳳。」幾經真賞駐鳴鑾。根通御水龍應蟄，韓偓柳詩：「澗松亦有凌雲分，爭似盤根太液池。」枝觸宮雲鶴更盤。張祜詩：「夜半深廊人語定，一枝松動鶴來聲。」杜詩：「宮雲去殿低。」怪石誤蒙三品號，餘見三品石詩注。老松先得大夫官。秦始皇封太山，遇雨，避於松下，封松爲五大夫。知君勁節無榮慕，寵辱紛紛一等看。唐盧承慶典選校百官考，有坐漕舟溺者，承慶以失所載，考中下，以示其人，無愠色，復曰：「非力所及。」考中中，亦不喜。承慶嘉之曰：「寵辱不驚，考中上。」○孫僅贈种放詩：「處士星孤輕世俗，大夫松好賤官〔一〕班。」

【校記】

〔一〕「官」，原作「宮」，據宮内廳本改。

四月果

一春強半勒花風，歐陽公詩：「餘寒尚勒花。」幾日園林幾樹紅。汲汲追攀常恨晚，紛紛吹洗忽成空。行看果下蒼苔地〔一〕，文選詩：「經始東山廬，果下自成榛。」○唐張仲素閨怨：「閑花落徧蒼苔地，盡日無人誰得知？」已作人間白髮翁。豈惜解鞍留夜飲，此身醒醉與誰同？杜牧詩：「別後東籬數枝菊，不知閑醉與誰同？」

【校記】

〔一〕「地」，宫内廳本作「色」。

墻西樹

墻西高樹結陰稠，步屧〔一〕窮年向此留。白日屢移催我老，杜詩：「爾曹催我老。」清風一至使人愁。紛紛暝鳥驚還合，小杜詩：「野竹疏還合，巖泉咽復流。」○李頎詩：「空山百鳥散還合，萬里浮雲陰復明。」渺渺凉蟬咽欲休。回首舊林歸未

得，相看〔二〕知復幾春秋。

補注　使人愁　李白詩：「長安不見使人愁。」〔三〕

【校記】

〔一〕「屧」，龍舒本、宋本、叢刊本作「屣」。

〔二〕「相看」，宋本、叢刊本作「看看」。

〔三〕本注原闌入題下，無「補注」二字。

度麾嶺寄莘老

區區隨傳換冬春，夜半懸崖託此身。隨傳，即乘傳也。師古注漢書曰：「傳，若今之驛。古者以車謂之傳車，其後又單置馬，謂之驛騎。傳，音張戀反。」豈慕王尊能許國，直緣毛義欲私親。王尊叱馭，見送復之赴成都注。廬江毛義奉府檄而喜，張奉心賤之。及母死，徵辟一無所就。奉歎曰：「賢者固不可測，往日之喜，乃爲親屈也。」詩言本非有意於用世，爲親而仕耳。施爲已壞平生〔一〕學，夢想猶歸寂寞濱。風月一歌勞者事，能明吾意可無人。韓詩外傳曰：「飢者歌其食，勞者歌其事。」

【校記】

〔一〕「平生」，龍舒本、宋本、叢刊本作「生平」。

狄梁公陶淵明俱爲彭澤令至今有廟在焉刁景純作詩見示繼以一篇

嘉祐中，江東提刑時作。〔一〕

梁公壯節就夔魖，謂武氏也。揚雄甘泉賦：「屬堪輿以壁壘兮，梢夔魖而扶獝狂。」○注：「木石之怪曰夔，秏鬼曰魖，音虛。」陶令清身託酒徒。高陽酒徒，見酈生傳。又，魏典略曰：「時苗謁蔣濟，會其醉，不能見。苗恚恨，刻木爲人，書曰：『酒徒蔣濟。』旦夕射之。」○論語：「身中清，廢中權。」政在房陵成底事？言雖復中宗，而反正後亦昏亂。故言「成底事」。年稱甲子亦何須。宋初授命，陶潛自以祖侃晉世宰輔，恥復屈身異代，所著書自義熙以前題晉年號，永初以後但稱甲子而已。江山彭澤空遺像，歲月柴桑失故區。周景式廬山記：「柴桑，彭澤之郊，古三苗國，舊屬廬江地。」太平寰宇記云：「柴桑山在德化縣，近栗里原，陶潛此中人。栗里原在廬山南，當澗有陶公醉石。」末俗此風猶不競，詩翁歎息未應無。則天長壽元年，來俊臣謂狄仁傑反，后召見，親問之：「卿承反，何也？」對曰：「不承，則死於考掠矣。」后曰：「何爲作謝死表？」曰：「無之。」出表示之，乃知其詐。仁傑貶彭澤令。

【校記】

〔一〕宋本、叢刊本題下注作「嘉祐中提點江東刑獄時作」。

寄沈鄱陽 時爲江東提刑。

離家當日尚炎風，叱馭歸時九月窮。朝渡藤溪霜落後，夜過麾嶺〔一〕月明中。信州弋陽縣有葛溪。按：江東地志無藤溪，豈誤以葛爲藤乎？麾嶺，在徽州績溪縣西北十里。圖經「麾」作「徽」。太平州寧國縣亦有麾嶺，未知孰是。山川道路良多阻，風俗謡言苦未通。禮記王制篇：「廣谷大川異制，民生其間者異俗。」又云：「五方之民，言語不通，嗜欲不同。」惟有鄱君〔二〕人共愛，流傳名譽滿江東。吴芮，秦時爲番陽令，號「鄱君」。

【校記】

〔一〕「麾嶺」，龍舒本作「翬嶺」。

〔二〕「鄱君」，宋本、叢刊本作「番君」。

席上賦得然字〔一〕送裴如晦宰吴江

按：如晦名煜，與歐公、聖俞、原甫輩爲交友。嘗與永叔書論集古録西漢字，並歐公跋附於此，觀此，可見其人與諸賢以文義相從游非一日，又因以見其始末也。「煜頃嘗謂周、秦、東漢往往有銘傳於世間，獨西漢無有。王原叔言華州片瓦有『元光』字，急使人購得之，乃好事者所爲，非漢字也。侍坐語及，公亦謂家集所闕，西漢字耳。煜守丹陽日，蘇氏者出古物有銅鴈足鐙〔二〕，製作精巧，因辨其刻，則黄龍元年所造。其言棨宫，二史間未始概見，遂摹之，欲寄左右，以爲集古録之一事。會悲苦不果。昨偶開篋，見之，謹以上獻。亦聞原甫於秦中得西漢數器，不知文字與此類不？煜再拜。治平元年十二月十四日。」「後三年，余出守亳社，而裴如晦以疾卒於京師。明年，原甫卒於南都。二人皆年壯氣盛，相次以殁，而余獨巋然而存也。熙寧壬子四月。」

青髮朱顔各少年，幅巾談笑兩歡然。古庶人服巾，士則冠。傅子曰：「漢末王公，多委王服，以幅巾爲雅素。」則幅巾，古賤者服也。鮑永、趙咨、符融、韋彪傳俱載幅巾。注：「謂以一幅巾爲首飾，不加冠冕。」靈帝時，詔書就家拜韋著爲東海相，逼切不得已，解巾之郡。注云：「巾，幅巾也。既服冠冕，故解之。」柴桑別後餘三徑，天禄歸來盡一廛。柴桑、天禄，謂淵明、子雲，然子雲未嘗歸也。邂逅都門誰載酒？蕭條江縣去鳴弦。鳴弦，宓子賤事。猶疑甫里英靈在，陸龜蒙居於甫里，自號甫里先生。到日憑君爲艤船。「烏江亭長艤船以待。」如淳注曰：「南方人謂整船向岸曰艤。」服虔曰：「艤，音蟻。」

【校記】

〔一〕宋本、叢刊本題無「席上賦得然字」六字。

〔二〕「出」，原作「依」；「鐙」，原作「證」，均據宫内廳本改。

次韻樂道送花

李義甫詩：「平陽館外有仙家，沁水園中好物華。」

沁水名園好物華，漢志：「沁水屬河内郡。」千浸反。漢竇憲傳：「憲恃宫掖聲勢，遂以賤直請奪沁水公主園田，主逼畏，不敢計。後肅宗駕出，過園，指以問，憲陰喝不得對。後發覺，帝大怒，切責憲：『今貴主尚見侵奪，況小人哉？』使以田還主。」注：「沁水公主，明帝女也。」○韓集惠康公主挽詩：「從今沁園草，無復更芳菲。」露盤分送子雲家。杜詩：「截成金露盤。」漢郊祀志：「武帝作承露仙人掌。」注云：「仙人以手掌擎盤承露。」新粧欲應何人面？彩筆知書幾葉花。退之牡丹詩：「凌晨併作新粧面。」李白夢筆生花。唐制，五花判事。韓湘曾爲吏部，染後堂之前白牡丹一叢，斵其根下，置藥而後栽培之。明年，牡丹花開，每一葉花中有楷書十四字，曰：「雲横秦嶺家何在？雪擁藍關馬不前。」出仙傳拾遺。○後山黄梅詩：「欲知誰稱面，偏插一枝看。」曾和郢中歌白雪，亦陪天上飲流霞。抱朴子：「項曼都脩道山中，得游紫府，上帝飲以流霞酒一杯。」○郢人歌，已見上注。春風已得同心賞，更擬攜詩載酒詩。

籌思亭　在江東轉運司南廳。〔一〕

昔人何計亦何思，許國憂民適此時。寓興中原〔二〕爲遠趣，託名華榜有新詩。詩：「中原有菽。」數株碧柳蒼苔地，杜牧之詩：「鑿破蒼苔地，偷他一片天。」一丈紅蕖渌〔三〕水池。曹子建洛神賦：「灼若芙蕖出緑波。」○南史：「庾杲之，左丞王儉用爲衛將軍長史。安陸侯蕭緬書與儉曰：『盛府元僚，寔難其選。庾景行汎渌水，依芙蓉，何其麗也。』時人以入儉府爲蓮花池，故緬書美之。」爾雅云：「荷，芙蕖。」釋曰：「芙蕖，其總名也，別名芙蓉。今江東人呼荷華爲芙蓉。」○一丈字，見別注。坐聽楚謡知歲美，想銜杯酒問花期。唐詩：「江鄉宜晚霽，楚老話豐年。」

【校記】

〔一〕宋本、叢刊本題注「南廳」後有「後園」二字。龍舒本題注：「在轉運司南廳後園。」

〔二〕「原」，宋本、叢刊本作「園」。

〔三〕「渌」，龍舒本作「緑」。

愁臺

未詳何地，恐是愁崗，唐莊宗置酒處。

頹垣斷壍有平沙，老木荒榛八九家。杜詩：「錦里煙塵外，江村八九家。」河勢東南吹地坼〔一〕，杜詩：「大聲吹地轉。」又：「吳楚東南坼。」天形西北倚城斜。晉志：「天形如倚蓋。」○列子：「天傾西北，日月星辰就焉。地缺東南，百川水潦歸焉。」○王建叢臺詩：「零落故宮無入路，東西澗水遶城斜。」傾壺語罷還登眺，岸幘詩成却歎嗟。萬事因循今白髮，一年容易即黃花。杜牧之詩：「故人容易去，白髮等閑生。」

【校記】

〔一〕「坼」，龍舒本作「拆」。

和正叔懷其兄草堂

茆堂竹樹水之濱，耕稼逍遥似子真。谷口鄭子真耕於巖石之下。小吏一身今倦宦，先生三畝獨安貧。司馬相如傳：「長卿故倦游。」唐人詩：「五湖三畝宅，萬里一歸人。」○陶詩：「安貧守賤者，自古有黔婁。」欲抛縣印辭黃綬，來伴山冠帶白綸。朱博傳：「欲言縣

丞尉者，刺史不察黃綬，各自詣郡。」〇晉謝萬傳：「簡文帝作相，召萬爲從事中郎。萬著白綸巾，鶴氅裘，履版而前，與帝共談移日。」〇武攸暨傳：「山帔葛巾。」〇杜詩：「白帽仍兼似管寧。」又：「管寧紗帽净。」皆隱者之服。古不以白爲諱也。秖恐明時收士急，不容家有兩閑人。歐陽公詩：「清風明月兩閑人。」

鄭子憲新起〔一〕西齋

謾〔二〕構軒窻意亦深，滔滔浮俗倦登臨。詩書千載經綸志，松竹四時瀟〔三〕灑心。陸龜蒙詩：「溪山自是清凉國，松竹合封瀟灑侯。」曉枕不容春夢到，言用志之專，情性治也。春，猶言紛華。夜燈惟許月華侵。行看富貴酬勤苦，車馬重來拾〔四〕翠陰。小兒語。〇杜詩：「富貴必從勤苦得。」

【校記】

〔一〕「新起」，宋本、叢刊本無此二字。
〔二〕「謾」，宋本、叢刊本作「漫」。
〔三〕「瀟」，宋本、叢刊本作「蕭」。
〔四〕「拾」，龍舒本作「瑣」。

寄題思軒

按臨川志〔一〕，軒在撫州通判廳。至和元年，通判林慥所立。曾子固作詩序，見本集。詩所謂「名郎」，指慥之祖水部也。水部當太宗時，嘗通判此州。下云「良孫」，則指慥。

名郎此地昔徘徊，天誘良孫接踵來。成公十三年：「天誘其衷，成王隕命。」萬屋尚歌餘澤在，一軒還向舊堂開。右軍筆墨空殘沼，右軍故宅有墨池，在州學。內史文章祇廢臺。康樂有翻經臺，在郡寶應寺。宋書：「靈運爲臨川內史，於此翻大涅槃經。」邑子從今誇勝事，豈論王謝世稱才。「邑子」字，見朱買臣傳。上聯用王、謝事，故以此終之。

【校記】

〔一〕「臨川志」，原作「臨汝志」，據宮內廳本改。

庚寅增注第三十一卷

和文淑溢浦見寄　瞻望　毛詩：「瞻望弗及，佇立以泣。」

次韻吳季野　得君還恨晚　杜詩：「臨老得君還恨晚，似君須向古人求。」

次韻疇陸彦回　投贈　韓詩：「投贈不知報。」

以詩攀寄〔一〕　履綦銷　履綦，公自謂也，故題云：「不到所居十年。」　歸榮　歸榮，公不應自言如此。或是「來」字。不則太初之出夫「歸榮」字以屬主人。

偶成　寬愁病　斗水何直百憂寬。

雨過偶書　霽分星斗　言風雷既息，星文爛然，故稱霽也。　枕簟閑　言既已凉，枕簟當閣束矣。〇柳子厚所謂「桃笙葵扇安可常」者也。

苑中即事〔二〕　日再中　新垣平候日再中，以爲吉祥。

上西垣舍人　悟主言多直　車千秋一言悟主。

與微之同賦梅花其一　留此占年芳　沈休文詩：「麗日屬元巳，年芳俱在新。」〇言不爲充鼎實，直須永遠留花也。

其二　秖裁雲縷想仙裝　李義府詩：「鏤月爲歌扇，裁雲作舞衣。自憐回雪影，好取洛川歸。」

其三　抵死香　漢成帝私語人曰：「趙后雖有異香，不若婕妤體自香也。」　蔕團紅蠟　白樂天詩：「紫艷黏爲蔕，紅酥點作蕤。」　笑野棠　言梅與月同潔，而陋野棠之憑藉東風也。

景福殿前柏　宮雲鶴更盤　李端詩：「盤雲雙鶴下，隔水一蟬鳴。」

狄梁公陶淵明俱爲彭澤令至今有廟在焉刁景純作詩見示繼以一篇〔三〕

政在房陵成底事　范太史唐鑑曰：「昔季氏出其君，魯無君者八年。春秋每歲必書之所在。及其居乾侯也，正月，必書曰：『公在乾侯。』不與季氏之專國也。自司馬遷作呂后本紀，後世爲史者因之，故唐史亦列武后於本紀。其於紀事之體則實矣，春秋之法則未用也。或曰：『武后，母也；中宗，子也。母雖不慈，子不可以不孝。中宗欲以天下與韋元正，不得爲無罪。武后實有天下，不得不列於本紀，不没其實，所以著其惡也。』臣以爲不然。中宗之有天下，受之於高宗也。武后以無罪而廢其子，是絕先君之世也，况其革命乎？中宗曰：『我以天下與韋元正，何不可？』此乃一時拒諫之忿辭，非實欲行之也。若以爲罪，則漢哀帝之欲禪位董賢，其臣亦可廢立也。春秋：『楚、吴之君不稱王。』所以存周室也。天下者，唐之天下也，武氏豈得而間之？故臣復繫嗣聖之年，黜武氏之號，以爲母后禍亂之戒，竊取春秋之義，雖獲罪於君子而不辭也。」〇詩稱房陵，止謂中宗耳，無他義也。或是時已有如太史之説者，故公及之乎？若然，則當云「帝在房陵」，不應稱「政」也，又不應云「成底事」，多恐只如前説。

年稱甲子亦何須　考淵明之詩，有題甲子者，始庚子，距丙辰，凡十七年間，只九首耳，皆晉安帝時所作也。中有乙巳歲三月爲建威參軍使都經錢溪作，此年秋乃爲彭澤令。在官八十餘日，即解印綬，賦歸去來詞。後十六年庚申，晉禪宋，寔元熙二年也。淵明傳曰：「自宋高祖王業漸隆，不復肯仕。」於淵明之出處，得其實矣。寧容晉未禪宋前二十年便稱「恥事二姓，所作詩但題甲子」，而自取異哉？矧詩中又無有標晉年號者，其所題甲子，蓋偶記一時之事耳。詳公詩意，似謂淵明大節自皎然，如不稱甲子，亦其細耳，不足爲有無。但公亦未深考五臣之誤，猶仍舊説，不闢其妄也。

次韻樂道送花　彩筆　白樂天詩：「病對詞頭慙彩筆。」

【校記】

〔一〕詩題應爲「不到太初見所居遂已十年以詩攀寄」。

〔二〕詩題應爲「季春上旬苑中即事」。

〔三〕題原闕，據注文補。

王荆文公詩卷第三十二

律詩

陳君式大夫恭軒

大夫名軾，字君式，居於撫州黄土橋。曾子固亦爲賦詩。東坡名其園曰中隱，堂曰老圃。

恭軒静對北堂深〔一〕，新斸檀欒一畝陰。枚乘賦：「脩竹檀欒夾池水。」膝下往來前日事，孝經：「親生之膝下。」眼前封殖〔二〕去年心。去年，真跡作「長年」。每懷罇罍沾餘瀝，淳于髡傳：「侍酒於前，時賜餘瀝。」文選：「霑玉斝之餘瀝。」○公此詩，撫州有石本。陳之孫博古跋云：「曾祖中散手植緑竹一叢於所居之側，四時葱蒨，秀色可佳。捐館之後，祖朝奉大夫於竹之傍開一軒對之，命曰『恭』，蓋取桑梓必恭之義。舒王、曾公兄弟來歸里閈，必游息賞玩而去」云云。作此詩時，在相位，詩石結銜「平章事」。獨喜弦歌有嗣音。弦歌，疑是春誦、夏弦之弦，言有子能世其學。肯構會須門閥大，大誥：「厥子乃弗肯堂，矧肯構。」○真跡「閥」字作「更」字。漢于公高大其門閭。世資何用滿籯

金？揚雄解嘲：「鄒衍以頡頏而取世資。」韋賢傳：「遺子黄金滿籯，不如教子一經。」注：「籯，笭也。揚雄方言：『陳、楚間謂筲爲籯，然則筐籠之屬是也。』」如淳注：「竹器，受三四斗。」

【校記】

〔一〕「深」，宋本、龍舒本作「林」。

〔二〕「殖」，宋本、叢刊本作「植」。

寄黄吉甫

學兼文武在吾曹，漢書：「尹翁歸文武兼備。」別後應看虎豹韜。太公六韜有虎韜、豹韜。欲問廟堂誰鎮撫？尚傳邊塞敢驚騷。陳平傳：「外鎮撫四夷。」○退之詩：「訏謨者誰子？無乃太失宜。」即「欲問廟堂」之意也。○詩：「徐方繹騷，震驚徐方。」旌旗急引飛黄下，舊注：「時發騎士南征。」漢禮樂志：「日出入歌曰：『訾黄其何不徠下。』」注云：「訾，歎辭也。黄，乘黄也。飛黄，馬名。」○退之詩：「飛黄騰踏去。」○淮南子：「黄帝治天下，於是飛黄服皁。」烽火遥連太白高。漢天文志：「太白，兵象也，出而高，用兵。深，吉。淺，凶。」唐鮑溶詩：「西方太白高，壯士羞病死。」聞説荆人亦憔悴，家家還願獻春醪。退之詩：「春醪又千石。」

高魏留

魏留十七助防邊，埋没鹽州十八〔一〕年。鹽州，在五原原上頭。德宗貞元中，始詔城之。虜遠避，不敢犯塞。衣屨窮空委胡婦，糗糧辛苦待山田。胡婦字，出蘇武傳。關河舊路頻回首，腹背他時兩受鞭。此恐謂虚内事外，兩有害也。或又謂樂天縛戎人詩：「凉原鄉井不得見，胡地妻兒虚棄捐。没蕃被囚思漢土，歸漢被刼爲蕃虜。早知如此悔歸來，兩地寧如一處苦。」疑此亦「兩受鞭」之意也。○宣公十五年：「雖鞭之長，不及馬腹。天方授楚，未可與争。」邂逅得歸爺戰死，母隨人去亦蕭然。史記吴起傳：「其父戰不旋踵，亦死於敵。」

【校記】

〔一〕「八」，龍舒本作「九」。

丁年

丁年結客盛游從，宛洛氈車處處逢。文選李少卿答蘇武書：「丁年奉使，皓首而歸。」注：「丁，壯也。」○後漢祭遵「嘗爲部吏所侵，結客殺之」。古樂府有結客少年場，言

少年時結任俠之客，爲游樂之場，終而無成，故作此曲也。○李白詩：「平明相馳逐，結客洛門東。」○摭言：「崔沆爲主罰録事。盧象俯近開宴，請假往洛，及同年宴於曲江亭上。象以雕幰載妓，微服，鞞𩎺縱觀，爲團司所發。沆判曰：『深攙席帽，密映氊車。紫陌尋春，已隔同年之面；青雲得路，可知異日之心。』」吟盡物華愁筆老，醉消春色愛醅濃。壚間寂寞相如病，相如傳：「相如與文君俱之臨邛，盡賣車騎，買酒舍，令文君當壚。」師古曰：「壚以居酒瓮，四邊隆起，其一面高，形如鍛壚，故名壚。」又：「相如常有消渴病，稱病閑居，不慕官爵。」鍛處荒涼叔夜慵。嵇康鍛事，屢使。早晚青雲須白致，立談平取徹侯封。高帝紀：「上曰：『通侯諸將，毋敢隱朕，皆言其情。』」注：「通侯，舊曰徹侯，避武帝諱，曰通侯。通，亦徹也，言其功德通於王室也。後改曰列侯。列者，序列也。」○揚雄解嘲曰：「或七十説而不遇，或立談間而封侯。」服虔注曰：「薛公也。」

送王詹叔利州路運判 此詩頗不類公作。

王孫舊讀五車書，手把山陽太守符。山陽，楚州。未駕朱轓辭輦轂，却分金節佐均輸。周禮地官掌節：「凡邦國之使節，皆金也，以英蕩輔之。」○桑弘羊「請置大農部丞十人，分部主郡國，各往往置均輸鹽鐵官，令遠方各以其物如異時商賈所轉販者爲賦，而〔一〕相灌輸」。據此，蓋盡籠天下之貨，與民爭利。此卜式所欲亨弘羊者也。然史臣顧以均輸同管氏之輕重，李悝之平糴言之，且謂古爲之有數，吏良而令行，則均輸亦何可廢哉？運判，故言「佐」。人才自古常難得，時論如君豈久孤？去去便看歸奏計，一作「事」。莫嗟行路有崎嶇。言蜀道梯棧之險。

【校記】

〔一〕「而」，原作「間」，據漢書食貨志改。上「十人」，漢書食貨志作「數十人」。

送周仲章使君

看君東下霅溪舡，霅溪，在湖州，四水合爲一溪。○徐陵碑云：「清霅瀰瀰，塗窮地根。」字書：「霅者，四水激射之聲也。」又有苕水，以其兩岸多生蘆葦，故曰苕溪。○梅聖俞送周仲章湖倅詩：「溪水日霅霅，弁峯日峩峩。」回首紛紛已五年。簪筆少留吾所望，剖符輕去此何緣？趙充國傳：「中郎將印家將軍以爲張安世本持橐簪筆。」注：「從臣負橐簪筆，從備顧問，或有所紀。」○漢高祖紀：「剖符封功臣。」師古曰：「剖，破也，與其合符而分授之。」○謝靈運詩：「剖竹守滄海。」高麾行路穿秦樹，駿馬歸時着蜀鞭。杜詩：「兩行秦樹直。」顧況有蜀馬鞭歌，謂章仇兼瓊采以獻上。歌云：「亭亭筆直無皴節，磨捋形如一條鐵。滋潤猶沾玉壘雪，碧鮮似染萇弘血。」○杜牧送冀處士：「贈以蜀馬箠，副之胡罽裘。」蜀鞭，疑本此。子墨文章應滿篋，承明宣室正詳延。子墨事，見詳定試卷注。○揚雄傳：「召雄待詔承明，金馬著作之庭。」○賈誼傳：「上方受釐宣室。」蘇林曰：「宣室，未央前正室。」○淮南子：「武王殺紂於宣室。」漢亦承用古名乎？

補注　霅　又字書：「⿰氵霅水，名通作『霅』。」又云：「霅，震雷貌。一曰衆言。」〔一〕

【校記】

〔二〕本注原闌入詩注末，無「補注」二字。

送王蒙州

屈原九章抽思：「曾不知路之曲直兮，南指月與列星。」蒙州，即蒼梧郡之荔浦縣，屬廣西，熙寧五年廢。

請郡東南没〔一〕一作「促」。去程，拍堤江水照紅旌。顏萱送僧詩：「却泛滄波問去程。」仁聲已逐春風到，王褒頌：「恩從祥〔二〕風翱，德與和氣游。」○韓詩：「仁風挾惠氣。」使節猶占夜斗行。韓詩：「夜渡洞庭看斗柄。」箭落皂鵰毚兔避，北史：「斛律金，人號落鵰都督。」杜牧之詩：「戈矛虓虎士，弓箭落鵰兵。」○杜詩：「皂鵰寒始急。」○李廣傳：「上使中貴人從廣，匈奴射殺其騎，且盡，中貴人走廣，廣曰：『是必匈奴射鵰者。』」師古曰：「鵰，大鷙鳥也，名鷲，黑色，翮可以爲箭羽。」○巧言詩：「躍躍毚兔，遇犬獲之。」鵰已落，兔猶避之，指箭也。句傳炎海鱷魚驚。投文逐鱷魚，見送潮州吕使君注。麒麟不是人間物，漢詔先應召賈生。徐陵數歲，家人携見寶誌，誌以手摩其頂曰：「此兒天上石麒麟也。」○南史顧歡傳：「猶未識辰緯，而意斷南北。」然則古固以辰緯而占南北矣。

【校記】

〔一〕「没」，宋本、叢刊本作「促」。

〔二〕「祥」，原作「翔」，據漢書王褒傳、宮内廳本改。

送龐僉判

北都南〔一〕去不辭勤，仕路論才况出羣。北都，太原府，唐爲魏州，周爲天雄軍。慶曆二年，升北京。一相開藩嘗負弩，司馬相如至蜀，縣令負弩矢先驅。三年通籍更從軍。通籍，見送復之赴成都注。○韓詩：「從軍古云樂。」○曹子建詩：「從軍度函谷。」「軍」字從勹，故對弩也。清談猶得當時事，遺愛應從此日聞。我憶荆溪山最樂，荆溪，在宜興縣，山水絶佳。張協七命：「酒則荆南烏程。」謂此荆溪之南也。看君摩翮上青雲。

【校記】

〔一〕「北」，叢刊本作「此」。「南」，諸本作「兩」。

送潘景純

東都曾以一當千，場屋聲名十五年。連昌宫辭：「賀老琵琶定場屋。」場屋字，見唐摭言。據元詞，則戲場亦謂場屋。○杜詩：「才名三十年。」晚賜緑衣隨宦牒，武后時，傅游藝一年内，青、緑、緋、紫皆徧，時號爲四時仕宦。據唐制，緑又在青上。始操丹筆事戎旃。明時正欲精蒐選，榮路何當〔一〕

力薦延。丹筆，見送張仲容赴杭州辟注。賴有史君能好士，方看一鶚在秋天。杜詩：「鵰鶚在秋天。」言將爲郡將所舉。

【校記】

〔一〕「當」，宫内廳本作「常」。

送僧無惑歸鄱陽

晚扶衰憊寄人間，應接紛紛秖強顔。掛席每諳東匯水，採芝多夢舊游山。孟郊詩：「掛席幾千里。」○禹貢：「東匯澤爲彭蠡。」彭蠡，在鄱陽。故人獨往今爲樂，何日相隨我亦閑。歸見江東諸父老，爲言飛鳥會知還。李商隱寄崔侍御詩：「若向南臺見鷃友，爲言垂翅度春風。」

送遜師歸舒州

山川相對一悲翁，往事紛紛夢寐中。公嘗通判舒州，故云。邂逅故人恩意在，低回今日笑言同。

看吹陌上楊花滿，忽憶巖前蕙帳空。唐王昌齡詩：「雲髮不能梳，楊花更吹滿。」亦見桐鄉諸父老，爲傳衰颯病春風。以朱邑事自比。○劉沆詩：「若到鄉關人見問，爲言歸思滿秋風。」

寄育王大覺禪師

單已安那示入禪，草堂難望故依然。山今歲暮終岑寂，人更天寒最静便。杜詩：「多病如淹泊，長吟阻静便。」○劉長卿詩：「不解謝公意，翻令静者便。」隱蹟亦知甘自足，憑心豈吝慰相憐。離騷經：「依前哲以節中兮，喟憑心而歷兹。」所聞不到荆門耳，人老禾新又一年。爾雅：「年者，取禾一熟也。」説文云：「年，年穀熟也，從禾千。」○春秋曰：「大有年。」則年者，禾熟之名，每歲一熟，故以爲歲名。

寄無爲軍張居士

南陽居士月城翁，曾習禪那問色空。圓覺經：「禪那寂觀，佛經有問色、空二義。」○心經云：「色即是空，空即是色。」卓犖想超文字外，古靈禪師語：「靈光獨耀，迥脱根塵。體露真常，不拘文字。心性無染，本自圓成。」此故云「卓犖超文字之外」。低回却寄語言中。維摩經：「有以聲音、語言、文字而作佛事。」○黄蘖云：「但知學言語，念向皮袋

裏安著。到處稱我會禪，還替得生死麼？」禪宗以言語道斷爲極則，此猶寄語言，故云「低回」。柳詩：「寂滅本非斷，文字安可離？聖默寄言宣，分別乃無知。」 真心妙道終無二，末學殊方自不同。不二門，見維摩經。 此理世間多未悟，因君往往歎西風。

次韻〔一〕鄧子儀二首

青溪相值各青春，老去臨流輒損神。事事只隨波浪去，年年空得鬢毛新。退之詩：「浪波澐澐去，松柏在山崗。」又：「不離文字鬢毛新。」 論心未忍遺橫目，莊子天地篇：「苑風語諄芒曰：『夫子無意乎橫目之民乎？願聞聖治。』」 干世還憂近逆鱗。韓非傳：「龍之爲蟲，可擾狎而騎也。然而喉下有逆鱗徑尺，嬰之，必殺人。人主亦有逆鱗，説之者能無嬰其逆鱗，幾矣。」 嘉句感君邀我厚，自嗟才不異常人。

【校記】

〔一〕宋本、叢刊本「次韻」下有「酬」字。

其二

金陵邂逅府東偏，手得新蒲每共編。路温舒傳：「父爲里監門，使温舒牧羊。温舒取澤中蒲，截以爲牒，編用寫書。」師古注：「小簡曰牒。編，聯次之。」○東偏，借用奉許叔以居許東偏。采石偶耕垂百日，青溪並釣亦三年。論語：「長沮、桀溺耦而耕。」○采石、青溪，皆地名，相近，亦暗對。君才有用方求禄，我志無成稍問田。魏志呂布傳：「許汜與劉備並在劉表坐上，汜曰：『昔過下邳，見元龍，元龍無客主之意，久不相與語，自上大牀卧，使客卧下牀。』劉備謂許汜曰：『君求田問舍，言無可采，是元龍所諱也，何緣當與君語。如小人，欲卧百尺樓上，卧君於地，何但上下牀之間邪？』」一笑欲論心跡二字恐誤。事，白頭相就且欹眠。

送李璋

湖海聲名二十年，尚隨鄉試〔一〕一作「賦」。已華顛。却歸甫里無三徑，擬傍胥山就一廛。元龍，湖海之士。甫里，陸龜蒙所居。胥山，言會稽。朱轂風塵休悵望，青鞋雲水且留連。揚雄解嘲：「子徒欲朱丹其轂，不知一跌將亦赤吾之族。」○老杜詩：「青鞋布襪從此始。」故人亦見如相問，爲道方尋木鴈篇。莊子外篇山木：「莊子曰：『此木以不材得終其天年。』夫子出於山，舍故人之家，故人喜，命豎子殺鴈而亨之。弟子問於莊子

曰：『昨日山中之木，以不才得終其天年；主人之鴈，以不材而死。先生將何處？』莊子笑曰：『吾將處夫才與不才之間。』」〔二〕白詩寄皇甫朗之：「與君別有相知分，同置身於木鴈間。」○韓詩：「我言莊周云，木鴈各有喜。」

【校記】

〔一〕「試」，龍舒本、宋本、叢刊本作「賦」。

送章宏

道合由來不易謀，豈無和氏識荆璆？班孟堅賓戲：「賓又不聞和氏之璧韞於荆石，隨侯之珠藏於蚌蛤乎？」○劉琨：「握中有玄璧，乃自荆山璆。」一川濁水浮文鷁，文鷁，見送江寧彭給事赴闕注。○淮南子曰：「龍舟鷁首，天子之乘。」然今舟無不稱鷁。○王濬傳：「畫鷁首怪獸於船首，以懼江神。」千里輕帆落武丘。唐以高祖諱，改虎丘作武丘。身退豈嫌吾道進，學成方悟衆人求。退之答侯繼書：「冀足下知吾之退，未始不爲進；而衆人進，未始不爲退也。」下言：「學成行尊，則不即人，而人即之矣。」○西施古曲：「貴來方悟稀。」西風乞得東南守，杖策還能訪我不？

別葛使君

邑屋爲儒知善政，市門多粟見豐年。邑屋，見登景德塔注，言俗皆興於儒也。市門，見歎息行注。追攀更覺相逢晚，談笑難忘欲別前。漢武：「卿等皆安在？何相見之晚耶？」○韓詩：「書寄相思處，杯銜欲別前。」客幙雅游皆置榻，令堂清坐亦鳴絃。張耳傳：「項羽立諸侯，耳雅游，多爲人所稱。」師古曰：「雅，故也。言其久，故倦游，交結英傑，是以多爲人稱譽之。」○置榻，用陳蕃事。○杜詩：「塵滿萊蕪甑，堂横子賤琴。」輕舟後夜滄江北，回首春城空黯然。

送王龍圖〔一〕

壯志高才偃一藩，更嗟賢路此時難。謝靈運詩：「愉悦偃東扉。」○杜詩：「直辭寧戮辱，賢路不敧嶇。」長幡欲動何妨屈，堅車大艎，必少却而後進。猶此意也。○王濬開門前路曰：「吾欲使容長戟幡旗。」○韓詩：「風幡肆逶迤。」老驥能行豈易閑？王處仲傳：「老驥伏櫪，志在千里。」○杜詩：「天馬老能行。」沙市放船寒月白，渚宮留御古苔斑。杜詩：「鴻鴈影來連峽內，鶺鴒飛急到沙頭。」又：「落日放舡好。」○李涉詩：「萬里平沙連月白。」○文公十年：「楚子西沿漢泝江，將入郢。王〔二〕在渚宮，下，見之。」注：「小洲曰渚，章呂反。今荆南號渚宮。」元和郡國志：「渚宮，楚之别宫。梁元帝即位於楚宮，蓋取渚宮以名宮也。高從誨鑿城西南隅爲地，建渚宮亭。」鄭谷有渚宮亂後詩云：「白社已應無故老，清江依舊遶空城。」知公未厭還隨詔，歸看功名重太

山。史記：「退而讓頗，名重太山。」

補注 賢路 後漢仇香傳：「百里豈大賢之路？避賢者路。」〔三〕

【校記】

〔一〕宋本、叢刊本「龍圖」下有「守荊南」三字。

〔二〕「王」上原衍「郢」字，據左傳文公十年、宮内廳本刪。

〔三〕本注原闌入題下，無「補注」二字。

次韻酬宋中散二首〔一〕

中散，乃莒公丞相之子，長，充國；次，均國。據公集，有上宋相公書，云：「某愚戇淺薄，動多觸罪。初叨一命，則在幕府。當此之時，尤爲無知。自去吏屬之籍，以至今日，雖嘗獲侍燕語，然不能自同衆人之數也。閤下撫接顧待，久而加親。及以罪逆，扶喪歸葬，閤下發使弔問，特在諸公之先，而所以顧恤之尤厚。此蓋仁人君子，樂於以禮長育成就人材。哀念一日之雅，而忘終身不肖之醜，顧在私心，宜何以報？」觀此書，則公於宋公受知非一日，故下有「舊恩思報」之句，與書意正同。

初見彤庭賜履雙，西都賦：「金戺玉階，彤庭輝輝。」薛琮注曰：「彤，赤也；輝輝，赤色貌。」賜履，見次韻約之惠詩注。充國嘗爲都官郎中。便參東閤寄南邦。公孫弘開東閤以延賢人。詩崧高：「王命申伯，式是南邦。」時聞正論除疑網，楞嚴經：「設令一切衆生悉來問難，猶以一言決其疑網。」每讀高辭折慢幢。法達禪師七歲出家，禮

祖師，頭不至地，祖呵曰：「汝心必有一物蘊習，何事耶？」師曰：「念法華經已及三千部。」祖曰：「若至萬部，得其經意，不以爲勝。汝負此事業，都不知過。聽吾偈曰：『禮本折慢幢，頭奚不至地？有我罪即生，忘功福無比。』」陳跡欲尋無復日，舊恩思報有如江。王羲之帖：「吾惟辦便去，無復日也，諸懷不可言。」祖逖：「不能清中原而復濟者，有如大江！」風流今見佳公子，投老心旌一片降。史記：「平原君，翩翩濁世之佳公子也。」○劉夢得詩：「一片降幡出石頭。」據庠傳：「初，庠所在以謹靖爲治。晚愛信幼子。幼子多與其屬小人游，不謹。御史呂誨請劾庠二子不得隨之亳州。上不許，曰：『庠老矣，奈何不使其子隨乎？』」據史言，則二子者不得爲賢，而公稱之如此。

【校記】

〔一〕龍舒本題無「二首」二字。

其二

超然京洛諒難雙，莒公，開封雍丘人，故言「京洛」。處在家庭譽在邦。論語子張曰：「在邦必聞，在家必聞。」○詩：「鼓鐘於宮，聲聞於外。」道義門中窺户牖，易繫辭：「成性存存，道義之門。」風騷壇上見麾幢。杜牧詩：「今代風騷將，誰登李杜壇？」○韓詩：「吾欲盈其氣，不令見麾幢。」素書欵欵誰憐杜？杜甫寄裴道州詩：「久客每枉友朋書，素書一月凡一束。」○楚詞：「吾寧悃悃欵欵，朴以忠兮。」彩筆遒遒獨勝江。江淹嘗夢一丈夫自稱郭璞，謂淹曰：「吾有筆在卿處多年，可以見還。」淹

乃探懷中，得五色筆一枚以授之。爾後爲詩，絶無美句。信美賢公有才〔一〕子，篤誠真復類尨降。昭公元年：「子皙信美矣，抑子南夫也。」○賢公，謂莒公。○文公十八年：「高陽氏有才子八人，蒼舒、隤敳云云，尨降、庭堅云云。明允篤誠，天下之民謂之『八愷』。」

【校記】

〔一〕「公有才」，宮内廳本作「才有公」。

和宋太博服除還朝簡諸朋舊

據莒公子均國嘗爲國子博士，景文子定國、彦國、靖國皆爲博士，不知此爲誰。莒公薨於治平三年四月，五年外除，是爲熙寧元年。公時爲翰林學士。又，景文卒於嘉祐六年五月，八年滿喪，公時知制誥。

呼門初起外庭〔二〕臣，秀氣稜稜動縉紳。禮：「喪者不呼其門。」今除喪矣，故云「初起」。談論坐來能慰我，篇章傳出亦驚人。生芻一束他年闕，郭林宗親喪，會者其多，徐孺子不言姓名，弔之，置生芻一束於前。公自言闕於致奠。伐木相求此地新。小雅伐木詩，取朋友相須之義。便欲與君同樂處，窮通餘事不關身。言窮通身之餘事，不足計，當相從講學。

【校記】

〔一〕「庭」，宋本、叢刊本作「廷」。

次韻酬宋玘六首

曾景建言：宋玘是金溪人，公少所厚。後篇言「故交重趼」，當是宋自撫來，訪公金陵。

洗雨吹風一月春，山紅漫漫緑紛紛。褰裳遠野誰從我？散策空陂忽見君。皇甫曾詩：「古路無行客，寒林獨見君。」青眼坐傾新歲酒，白頭追誦少年文。韋莊詩：「豈知新歲酒，猶作異鄉身。」○張俞詩：「手持新歲酒，還遶落梅行。」○杜詩：「別來頭併白，相對眼終青。」因嗟涉世終無補，久使高材壅〔一〕上聞。漢武元朔元年詔：「今或至闔郡而不薦一人，是化不下究，而積行之君子雍於上聞也。」雍，音壅。○歐公贈王安國詩：「自慚知子不能薦，白首胡爲侍從官？」

【校記】

〔一〕「壅」，龍舒本作「擁」，宋本、叢刊本作「雍」。

其　二

東風渺渺客天涯，病眼先春已見花。歐公峽州詩：「春風疑不到天涯，二月山城未見花。」或謂眼昏花。遠欲報君羞強聒，老知隨俗厭雄誇。謂非無報君之心，顧身遠不在其位，不敢瀆告。○韓詩：「開端要驚人，雄誇吾厭矣。」東坡賦：「悟驚俗之來患。」窮通往事真如夢，得失秋毫豈更嗟？邂逅故人唯有酒〔一〕，醉中衣幘任欹斜。杜詩：「把酒從衣濕，吟詩信杖扶。」任，猶從也。

【校記】

〔一〕「酒」，龍舒本、宋本、叢刊本作「醉」。

其　三

城中燈火照青春，遠引吾方避糾紛。賈誼弔屈原文：「鳳漂漂其高逝兮，固自引而遠去。」○司馬遷書：「寧得自引，深藏於巖穴耶？」○孔文舉論盛孝章書：「嚮使郭隗倒懸而王不解臨溺而王不拯。則士亦將高翔遠引，莫有北首燕路者矣。」注：「引，去也。」孫子：「解雜亂紛糾者，不控拳。」○劉向傳：「傳授增加，文書紛糾。」○杜詩：「萬事糾紛猶絶粒，一官羈絆寔藏身。」游衍〔二〕水邊追

野馬，嘯歌林下應山君。莊子：「野馬塵埃也。」○退之雜記：「談生之爲崔山君傳，稱鶴言者，豈不怪哉？」山君，疑即鶴也，如退之毛穎傳之類，但不傳耳。○韓偓詩：「窻裏日光飛野馬，案頭筠管長蒲盧。」不如介父所對精切。○崔備詩：「山君水上印，天女月中書。」愁尋徑草無求仲，喜對簷花有廣文。蔣詡隱於杜陵，開三徑，唯故人求仲、羊仲從之游。○耿湋[二]詩：「慙非蔣生徑，不敢望求羊。」○子美醉時歌：「燈前細雨簷花落。」蓋贈廣文館學士鄭虔也。邂逅一樽聊酩酊，聲名身後豈須聞！張翰：「使我有身後名，不如生前一盃酒。」

【校記】

〔一〕「衍」，龍舒本作「治」。

〔二〕「湋」字原缺，據全唐詩耿湋秋晚卧疾寄司空拾遺曙盧少府綸補。

其四

遠跡荒郊謝雋豪，春風誰與駐干旄？漢贊：「遠跡羊豕之羣，干旄大夫之旃。」注：「旄於干首。」此言閑居，無有肯駐其車旄者，亦謝朋游之意。故交重跰恩何厚，新句連篇韻更高。重跰，見送道光住靈巖注。○隋李諤論時文「體尚輕薄」，「連篇累牘，不出月露之形」。美似狂酲〔一〕初啗蔗，前漢禮樂志景星歌：「泰尊柘漿析朝酲。」應劭曰：「柘漿，取甘柘汁以爲飲。酲，酒病。」○晉顧愷之每食甘蔗，恒自尾至本。人怪之，愷之曰：「漸入佳境。」○韓詩：「初味猶啗蔗，遂通斯建瓴。」快如衰病得觀濤。枚乘七發：「楚太子有

疾，吴客往問之，曰：『將以八月之望，與諸侯遠方交游兄弟並往觀濤乎廣陵之曲江，至則未見濤之形也，徒觀水力之所到，則卹然足駭矣。』」久知坯冶成天巧，豈與人間共一陶！後漢崔駰達旨曰：「壹天下之衆異，齊品類之萬殊，參差同量，坯冶一陶。」

【校記】

〔一〕「醒」，龍舒本作「醒」。

其五

無能私願只求田，財〔一〕一作「時」。物安能學計然。史記：「越王困於會稽，用范蠡、計然。計然曰：『知鬬則脩備，時用則知物。二者形，則萬貨之情，可得而觀已。』」徐廣曰：「計然者，范蠡之師也，名研。」崔駰曰：「計然者，葵丘濮上人，姓辛氏，字文子。其先，晉國亡公子也。嘗南游於越，范蠡師事之。」鑿井未成歌擊壤，射熊猶得夢鈞天。公自言歸志未就，猶在朝耳。○皇甫謐曰：「十七年，與從姑子果柳等擊壤於路。」○史記世家：「趙簡子：『我之帝所，樂，與百神游於鈞天。廣樂九奏，萬舞，其聲動人心。有一熊欲來援我，帝命我射之，中熊，熊死；又有一羆來，我又射之，中羆，羆死。』」又：「當道者云：『帝令主君滅二卿。夫熊與羆，皆其祖也。』」不知介父用此事何意。遥思故國歸來日，留滯新恩已去年。携手與君游最樂，春風波〔二〕上水濺濺。劉夢得詩：「伊水濺濺相背流。」

【校記】

〔一〕「財」，宋本、叢刊本作「時」。

〔二〕「波」，宋本、叢刊本作「陂」。

其　六

山陂疇昔從吾親，諸父先生各佩紛〔一〕。內則：「左佩紛帨刀礪。」注：「紛帨，拭物之巾，備尊者使令。」零落長年誰語此？遷〔二〕回故地却逢君。舊事無人可共論。杜詩：「客裏何遷次，江邊正寂寥。」遷次，猶遷回。衣冠偶坐論經術，襁褓當時刺繡文。曲禮：「偶坐不辭。」注：「偶，配也，一曰副貳。」○貨殖傳：「刺繡文，不如倚市門。」又：「襁褓，小兒被。」言從少而壯，日月易得。更怪高材終未遇，有司何日選方聞？漢武紀：「故詳延天下方聞之士，咸薦諧朝。」注：「方，道也，聞，博聞也。」言悉引有道博聞之士，與進於朝。

【校記】

〔一〕「紛」，龍舒本作「帉」。

〔二〕「遷」，宋本、叢刊本作「遲」。

寄吴正仲却蒙馬行之都官梅聖俞太博和寄依韻酬之

山水玄暉去後空，騷人還向此間窮。齊書：謝朓字玄暉，仕爲尚書吏部郎。爲江祏〔一〕等構，下獄死。小詩聊與論孤憤，大句安能辱兩雄。韓非説難、孤憤。漢書南越傳：「兩雄不俱立，兩賢不並世。」秦甲又愁荆劍利，秦昭王言：「楚之鐵劍利，而倡優拙。」趙兵今窘漢旗紅。〔二〕韓信破趙，立漢赤幟。「紅」字必别有出處。背城不敢收餘燼，成公二年：「賓媚人曰：『請收合餘燼，背城借一。』」馬首翩翩只欲東。襄公十四年：『余馬首欲東。』乃歸。」

補注　旗紅　退之詩：「請看工女機中帛，半作軍人旗上紅。」〔三〕

【校記】

〔一〕「祏」，原作「祐」，據南齊書謝朓傳改。

〔二〕宮内廳本「紅」字以下正文及全詩注缺。

〔三〕本注原闌入詩注後，無「補注」二字。

寄平甫〔一〕

少時爲學豈身謀，欲老低回各自羞。乘馬從徒真擾擾，求田問舍轉悠悠。韓進學解：「乘馬從徒，安坐而食。」弦歌舊國平生樂，鞍馬新年幾日留。坐想摇鞭楊柳路，春風先我入皇州。岑參詩：「摇鞭舉袂忽不見，千樹萬樹空蟬鳴。」○張祜詩：「嬋娟蹀躞春風裏，揮手摇鞭楊柳堤。」○謝玄暉詩：「宛洛佳遨游，春色滿皇州。」

【校記】

〔一〕宫内廳本缺本詩及以下兩詩。

次韻舍弟常州官舍應客

霜雪紛紛上鬢毛，憂時自悔目空蒿。莊子駢拇篇：「今世之仁人，蒿目而憂世之患。」桑麻只欲求三畝，「三畝」字屢用。執利誰能筭一毫〔一〕？此地舊傳公子札〔二〕，太平寰宇記云：「吴公子季札所居，是爲延陵之邑。」今常之晉陵，即吴之延陵也。公子，或一作「公子禮」。公子禮，或謂公子春申君好禮士。春申，此

地人。吾心真慕伯成高。莊子：「伯成高辭諸侯而耕。」則「高」字乃名也。李固傳上梁商書：「誠令道行忠立，明公踵伯成之高，豈與外戚凡輩同哉？」此「高」字，又謂高節。飄然更有乘桴興，萬里寒江正復艚〔三〕。水衡記：「三月水，名桃花水；四月水，名麥黃水；五月水，名瓜蔓水；十月水，爲復艚水，言水落復故道。」

【校記】

〔一〕「埶」，龍舒本作「勢」。「毫」，龍舒本作「豪」。

〔二〕「公子札」，龍舒本、宋本作「公子禮」。

〔三〕「艚」，龍舒本作「槽」。

舟還江南阻風有懷伯兄

幾時重接汝南評，後漢許劭，與兄靖俱有高名，共覈論鄉黨人物，每月更品題，由是汝南俗有「月旦評」。公寄兄詩，故用兄弟事。兩槳留連不計程。杜詩：「功曹幾月程。」白浪黏天無限斷，韓文：「洞庭汗漫，黏天無壁。」玄雲垂野少晴明〔一〕。杜詩：「星垂平野闊。」平臯望望欲何向？曲禮：「請席何鄉。」薄宦嗟嗟空此行。會有開尊相勸日，脊令〔二〕隨處共飛鳴。詩小宛：「題彼〔三〕脊令，載飛載鳴。」

【校記】

〔一〕「晴明」，龍舒本作「陰晴」。

〔二〕「脊令」，宋本、龍舒本、叢刊本作「鶺鴒」。

〔三〕「彼」，原作「被」，據詩小雅小宛改。

同陳伯通錢材翁游山二君有詩因依〔一〕元韻

秋來閑興每登臨，因叩精藍望碧岑。精藍，亦猶伽藍。精舍、伽藍，皆梵語寺名。強策羸驂尋水石，忽驚幽鳥下煙林。白詩：「散職無羈束，羸驂夕送迎。」經〔二〕一作「同」。時覽物悲歡異，自古忘名趣向深。莊子：「嗜欲深者天機淺。」既忘名，則天機深矣。」安得湖山歸我手，静看雲意學無心。「雲無心而出岫。」○杜詩：「扁〔三〕舟落吾手。」「雲在意俱遲。」

【校記】

〔一〕「材」，原作「林」，據目録及諸本改。「依」，宋本、龍舒本、叢刊本作「次」。

〔二〕「經」，宋本、叢刊本作「同」。

〔三〕「扁」，原作「局」，據杜工部草堂詩箋將適吴楚留别章使君留後兼幕府諸公得柳字、宫内廳本改。

夢張劒州

萬里憐君蜀道歸，相逢似喜語還悲。江淮別業依前處，日月新阡卜幾時。檀弓下：「公叔戍曰：『日月有時，將葬矣。』」自說曲阿留〔一〕未穩曲阿，丹徒，屬吳郡。太康地記：「曲阿，本名雲陽。始皇以其地有王氣，鑿池埋山，以敗其勢。截其直道，使之阿曲，故名曲阿。」○皮日休記張祜以曲阿地古樸，有南朝遺風，遂築室種樹而家焉。即尋湓水去猶疑。茫然知〔二〕一作「却」。是陳橋夢，昨日春風馬上思。詩前六句皆叙夢事，至第七句始言是夢，第八句又始思言，蓋思因而得之也。其結體之精如此。

【校記】

〔一〕「留」，叢刊本作「猶」。

〔二〕「知」，龍舒本、宋本、叢刊本作「却」。

王荆文公詩卷第三十三

律詩

酬慕容員外

公自注云〔一〕：「嘗爲王宫教授，以武舉入官，被謫。」

初駕王門學者師，晚漂湖海衆人悲。吹毛未識腰間劒，杜詩：「鋒先衣染血，騎突劒吹毛。」○古有吹毛之劒。刺股猶藏袖裏錐。蘇秦夜讀書，遇睡，引錐刺股，流血。衛霍功名還有命，蘇張才氣豈無〔二〕時？衛青、霍去病、蘇秦、張儀也。張儀言：「蘇君之時，儀何敢言？」江尤亦見應須飲，莫放窮愁入兩眉。王玄謨眉頭未曾伸。

【校記】

〔一〕宋本、叢刊本無「公自注云」四字。

〔二〕「豈無」，宋本、叢刊本作「久非」。

次韻張唐公馬上

竭節初悲力不任〔一〕，賜環終愧繆〔二〕恩臨。荀子大略篇：「聘人以珪，問士以璧，召人以瑗，絶人以玦，返人以環。」注云：「古者臣有罪，待放於境。君賜以環，即返；以玦，即去。皆所以見意。」病來氣弱歸宜早，偷取官多責恐深。荀子：「冬爲之饘粥，夏與之瓜麩。以偷取少頃之譽焉，非久長之道也。」膏澤未施空謗怒〔三〕，瘡痍猶在豈謳吟！孟子離婁下：「諫行言聽，膏澤下於民。」注：「諫行言從，德澤加民也。」此詩恐是神廟初自知江寧召還時作。「謗怒」，必指爲郡時事，宜新法之紛紛也。或是再入相時。黄昏信馬江城路，欲訪何人話此心？

【校記】

〔一〕「任」，宮内廳本作「勝」。

〔二〕「環」，龍舒本、宋本、叢刊本作「身」。「繆」，宋本、叢刊本作「謬」。

〔三〕「怒」，叢刊本作「怨」。

和王司封會同年

收科天陛頃同時，白〔一〕首相懽事亦稀。追講舊游犀麈脱，晉孫盛與殷浩談論，往返精苦，客主無間。左右進食，冷而復煖者數四。彼我奮擲，麈尾悉脱，落滿餐飯中。交酬新唱彩牋飛。杜詩：「數語欹紗帽，高文擲彩牋。」劉公幹詩：「君侯多壯思，文雅縱横飛。」直須傾倒罇中酒，休惜淋浪座上衣。韓詩：「淋浪身上衣，顛倒筆下字。」日暮主翁〔二〕留客轄，會稽聊滯買臣歸。陳遵傳：「遵嗜酒，每大飲，賓客滿堂，輒關門，取客車轄投井中，雖有急，終不得去。嘗有部刺史奏事，過遵，值其方飲。刺史大窮，候遵霑醉，突入見遵母，叩頭自白當對尚書有期會狀，母乃令從後閤出去。」

【校記】

〔一〕「白」，宋本、叢刊本作「回」。

〔二〕「翁」，龍舒本作「公」。

次韻酬子玉同年

子玉詩云：「過盡金湯知帝策，見求貂虎識軍儀。男兒本有四方志，祇在蓬瀛恐不知。」

盛德無心漠北窺，蕃胡亦恐勢方羸。言天子盛德，無意於開邊。〇易大壯卦：「羝羊觸藩，羸其角。」塞垣高壘深溝地，幕府輕裘緩帶時。高祖紀：「郎中説漢王：『高壘深溝，勿戰。』」〇廣武君説陳餘拒韓信，云：「足下深溝高壘，勿與戰。」輕裘，見賦擬峴臺注。趙將時皆思李牧，楚音身自感鍾儀。史記：「李牧，趙之北邊良將也，匈奴以牧爲怯。趙王使它人代將，數不利，失亡多。復請李牧，牧杜門不出。趙王乃復強起使將兵。」〇成公九年：「晉侯觀於軍府，見鍾儀，問之，曰：『鄭人所厭楚囚也。』使與之琴，操南音。范文子曰：『樂操土風，不忘舊也。』」慙君許我論邊鎖〔一〕，俎豆平生却少知。丙吉傳：「吉以馭吏言，召東曹案邊長吏，鎖科條其人。」注：「鎖，録也。欲科條其人老少及所經歷，知其本以文武進也。」〇語衛靈公：「俎豆之事，則嘗聞之；軍旅之事，未之學也。」

【校記】

〔一〕「鎖」，龍舒本作「璅」。

和舍弟舟上示沈道源

還裝欲盡喜舟輕，更喜嘉賓伴此行。野飲不忘魚可釣，退之盤谷序：「釣於水，鮮可食。」旅羹何惜鴈能鳴。烹鴈，見送李璋注。○杜詩：「急急能鳴鴈，輕輕不下鷗。」西山牡〔一〕馬先歸牧，南穴殘梟欲就烹。詩：「駉駉牡馬。」○杜詩：「三月師逾整，羣胡勢就烹。」○漢郊祀志注：「五月五日，作梟羹以賜百官。以其惡鳥，故食之。」憂國自多廊廟宰，與君詩酒盡交情。杜詩：「安危大臣在，何必淚長流。」

【校記】

〔一〕「牡」，龍舒本、宋本、叢刊本作「壯」。

過山即事

却過兹山已九年，江湖身世只飄然。曲城丘墓心空折，鹽步庭闈眼欲穿。曲城在建康，公松楸所寄。撫州鹽步門，即公所居。余嘗至其處，今有祠堂。慘慘野雲生隴底，蕭蕭飢馬立風前。轉多愁思催華髮，早晚輕舟上秀

川。秀川，恐謂秀水，未詳。

酬裴如晦 名煜。

二年羈旅越人吟，仲宣賦：「莊舄顯而越吟。」乞得東南病更侵。殤〔一〕子未安莊氏義，莊子齊物論：「莫壽乎殤子，而彭祖爲夭。」注：「殤子，短命者也。彭祖，姓籛，名鏗，壽八百歲。」壽親還慰魯侯心。詩閟宮：「魯侯燕喜，令妻壽母。」注：「燕，飲也。令，善也。僖公燕飲於内寢，則善其妻壽其母，謂爲之祝慶也。」鮮鮮細菊霜前蘂，漠漠疏桐日下陰。韓詩：「鮮鮮霜中菊，既晚何用好。」濁酒一杯秋滿眼，可憐同意不同斟。陶詩：「清琴横牀，濁酒半壺。」

【校記】

〔一〕「殤」，宋本、叢刊本作「傷」。

酬鄭閎中

鄭穆也，福州候官人。

蕭條行路欲華顛，回首山林尚渺然。三釜只知爲養急，五漿非敢在人先。「五漿」，屢見上。文章滿世吾誰慕？行義如君衆所傳。穆本傳：「純厚好學，動必由禮，門人以千數。」宜有至言來助我，可能空寄好詩篇。漢賈山有至言。○語：「回也，非助我者也。」

寄余温卿

雲散風流不自禁，天涯無路盍朋簪。王仲宣贈蔡子篤詩：「風流雲散，一別如雨。」○易豫卦〔一〕：「勿疑，朋盍簪。」空馳上國青泥信，按：漢中書以武都紫泥爲璽封，加緑緹其上。王子年拾遺記：「方丈山有池，泥色金而味辛。鍊可爲金，金色青，照見鬼魅。」又一本云：「元封元年，浮折國歲貢蘭金之泥。此泥出於淵池，盛夏之時，水常沸湧，有若湯火，飛鳥不能過。國人行者，常見水邊有人治此金爲器，混混若泥，如紫磨之色，百鑄，其色變白，變青。常以此泥封諸函匣，及諸宮門，鬼魅不敢干。當漢世，上將出征，及使絶國，多以泥爲印封。衛青、張騫、蘇武、傅介子之使，皆受金泥之璽封也。帝上仙後，乃絶。」又，廣異記：「則天時，一西國獻青泥珠一枚，珠類拇指，微青，以施西明寺金剛額中。後有胡人見珠，目不暫捨，以萬貫買之，内珠腿肉中，欲還西國。僧尋聞奏，則天敕求此胡，數日得之。使者問珠所在，胡云：『已吞入腹。』使者欲刳其腹，胡不得已，於腿中

取。則天召問：『貴價市此，焉用之？』胡云：『西國有青泥泊，多諸珍寶，但苦泥深，不可得入。若以此珠投泊中，泥悉成水，其寶可得。』」又，東觀漢記曰：「鄧訓嘗將黎陽營兵屯狐奴，後遷護烏桓校尉。黎陽故吏最貧羸者舉國，念訓嘗所服藥，北州少乏，又知訓好青泥封書，從黎陽步推鹿車，於洛陽市藥，還過趙國易陽，並載青泥一襆，至上谷遺訓。其得人心如此。」見鄧訓傳注。○宋景文詩：「他日相思煩尺訊，黎陽爲辦襆書泥。」誰和南山白石音？甯戚飯牛歌：「南山粲粲，白石爛爛。」平日離愁寬帶眼，訖春歸思滿琴心。帶眼，見姑胥郭注。○司馬相如傳：「卓王孫有女文君，新寡，好音，故相如繆與令相重，而以琴心挑之。」終思〔二〕一命翩翩駕，獨過稽山鍛樹陰。鍛樹事，屢見上。

【校記】

〔一〕「豫卦」，原作「噬嗑卦」，據周易改。

〔二〕「思」，龍舒本、宋本、叢刊本作「回」。

寄郎侍郎

公有上郎侍郎書。公之先人爲韶州，郎爲部使者，於公世有恩分。郎先居越，後徙於杭。

兩朝人物歎賢豪，凜凜清風晚見褒。簡，臨安人，景德二年及第。真宗嘗謂判銓呂夷簡曰：「簡歷官寡過，無一人薦之，是必恬於進者。」稍進其官。仁宗時，位益顯。晚自明州以工部貳卿致仕，故云「兩朝」。江漢但歸滄海闊，丘陵難學太山高。揚子：「百川學海而至於海，丘陵學山而不至於山，是故惡夫畫也。」放懷詩酒機先息，

回首功名世自勞。久願作公樽俎客，恨無三畝斸〔一〕蓬蒿。傳載：「簡性和易，喜賓客，即錢塘城北治園廬，自號武林居士，道引服餌，晚歲顏如丹。」

【校記】

〔一〕「斸」，龍舒本、宋本、叢刊本作「斲」。

送道光法師住持靈巖

靈巖開闢自何年？草木神奇鳥獸仙。一路紫苔通窈窱，千崖青靄落潺湲。山祇嘯聚荒禪室，宋顏延年詩：「山祇蹕嶠路。」張說〔一〕注：「山祇，山神。」李善注：「管子曰：『登山之神有俞兒者，長尺，人物具焉，霸王之君興，登山之神見，且走馬前導也。』」象衆低摧想法筵。涅槃經：「聲聞緣覺及大菩薩同在佛所，聞佛說一味之法，然其所證，各有淺深，譬象、馬、兔三獸渡河，兔渡則浮，馬渡及半，唯大香象徹底。法筵龍象衆，當觀第一義。」雪足莫辭重趼往，東人香火有因緣。莊子天道篇：「百舍重趼而不敢息。」趼，古顯反。司馬彪注云：「胝也，音陟其反。」許慎云：「足指約中斷爲趼。」

【校記】

〔一〕「張說」，當作「張銑」，見文選六臣注。

奉酬永叔見贈

欲傳道義心雖壯〔一〕，「雖壯」，一作「猶在」。強學〔二〕文章力已窮。他日若能窺孟子，終身何敢望韓公！河東王儔尚友嘗爲予言：「觀介父『何敢望韓公』之語，是猶不願爲退之，且譏文忠之喜學韓也。」然荆公於退之之文，步趨俯仰，蓋升其堂、入其室矣。而其言若是，豈好學者常慕其所未至，而厭其所已得耶？韓子蒼言：「歐陽文忠公寄荆公詩云：『翰林風月三千首，吏部文章二百年。』吏部，蓋謂南史謝朓，於宋明帝朝爲尚書吏部郎，長五言詩，沈約嘗云『二百年來無此詩』也。文忠之意，直使謝朓事，而荆公答之曰：『他日若能窺孟子，終身安敢望韓公。』則荆公之意，竟指吏部爲退之矣。」摳衣最出諸生後，倒屣常傾廣坐中。曲禮：「摳衣趨隅，必謹唯諾。」〇蔡邕見王粲而奇之，時賓客盈坐，聞粲在門，倒屣迎之。粲年既幼，一坐盡驚。秖恐虛名因此得，嘉篇爲貺豈宜蒙。歐公與公詩有「後來誰與子争先」，許之至矣。

【校記】

〔一〕「雖壯」，宋本、叢刊本作「猶在」，注曰：「一作『雖壯』。」

〔二〕「強學」，宋本、叢刊本注曰：「一作『學作』」；龍舒本作「學作」。

送陳舜俞制科東歸

諸賢發策未央宮，獨得淄川一老翁。公孫弘，菑川薛人，年六十，以賢良徵爲博士。使匈奴還，不合意，移病免歸。元光元年，復徵賢良文學，太常奏弘第居下，天子擢弘爲第一。後封平津侯。曲學暮年終漢相〔一〕，又轅固謂弘曰：「公孫子務正學以言，無曲學以阿世。」高談平日漫周公。弘上疏言：「臣聞周公旦治天下，朞年而變，三年而化，五年而定。」天子以册書答曰：「問弘稱周公之治，弘之才能，自視孰與周公賢？」弘對曰：「愚臣淺薄，安敢比才於周公？雖然，愚心曉然見治道之可以然也。」君能〔二〕一作「今」。壯歲收科第，我欲他時看事功。聞説慨然真有意，贈行聊以〔三〕古人風。舜俞初忤介甫，晚乃翻悔青苗，負此詩矣。然介甫初以古人期舜俞，洎俞極論新法，乃亦不能容之。

【校記】

〔一〕「漢相」，宮内廳本作「相漢」。

〔二〕「能」，宋本、叢刊本作「今」。

〔三〕「以」，叢刊本作「似」。

送何正臣主簿

按：正臣，臨江人，仕至侍從，國史有傳。先以童子舉，對御講書，賜出身，後再登第。此詩必送其赴御試時也。詩中稱獎至矣。公弟和父，乃詆以爲「姦邪小人」，不應酥酪間異論乃爾，豈別一正臣耶？然正臣治平四年登第，此稱「日月新」者，當以神廟初即位也。後此數年，正臣以蔡確薦入臺，浸貴用，時介甫已亡矣。和甫詆之，或如平甫之詆呂惠卿輩也。和甫事今附後：「王安禮既得政，後因□謝，獨見上，曰：『臣疏遜小吏，蒙陛下識擢，不閱二歲，與聞政事，惟不敢以形跡事陛下。』上曰：『卿其勉之。』又問曰：『近事有可言者乎？』公曰：『朝廷建文昌，剏一代官制，以法先王，當謹簡人材以寘之。顧有姦回如何正臣者，乃得周旋其間，豈不汙穢士類？』上頷之。蓋正臣爲吏部侍郎，故公及之。他日，上臨朝，謂近臣曰：『何正臣何如人也？』王珪曰：『臣不知其爲人。』公曰：『王珪爲元宰，而二三從官，安得不知見正臣姦回？天下能道之，而珪曰不知者，何也？』上曰：『可出知宿州。』正臣主蔡確，確時以祀事出齊，珪曰：『請與確議。』確入，改知潭州。」

何郎冰雪照青春，應敵皆言筆有神。杜詩：「下筆如有神。」魯國儒人何獨少？田子方篇：「以魯國而儒者一人耳，可謂多乎？」哀公云：「舉魯國而儒服，何謂少乎？」元君畫史故應真。元君、畫史，見虎圖注。百年冠蓋風雲會，萬里山川日月新。陸士衡詩：「藹藹風雲會，佳人一何繁。」日月新，必裕陵初。可但諸公能品藻，會須天子擢平津。公孫弘，見上注。

華藏院此君亭〔一〕

按建康志：「在斗門橋西街北，僞吳武義二年建。初爲報先寺，南唐改爲報恩禪院，國朝改今額。晉王子猷愛竹，嘗曰：『不可一日無此君。』意亦取此。」撫州崇仁縣亦有華藏院。今按高齋詩話曰：「荆公題金陵此君亭詩云：『誰憐直節生來瘦，自許高材老更剛。』賓客每對公誦此句，公輒顰蹙不樂。晚年，與平甫坐亭上，視詩牌曰：『少時作此題榜，一傳不可追改。大抵少年題詩，可以爲戒。』平甫曰：『此揚子雲所以悔其少作也。』」以此考之，是金陵華藏。

一逕森然四座涼，杜詩詠竹：「色侵書帙晚，陰過酒罇涼。」殘陰餘韻興〔二〕一作「去」。何長？人憐直節生來瘦，自許高材老更剛。語無含蓄風韻，故當悔之。曾與蒿藜同雨露，終隨松柏到冰霜。煩君惜此〔三〕根株在，乞與〔四〕伶倫學鳳凰。漢律曆志：「黃帝使伶倫自大夏之西、崐崙之陰，取竹之解谷生，其竅厚均者，斷兩節間而吹之，以爲黃鐘之宮。制十二筩以聽鳳之鳴，其雄鳴爲六，雌鳴亦六，比黃鐘之宮，而皆可以生之，是爲律本。」○柳詩：「秖應更使伶倫見，寫盡雌雄雙鳳鳴。」

【校記】

〔一〕宋本、叢刊本題作「與舍弟華藏院此君亭詠竹」。

〔二〕「興」，宋本、叢刊本作「去」。

〔三〕「此」，宋本、叢刊本作「取」。

〔四〕「乞與」，宋本、叢刊本作「欲乞」。

上元戲呈貢父

劉攽，字貢父。

車馬紛紛白晝同，萬家燈火暖春風。許景先詩：「紅樹曉鶯啼，春風暖翠園。」○李白詩：「春風試暖昭陽殿，明月還過烏鵲樓。」○張籍詩：「更憐晴日色，漸漸暖貧居。」別開閶闔壺天外，特起蓬萊陸海中。李白詩：「蹉跎人間世，寥落壺中天。」○蓬萊在海中。此言山棚拔起於闤闠，故云「陸海」。○漢地理志：「秦地號稱陸海。」師古注云：「言其地高陸而饒物產，如海之無所不出。」盡取繁華供俠少，秖分牢落與衰翁。不知太一〔一〕游何處，定把青藜獨照公。王子年拾遺記：「劉向於成帝之末，校書天禄閣，專精覃思。夜有老人著黑衣，植青藜杖，扣閣而進。見向闇中獨坐誦書，老人乃吹杖端，赫然火出，因以照向。共説開闢以前事，向因受五行洪範之文，辭説繁廣，向乃裂裳及紳，以記其言。至曉而去，請問姓名，云：『我太一之精，聞卯金之姓有博覽者，今我下而教焉。』於是出懷中竹牒以授向。子歆，復從向受此術。」

【校記】

〔一〕「太一」，叢刊本作「太乙」。

次楊樂道述懷〔一〕

素心非不慕前脩，自怪因循欲白頭。獵較趣時終瑣瑣，萬章下：「魯人獵較，孔子亦獵較。」注：「獵者，田獵相較奪禽獸，得之以祭，時俗所尚，以爲吉祥。孔子不違而從之，所以小同於世。」畫墁營職信悠悠。畫墁，見答虞醇翁注。濠梁最憶知魚樂，濠魚，屢見上。牢筴〔二〕飜慙爲彘謀。莊子：「祝宗人臨牢筴，說彘曰：『汝奚惡死？吾將三月犧汝，十日戒，三日齋，藉白茅，加汝肩尻於雕俎之上，則汝爲之乎？』」尚有故人能慰我，詩成珠玉每相投。

【校記】

〔一〕宋本、叢刊本題作「次韻楊樂道述懷之作」。

〔二〕以下原缺，據宮内廳本抄補。

和楊樂道見寄

宅帶園林五畝餘，蕭條還似茂陵居。茂陵居，見寄友注。殺青滿架書新繕，生白當窻室久

虛。劉向戰國策序曰：「皆定以殺青書，書可繕寫。」○列子釋文謂：「汗簡刮去青皮也。」○應劭風俗通：「殺青作簡書之。新竹有汗，後皆蠹，故作簡者於火上炙乾之。」○莊子：「虛室生白，吉祥攸止。」白詩：「空室閑生白，高情澹入玄。」不及公之對「殺青」也。孤學自難窺奧密，重言猶得慰空疎。相思每欲投詩社，秖待春蒲葉可書。蒲葉，見前鄧子儀〔一〕注。○又，王育有暇，即折蒲學書。〔二〕

【校記】

〔一〕「鄧子儀」，詩題全爲次韻鄧子儀二首，見本書卷三十二。

〔二〕以上原缺，據宮内廳本抄補。

寄吴沖卿二首

平生心〔一〕事略相同，三歲連牆左廄中。退之詩：「賃屋住連墻。」充嘗判太僕寺，爲羣牧判官，與公同僚，故有「左廄」之語。更得繆〔二〕恩分省舍，又將衰鬢作隣翁。聯翩久傍宮〔三〕槐緑，契闊今看楚蓼紅。此必吴爲京西、淮南漕時，故有「楚蓼」之句。不欲與〔四〕君爲遠別，沙臺吹帽約秋風。退之薦士詩：「霜風破佳菊，嘉節迫吹帽。」晉孟嘉爲征西將軍桓温參軍。九日，温燕龍山，寮佐畢集，有風吹嘉帽墮落，嘉不之覺。戰國策：「顏率曰：『魏人欲得九

鼎，謀於渾臺之下，沙海之上，其日久矣。』」沙海，屬浚儀，開封屬邑。疑沙臺以沙海得名。詩意祝其早還京也。開封安肅門外旌孝鄉有沙臺。

【校記】

〔一〕「心」，龍舒本、宋本、叢刊本作「身」。

〔二〕「繆」，龍舒本、宋本、叢刊本作「謬」。

〔三〕「宮」，叢刊本作「官」。

〔四〕以上原缺，據宮内廳本抄補。

其二 時兄晉州方得罪。〔一〕

塞垣花氣欲飛浮，杜詩：「花氣渾如百和香。」眼底紛紛緑漸抽〔二〕。悠遠山川嗟我老，急難兄弟想君愁。詩：「脊令在原，兄弟急難。」案：沖卿，育之弟。又，育二弟京、方與育同時登科，皆以文名。此云「兄晉州得罪」，不知指誰。此詩與前首不相連，必別爲寄者。舊知白日諸曹滿，馮奉世傳：「稍遷諸曹。」試問紅燈幾客留。時節只應無意思，亦如行路判春休。

【校記】

〔一〕「兄」，龍舒本、宋本、叢刊本作「吴」。

〔二〕「抽」，龍舒本作「油」。

酬冲卿見别

同官同齒復同科，朋友昏姻分最多。樂天寄夢得詩：「同年同病同心事，除却蘇州更是誰？」兩地塵沙今齟齬，二年風月共婆娑。詩陳風：「子仲之子，婆娑其下。」○陶侃傳：「老子婆娑，正坐諸君輩。」朝倫孰與君材似，使指將如我病何？升黜會應從此異，願偷閒暇數經過。

次御河寄城北會上諸友

客路花時秖攪心，少陵遣興詩：「花時日緼袍。」○詩：「秖攪我心。」行逢御水半晴陰。背城野色雲邊盡，隔屋春聲樹外深。唐人詩：「長樂鐘聲簾外盡，龍池柳色雨中深。」香草已堪回步屐，韓集筍詩：「暫須回步屐，要取助盤餐。」徐陵詠春詩：「落花承步屐。」午風聊復散衣襟。羊士諤詩：「芳草多留步，鮮飈自滿襟。」憶君載酒相追處，紅蕚青跗定滿林。沈約詩：「氛氳桃李花，青跗含素蕚。既爲風所開，復爲風所落。」○詩常棣

注：「承華者曰鄂。不，當作柎。柎，鄂足也。不，芳浮切。柎，亦作跗。」

寄友人三首

萬里書歸説我愁，知君不忘北城幽。一篇封禪才難學，三畝蓬蒿勢易求。封泰山、禪梁父，自二字，故對「蓬蒿」。詩言不効司馬之諛，惟思退處。「才難學」，其詞微矣。竇牟詩：「悟主一言那可學？」司馬相如既病免，家居茂陵。天子曰：「相如病甚，可往從悉取其書。若後之矣。」所忠往，而相如已死。問其妻，對曰：「長卿未死時，爲一卷書，曰：『使來求書，奏之。』」其書札言封禪事。欲與山僧論地券，隋志記，晉自過江，凡貨賣奴婢、馬牛、田宅，有文券，率錢萬，輸估四百入官，賣者三百，買者一百。願爲鄰舍事田疇。應須急作南征計，漠北風沙不可留。説文曰：「券，契也，別書之，以刀刻其旁也，故曰契也。」釋：「一曰：『券，繾也，相約束繾綣爲限以別也。』大書中央破別之。契，刻也，刻識其數也。」

○孟子盡心上：「易其田疇。」注：「疇，一井也。」

○據「漠北」字，又疑友人有使北方或仕邊徼者。

其二

水邊幽樹憶同攀，曾約移居向此間。欲語林塘迷舊逕，却隨車馬入他山。崔櫓詩：「山上斷雲迷舊路，渡頭

芳柳憶前年。」飛花着地容難治，鳴鳥窺人意轉閑。易：「冶容誨淫。」○唐詩：「簷前花覆地，竹外鳥窺人。」○韓公落花詩：「已分將身著地飛，那堪踐踏損光輝。」物色可歌春不返，相思空復慘朱顔。杜詩：「天子初愁思，都人慘別顔。」又：「丈夫貴壯健，慘戚非朱顔。」此詩必公已卜宅江寧，却懷臨川舊釣游之地。

其三

一別三年各〔一〕一方，此身漂蕩只殊鄉。看沙更覺蓬萊淺，數日空驚霹靂忙。蓬萊清淺，麻姑事，見古意注。○退之詩：「窮搜極覽頗恣橫，物外日月本不忙。」○杜牧之詩：「屈指百萬世，過如霹靂忙。人生落其内，何者爲彭殤。」渺渺水波低赤岸，濛濛雲氣淡扶桑。杜詩：「巴陵洞庭日本東，赤岸水與銀河通，中有雲氣隨飛龍。」扶桑，言日。登臨舊興無多在，但有浮槎意未忘。張華博物志曰：「舊説天河與海通。近世有人居海傍者，年年八月，有浮查來，甚大，往返不失期。此人乃多資糧，乘查去，忽忽不覺晝夜。奄至一處，有城邑居室，望室中，多見織婦。有一丈夫牽牛渚次飲之，驚問此人何由至此，此人即問爲何處，答曰：『君可詣蜀，問嚴君平。』此人還，問君平，君平曰：『某年某月，有客星犯牛斗。』即此人到天河時也。」槎、楂通，字書亦作「楂」。

【校記】

〔一〕「各」，龍舒本、宋本、叢刊本作「至」。

寄張襄州

張瓌，字唐公，嘗爲襄州。疑此即瓌也。

襄陽州望古來雄，耆舊相傳有素風。杜詩：「復憶襄陽孟浩然，只今耆舊無新語。」素風，猶言風素。四葉表閭唐尹氏，襄陽耆舊傳：「唐尹怦父嗣宗，居喪踰禮。正觀中，特見旌辟。子怦，竭力田畝，侍養彌篤。父卒，廬於墓所，負土成墳，蓬首單衣，鹽酪不進，朝夕號慟。墓産紫芝。子恭先、孫仁恕，皆有孝行，俱被旌表，於是一門四闕。」一門逃世漢龐公。後漢龐德公，携妻子登鹿門山，採藥不返。故家遺俗應多在，美景良辰定不空。公孫丑上：「故家遺俗，流風善政，猶有存者。」○謝靈運擬鄴中詩序：「天下良辰、美景、賞心、樂事，四者難并。」遥憶習池寒夜月，幾人談笑伴詩翁？襄陽記云：「峴山南八百步，西下道百步，有習家魚池。習郁將死，勑其長子葬於池側。池中起釣臺，尚存。」按：郁即鑿齒之先。郁，後漢人，爲黄門侍郎，封襄陽公。

和昌叔[一]懷灊樓讀書之樂

志食長年不得休，食志，見答虞醇翁注。一巢無地拙於鳩。詩鵲巢：「維鵲有巢，維鳩居之。」注：「鳲鳩不自有巢，居鵲之成巢。」聊爲薄官[二]容身者，能免高人笑我不？杜詩：「長恐死道路，永爲高人嗤。」道德文章吾事落，塵埃波浪此生浮。莊子天地篇：「伯成子高謂

禹：『今子賞罰而民且不仁』」，云云。「『夫子闔行耶？無落吾事。』俋俋乎耕而不顧。」○賈誼賦：「其生兮若浮。」　看君别後行藏意，回顧灊樓秖自羞。杜詩：「行藏獨倚樓。」

【校記】

〔一〕「和」，宋本、叢刊本作「次韻」。「昌叔」，龍舒本作「君叔」。

〔二〕「官」，龍舒本、宋本、叢刊本作「宧」。

净因長老樓上玩月見懷有〔一〕疑君魂夢在清都之句

道人心與世無求，隱几蕭然在北〔二〕樓。坐對高梧傾曉月，看飜清露洗新秋。净因，以僧寶傳考之，疑爲道臻禪師也。○李義山詩：「梧桐莫更相清露，孤鶴横來不得眠。」○韓詩：「長安雨洗新秋出。」　登臨更欲邀元亮，披寫還能擬惠休。邀元亮，疑用遠法師約淵明入蓮社意。○江淹雜擬有惠休詩。　顧我不知天上樂，虛疑昨夜夢仙游。

【校記】

〔一〕宋本、叢刊本題首有「酬」字。龍舒本無「有」字。

〔二〕「北」，宋本、叢刊本作「此」。

寄張謂招張安國金陵法曹

我老願爲臧丈人，君今年少未〔一〕「年少未」，一作「少壯者〔二〕」。長貧。莊子田子方篇：「文王觀於臧，見一丈夫釣，欲舉而授之政，而恐大臣、父兄之弗安也，欲卜之。諸大夫曰：『先君之命，王其無它，又何卜焉？』遂迎丈人而授之政。」○陳平傳：「張負曰：『固有美如陳平，長貧者乎？』」好須自致青冥〔三〕上，可且相從寂寞濱。退之詩：「詎縱青冥鞚。」○范睢傳：「賈不意君能自致青雲之上。賈不敢復讀天下之書，不敢復預天下之事。」深谷黃鸝嬌〔四〕引子，曲碕翠碧巧藏身。杜詩：「山禽引子哺紅果，溪友得錢留白魚。」○子虛賦：「激堆碕。」張揖曰：「碕，曲岸頭也。」翠碧，鳥名。○杜詩：「鳥呼藏其身，有似懼彈射。」○李白詩：「願兔半藏身。」尋幽觸靜還成興，何必區區九陌塵？韓詩：「何事九衢塵。」又：「雖有九陌無塵埃。」

【校記】

〔一〕「年少未」，宋本、叢刊本作「少壯豈」。

〔二〕「者」，宮内廳本作「豈」。

〔三〕「冥」，龍舒本作「雲」。

〔四〕「嬌」，龍舒本、宋本、叢刊本作「驕」。

補注

酬鄭閎中〔一〕 **至言** 列子：「至言無意。」史商君傳：「貌言華也，至言實也。」

次韻張唐公馬上 唐公，瓌也。瓌嘉祐五年二月以脩注遷知制誥。公是年始爲江東提刑，尋召還，爲三司判官，直集賢院，故詩中言「竭節」、「賜環」，又言「取官多」，詩作於此時無疑。然瓌當誥未久，艸劉沆贈官詞無所假借，爲瑾所訟，謫知黄州。公此詩又有「江城」之句，皆未詳也。

送陳舜俞 據國史，嘉祐四年八月十二日，上御崇政殿試制策舉人。十八日，以入等人明州觀察推官陳舜俞爲著作佐郎、僉書壽州〔二〕判官事；旌忠令錢藻爲無爲軍判官。此詩頗送陳之壽州時也。

【校記】

〔一〕題原闕，據注文補。

〔二〕「壽州」，原作「青州」，據宮内廳本改。

庚寅增注第三十三卷

次韻張唐公馬上　瘡痍　西漢：「今天下初定，瘡痍未瘳。」

和王司封會同年　相懽　白詩：「黄昏慘慘雪霏霏，白首相懽醉不歸。」

次韻酬子玉同年　柳子玉也。　塞垣　太白詩：「寧辭擣衣倦，一寄塞垣深。」

酬鄭閎中　華顛　蔡邕賦：「華顛丈人。」老者之稱也。

寄余温卿　青泥　張華撰博物志，成於御前，賜青鐵硯。鐵是于闐國所獻。鐵爲硯，以此見鐵亦有青者，不但泥也。

郎侍郎　名簡，字叔廉，杭州人。杭人名所居橋爲侍郎橋。

送道光法師　雪足　即高僧曇始白足也。

酬永叔見贈　倒屣　蕭穎士詩：「被褐來上都，翳然聲未振。中郎何爲者？倒屣傾坐賓。詞賦豈不佳？盛名亦相因。」

送何正臣　品藻　楊子問老氏曰品藻。

上元戲呈貢父　白晝同杜詩：「捷書夜報清晝同。」　別開閶闔王維詩：「九天閶闔開黄道。」

寄吴冲卿其一　略相同白樂天詩：「同年同疾同心事。」

其二　諸曹息夫躬傳：「諸曹以下，僕遬不足取。」據此，則漢諸曹自郎始得爲之。今詩言諸曹，特借喻鴈鶩行耳。〇杜瓊傳：「自漢以來，名官盡言曹，此殆天意也。」

酬冲卿見别　同官同齒復同科李摯與李敏同歲、同門、同年登第。摯詩曰：「因緣三紀異，契分四般同。」

王荊文公詩卷第三十四

律詩

欲往淨因寄涇州韓持國

涇州，即漢安定郡，彰化節度。或言，介父寄持國此詩，所稱「泔魚已悔他年事，搏虎方收末路身」，謂其行新法後，晚悟其非而有此語也。然持國以議陳執中謚不合意，自太常禮院通判涇州，乃嘉祐五年二月，是時介父爲從官，安得有悔新法事耶？

紫荊山下物華新，只與都城共一春。令節想君携緑酒，故情憐我踏黄塵。地理書，涇州無紫荊山。按禹貢：「導汧及岐〔一〕，至於荊山。」正在今涇、隴之間，或指此。余使燕，見虜中一文人集有登涇州紫荊山詩。泔魚已悔他年事，荀子曰：「曾子食魚有餘，曰：『泔之。』門人曰：『泔之傷人，不如奥之。』曾子泣曰：『有異心乎哉？』傷其聞之晚也。」〇公與劉原父書：「河役之罷，以轉運賦功本狹，與雨淫不止，督役者皆以病告，故止耳。昔梁王墮馬，賈生悲哀；泔魚傷人，曾子涕泣。今勞人費財於前，而利不遂於後，此某所以愧恨無窮也。」搏〔二〕虎

方收末路身。孟子盡心：「晉人有馮婦者，善搏虎。」○鄒陽傳：「至其晚節末路。」欲寄微言書不盡，試尋僧閣望西人。易上繫曰：「書不盡言，言不盡意。」○涇州屬秦鳳路，故云「望西人」。

【校記】

〔一〕「岐」，原作「歧」，據宮内廳本、尚書禹貢改。

〔二〕「搏」，龍舒本作「摶」。

送別韓虞部

客舍街南初著巾，與君兄弟即相親。桓温令司馬著帽進。著巾，猶著帽。當年豈意兩家子，今日更爲同社人。漢盧綰傳：「里中兩家親相愛，生子同日。」○韓文張中丞傳後叙：「兩家子弟才智下，不能通知二父志。」○又詩：「願爲同社人，雞豚燕春秋。」京洛風塵嗟阻闊，江湖杯酒惜逡巡。惜別也。秦紀：「九國之師逡巡遁逃而不敢進。」○東坡詩：「留連知無益，惜此須臾景。」歸帆嶺北茫茫水，把手何時寂寞濱？

懷舒州山水呈昌叔

山下飛鳴黃栗留，溪邊飲啄白符〔一〕鳩。周南：「黃鳥於飛。」陸璣疏云：「黃離留也，或謂之黃栗留。故里語曰：『黃栗留茁，我麥黃葚熟。』亦應節趨時之鳥。」○晉樂志：「楊泓云：『自到江南，見白符舞。』或言白凫鳩舞，云有此來數十年矣，似苦孫皓虐政，思屬晉也。」不知此地從君處，亦有他人繼我不？塵土生涯休蕩滌，風波時事只飄浮。相看髮禿無歸計，一夢東南即自羞。

【校記】

〔一〕「符」，龍舒本作「浮」。

呈柳子玉同年

三年不上鄴王臺，鴻鴈歸時又北來。水底舊波吹歲換，柳梢新葉卷春回。唐人詩：「溫氣冰底歸，忽忽過六旬。」○杜詩：「青歸柳葉新。」○韓滉詩：「平毛老向山城寺，不覺春風換柳條。」○劉長卿詩：「柳色帶新年。」塵沙漠漠凋雙鬢，簫鼓忽忽把一杯。勞事欲歌

無與和，哀顏思見故人開。選詩：「悟彼愁歌〔一〕唱，信此勞者歌。」

【校記】

〔一〕「愁歌」，宮內廳本、文選謝混遊西池作「蟋蟀」。

次韻陸定遠以謫往來求詩

牢落何由共一樽，相望空復歎芝焚。陸機歎逝賦：「信松茂而柏悅，嗟芝焚而蕙歎。」濟時尚負生平〔一〕學，慰我空〔二〕一作「應」。多別後文。可但風流追甫白，由來家世出機雲。韓詩：「遠追甫白感至誠。」行吟強欲偷新格，屈原既放，行吟澤畔。○白詩：「苦被老元偷格律。」自笑安能到萬分？谷永傳：「不能褒揚萬分。」師古曰：「言萬分之一。」

【校記】

〔一〕「生平」，宮內廳本作「平生」。

〔二〕「空」，宋本、叢刊本作「應」。

李璋下第

浩蕩宮門白日開，楚辭大司命：「廣開兮天門，紛吾乘兮玄雲。」○王維詩：「九天閶闔開黃道。」○韓詩：「青春白日映宮門。」君王高拱試羣材。學如吾子何憂失？命屬天公不可猜。言其學足以得科第，無如命何。意氣未宜輕感槩，文章猶〔一〕忌數悲哀。世多言韓、柳、東坡因遷謫後，文益奇。○杜詩：「文章憎命達。」歐陽亦言：「非詩能窮人，殆窮者而後工。」今公所稱文，別一說耳。男兒獨患無名爾，將相誰云有種哉？陳勝傳：「且壯士不死即已，死即舉大名耳。王侯將相，寧有種乎？」

【校記】

〔一〕「猶」，龍舒本作「尤」。

送楊驥秀才歸鄱陽

客舍風塵弊綵衣，悲吟重見鴈南飛。荊山和氏方三獻，卞和事，見別注。太學何生且一歸。韓文：

「蕃，淮南人也，父母俱全。初入太學，歲率一歸。父母止之，其後間一二歲乃一歸。」曠野已寒諳獨宿，長年多難惜分違。唐皇甫冉詩：「夜涼宜共醉，時難惜相違。」巾箱所得皆幽懿，亦見鄉人爲發揮。南史：「王淮之曾祖彪之，博聞多識，練達朝儀。自是家世相傳，得諳江左故事，緘之青箱，世謂之『王氏青箱學。』」齊衡陽王鈞細書五經，置巾箱。

平山堂

城北横崗走翠虬，蜀岡也，在維揚之北。按：堂在揚州城西北五里大明寺側。慶曆八年二月，歐陽公以起居舍人、知制誥來牧是邦。暇日，將僚屬賓客過大明佛寺。登古城，遂撤廢屋，爲堂於寺庭之坤隅。江南諸山拱列簷下，若可攀取，因目之曰平山堂。一堂高視兩三州。謂揚州、潤州、真州也。余乙丑年以使事嘗至堂上，時雨新霽，三州之勝，盡在目前。山石、草木、邑屋，皆可數云。淮岑日對朱欄出，江岫雲齊碧瓦浮。滕王閣詩：「畫棟朝飛南浦雲，朱簾暮捲西山雨。」即此句法。墟落耕桑公愷悌，杯觴談笑客風流。不知峴首登臨處，壯觀當時有此不。王琪君玉平山堂詩末聯云：「大厦主人金鼎重，依依楊柳漫摇風。」王自注云：「今大參歐陽公始建是堂。公又作歌云：『手種堂前楊柳，別來幾度春風。』」

示德逢

先生貧敝古人風，緬想柴桑在眼中。憐愍雞豚非孟子，孟子：「雞豚狗彘之畜，不失其時，七十者可以食肉矣。」德逢必持不殺之戒者，

故以孟子言「食肉」爲非。勤勞禾黍信周公。周公七月詩：「十月納禾稼，黍稷重穋。」深藏組麗〔一〕三千牘，東方朔傳：「朔公車上書，凡用三千奏牘。公車令兩人共持舉其書，僅能勝之。」靜占寬閑五百弓。儀禮鄉射記：「侯道五十弓。」注云：「弓者，侯之所取數，宜於射器也。」又云：「物長如笴，其間容弓。」注云：「間容弓者，上下肘相去六尺。」○西域記云：「一踰繕那四十里，爲八拘盧舍。拘盧舍者，謂大牛鳴聲所極爲拘盧舍。分一拘盧舍爲五百弓，分一弓爲四肘，分一肘爲二十四指。」又云：「鼓者，所聞有遠近。鼓有大小，大則二千弓，弓長五肘，計十里；小則五百弓，弓長四肘，計六百步，爲二里。」○雜室藏經云五里。○唐人詩：「誅艸數弓地，葺茅雙架幽。」處世但令心自可，相知何藉一劉龔。龔，後漢人。○陶詩云：「仲蔚愛窮居，遶宅生蒿蓬。翳然絶交游，賦詩頗能工。舉世無知者，止有一〔二〕劉龔。」

【校記】

〔一〕「麗」，叢刊本作「纚」。

〔二〕「一」字原脱，據陶淵明詠貧士、宮内廳本補。

示四妹

孟光求婿得梁鴻，廡下相隨不諱窮。梁鴻同縣孟氏有女，狀肥黑而醜，力舉石臼，年三十不嫁。父母問其故，曰：「欲得賢如梁伯鸞者」，云云。隨鴻至吴，依大家皐伯通，居廡下，爲人賃舂。每歸，妻爲具食，舉案齊眉。伯通察而異之，曰：「彼傭，能使其妻敬之如此，非凡人也。」乃方舍之於家。卓犖才名今日事，蕭條門巷古人風。世説：「門庭蕭寂，居然有名士風流。」五

噫尚與時多忤，梁鴻同妻隱霸陵山中，因東出關，過京師，作五噫之歌，曰：「陟彼北芒兮，噫！顧覽帝京兮，噫！宮室崔嵬兮，噫！人之劬勞兮，噫！遼遼未央兮，噫！」肅宗聞而非之，求鴻不得。一笑兼忘我屢空。一笑，恐是用如皋射雉事。○語：「回也其庶乎，屢空。」注：「空，匱也。」空，苦縱切，今作平聲用。○陶詩：「屢空嘗晏如。」六月塵沙不相貸，泫然搔首又西東。

寄酬曹伯玉因以招之

寒鴉對立西風樹，幽草環生白露庭。清坐苦無公事擾，高談時有故人經。韓詩：「歷歷余所經。」思君異日投朱紱，易困卦：「朱紱方來。」○韋賢詩云：「黼衣朱紱。」師古曰：「朱紱，爲朱裳畫爲亞文。亞，古弗字也，故因謂之紱字，又作黻。」曹子建責躬詩：「要我朱紱。」劉良注曰：「朱紱，諸侯之儀服。」過我何時載淥醽？酃淥，見和王微之登高齋注，但「醽」、「淥」合作兩字用。今以對「朱紱」，必別有所本。○左思賦云：「飛輕觴而酌醽淥。」或取此。[一]江湖氣蕭爽，最宜相值倒吾瓶。韓詩：「所嗟無可召，不得倒吾瓶。」

【校記】

[一]「此」，宋本、叢刊本作「北」。

奉酬[一] 李質夫

逸少池邊有舊山，幾年征淚染衣班。言不得歸舊山，均客寄耳，故稱「征淚」。駑駘自飽方争路，騕褭長飢不在閑。言絶足不收於帝閑，而駑馬充斥競進。雪漲江南歸浩蕩，煙埋河朔去間關。李歸江南，公往河朔，疑奉使時作，故下有「勞歌」之句。[二]勞歌一聽皆愁思，况我心非木石頑。

【校記】

[一] 宋本、叢刊本「奉酬」上有「次韻」二字。

[二] 本注詩末重複，删。

寄袁州曹伯玉使君

宜春城郭繞樓臺，想見登臨把一杯。韓詩：「莫以宜春遠，江山多勝游。」濕濕嶺雲生竹菌，唐崔櫓詩：「紅葉下山寒寂寂，濕雲如夢

雨如塵。」〇杜詩送李校書：「長雲濕褒斜。」〇詩：「爾牛來斯，其耳濕濕。」此借用。宜春竹絶佳，故山谷送人詩：「歸到宜春問春事，班班筍竿蕨破拳。」冥冥江雨熟楊梅。杜詩：「冥冥細雨來。」政成定入邦人詠，詩就還隨驛使來。錯莫風沙愁病眼，不知何日爲君開？

邢太保有鶴折翼以詩傷之客有記翎經冥三〔一〕韻而忘其詩者因作四韻

不爲摧傷改性靈，靜中猶見舊〔二〕儀形。退之詩：「嬌癡婢子無性靈。」言鶴被傷毁，恬然不改其度。每憐今日長垂翅，却悔當年〔三〕悞剪翎。「垂翅」字，見光武賜馮異詔。〇杜詩：「青冥却垂翅。」〇韓詩：「剪翎送籠中。」此疑用支遁剪翎事。醫得舊創猶有法，白樂天病鶴詩：「右翅低垂左脛傷，可憐風貌甚昂藏。亦知白日青天好，未要高飛且養創。」相知多難豈無經？相鶴經，古仙人浮丘公所撰。〇鮑昭云：「相鶴經，亦名幽經。」昭舞鶴賦云：「散幽經以驗物，偉胎化之仙禽」，即是。〇庾信詩：「玉京傳相鶴。」〇張籍詩：「更還居山記，仍尋相鶴經。」〇公集有熙寧中所脩相鶴經。稻粱且向人間覓，莫羡摶風起北冥。莊子逍遥游：「北冥有魚，其名爲鯤。化而爲鳥，其名爲鵬。鵬之徙於南溟也，摶扶摇而上者九萬里。」注：「徐云：風名。」

【校記】

〔一〕「客」、「三」，龍舒本作「家」、「二」。

〔二〕「舊」，龍舒本、宋本、叢刊本作「好」。

〔三〕「年」，龍舒本、宋本、叢刊本作「時」。

寄致政吴虞部

白鷗生意在滄波，不爲風塵有網羅。言白鷗本是江湖之物，不爲風塵羅網而始愛滄波。○杜詩：「白鷗波浩蕩，萬里誰能馴？」年抵馮唐初未半，才方疏廣豈能多。馮唐傳：「武帝求賢良，舉唐，唐時年九十餘，不能爲官，迺以子遂爲郎。」吴虞部是時年止四十餘耳。○疏廣傳：「賢而多財，則損其志；愚而多財，則益其過。」「才」字，恐是此「財」字。孤清楚國知誰繼？遺愛郴人想共歌。孤清，亦獨醒之意。○張曲江詩：「幽林歸獨卧，滯念洗孤清。」○昭公二十年：「子産卒，仲尼聞之，出涕曰：『子産，古之遺愛也。』」嗟我欲歸真未晚，雪舟乘興會相過。雪舟事，屢使。

再至京口寄漕使曹郎中

漂流曾落此江邊，憶與詩翁賦浩然〔一〕。梅宛陵有蘇州曹琰虞部浩然堂詩，蘇子美作堂記。鄉國去身猶萬里，驛亭分首已三年。北城紅出高枝靚，南浦青〔二〕回老樹圓。杜詩：「巖排石樹圓。」還似昔時風露好，只疑談笑在君前。

【校記】

〔一〕龍舒本、宋本、叢刊本「浩然」下有注云：「浩然，堂名。」

〔二〕「青」，龍舒本作「春」。

次韻平甫金山會宿寄親友

天末海門〔一〕横北固，煙中沙岸似西興。北固，即今鎮江府。○梁武帝幸北固，改爲北顧。○十道志：「潤州北固山，三面臨水，北望海口。」○杜牧之詩：「天接海門秋水色，煙籠沙宛暮鐘聲。」○西興，屬越州。○遯齋閑覽云：「唐人題西山寺詩云：『終古礙新月，半江無夕陽。』人謂冠絶古今，以其盡得西山之景趣也。」金山寺留題者亦多，而絶少佳句，惟「寺影中流見，鐘聲兩岸聞」，又「天多剩得月，地少不生塵」，最爲人傳誦。要亦未爲至工，若用之於落星寺，有何不可？熙寧中，荆公有「北固」、「西興」之句，始爲中的。已無船舫猶聞笛，遠有樓臺秖見燈〔二〕。山月入松金破碎，江風吹水雪崩騰。韓詩：「歲老陰沴作，雲類雪飜騰。」飄然欲作乘桴計，一到扶桑恨未能。扶桑，日所拂木也。淮南子曰：「日出湯谷，浴於咸池，拂於扶桑。爰始將行，是謂朏明。」

【校記】

〔一〕「門」，龍舒本作「雲」。

〔二〕宮内廳本評曰：「是望中意。」

送何聖從龍圖 名郯。

射策曾稱蜀郡雄，朝廷重得漢司空。何武，蜀郡郫縣人，成帝時爲大司空。聖從，成都人，故用武事。景祐元年甲科及第。應留賜席丹塗地，梅福傳：「涉赤墀之塗。」注：「以丹掩泥塗殿上。」○杜詩：「閣道通丹地。」誤責飛芻紫塞功。郯爲御史，言宰相陳執中無學術，參知政事丁度輕脱，樞密使夏竦回邪，皆不協人望；後判銀臺，言龍昌期異端之學，非毁周公，不宜崇長，詔追所賜緋及絹。文彥博少從昌期學，深惡郯言，徙判吏部流内銓，又改龍學、河東都轉運使。此言公不應去朝廷，職將輸也。三徑欲歸無舊業，劉長卿詩：「罷歸無舊業。」○唐人詩：「舊業已隨征戰盡。」○此言何欲歸蜀，而未有田園。百城先至有清風。郯論事鯁切，風節素高。到部〔一〕，劾前宰相、太原帥梁適疾病廢職不能退，又劾都鈐轄押班蘇安静怙寵不法，真不負「清風」之言也。適乃郯同年第三甲。潞山直與天爲黨，回首孫高想見公。潞州，屬河東，爲上黨郡。有上黨關、壺關、羊腸坂、天井關，皆大山，號天下險絶處。

【校記】

〔一〕「部」，宮内廳本作「郡」。

送趙學士陝西提刑

遥知彼俗經兵後，應望名公走馬來。陛下柬求今日始，胷中包蓄此時開。山西豪傑歸囊牘，渭北風光入酒盃。堪笑陋儒昏鄙甚，略無謀術贊行臺。此詩不類公作，姑存。

丙申八月作

秋風摧剥利如刀，漠漠昏煙玩日高。眼看南山露崖竅[一]，退之游青龍寺詩：「南山逼冬轉清瘦，刻畫圭角出崖竅。」心隨東水轉波濤。詩：「灃水東注。」○晉載記：「東海之水西流河，一去不回奈爾何？」歸期正自憑蓍蔡，蓍蔡，見別注。○退之詩：「室婦歎鳴鸛，家人祝喜鵲。終朝考蓍龜，何日親烝礿？」生理應須問酒醪。杜詩：「生理忍憑黄閣老，歸期定送白雲邊。」還有詩書能慰我，不多霜雪上顛毛。

補注　「拍浮酒船中，便足了一生。」[二]

【校記】

〔一〕「窾」，宋本、叢刊本作「嶷」。

〔二〕本注原次於詩注末，無「補注」二字。「酒船」，世説新語任誕作「酒池」。

登西樓

樓影侵雲百尺斜，行人數上憶天涯。情多自悔登臨〔一〕數，目極因〔二〕驚悵望賒。柳詩：「登高欲自紓，彌使遠念來。」亦自悔之意。○沈傳師詩：「目傷平楚虞帝魂，情多思遠聊開罇。」○楚詞：「目極千里傷春心。」一曲平蕪連古樹，半分殘日帶明霞。杜詩：「青山猶銜半邊日。」潘郎何用悲秋色，秖此〔三〕傷春髮已華。潘安仁有秋興賦，多感慨之詞，故云「悲」也。又有悼亡詩，「傷春」必指此。○唐人鸛雀樓詩：「遠目非春亦自傷。」

補注　連古樹　緑樹連村暗。　半分　猶言中分，非謂毫分也。〔四〕

【校記】

〔一〕「臨」，宫内廳本作「高」。

〔二〕「因」，宫内廳本作「應」。

〔三〕「此」，宫内廳本作「使」。

〔四〕上二注原闌入題下，無「補注」二字。

即事〔一〕

淮流南苑〔二〕岸西斜，風有晶光露有華。楚詞：「光風轉蕙。」○杜詩：「清切露華新。」門柳故人元亮〔三〕宅，井桐前日總持家。陶公五柳先生傳：「先生，不知何許人也，亦不詳其姓字。宅邊有五柳，因以爲號。」○下句説江揔，詳見招約之職方注。佳〔四〕招欲覆杯中渌，麗唱仍添錦上花。杜詩：「共指西日不相貸，喧呼且覆杯中渌。」錦上鋪〔五〕花，俚語，公未必本此。盧氏雜記：「肅宗時，宫錦坊不收舊錦工，曰：『如今花様，與前不同。』」便作武陵罇俎客，川原〔六〕應未少紅霞。宋子京和稚圭太尉詩：「欲酬麗唱尤多懼，海内方推夢得豪。」

【校記】

〔一〕龍舒本卷五十三題作「次韻酬段約之見招」。
〔二〕「淮」，宋本、叢刊本作「河」。「苑」，龍舒本作「宛」。
〔三〕「元亮」，宋本、叢刊本作「陶令」。
〔四〕「佳」，宋本、叢刊本作「嘉」。
〔五〕「鋪」，宫内廳本作「添」。
〔六〕「原」，宋本、叢刊本作「源」。

酬吴仲庶小園之句

舊年臺榭掃流塵，職閑朱門歲又新。花影隙中看裊裊，車音墻外聽〔一〕一作「去」。轔轔。韓詩：「馬蹄無入朱門跡，縱有春歸可得知？」魏豹傳：「人生一世間，如白駒過隙。」師古曰：「隙，壁際。」○車轔轔，屢見上。相逢豈少佳公子，一醉何妨薄主人。史記：「平原君，翩翩濁世佳公子。」○魏曹爽傳：「李勝出爲荊州刺史，往辭司馬懿。懿陽爲昏謬，錯亂其詞，因欲自力，設薄主人，生死共別。」秪向東風邀載酒，定知無柰帝城春。載酒，屢見上。○陳咸傳：「即蒙子公力，得入帝城，死不恨。」

【校記】

〔一〕「聽」，宋本、叢刊本作「去」。

始與韓玉汝相近居遂相與游今居〔二〕復相近而兩家子唱和詩相屬因有此作

羈旅兒童得近鄰，相知邂逅即情親。當時豈意兩家子，此地更爲同社人。事同見送別韓虞部注。

勳業彈冠知白首，漢書：「王陽結綬，貢禹彈冠。」文章投筆讓青春。後漢班超傳：「嘗輟耕投筆。」○司空圖詩：「樂地留高趣，權門讓後生。」萬金雖愧君〔二〕多產，比我淵明亦未貧。韓詩：「指渠相賀言，此是萬金產。」此似喻玉汝之諸子。○淵明五男兒，故云「亦未貧」。公止有雱，而雱又清狂不慧，何以云此？若以財利言，恐非。

【校記】

〔一〕「居」，原作「日」，據本書目録、臺北本目録、宋本、叢刊本改。

〔二〕「君」，宮内廳本作「若」。

春寒

春風滿地月如霜，李益詩：「受降城下月如霜。」○令狐楚詩：「紫禁香如霧，青天月似霜。」○王維詩：「高樓月似霜。」拂曉鐘聲到景陽。南史：「齊武帝置鐘於景陽樓上，應五鼓及三鼓。宮人聞之，早起糚飾。」花底裌衣朝宿衛，潘安仁秋興賦：「御袷衣。」袷、裌同，衣無絮也。裌，古洽切。○杜詩：「退朝花底散，歸院柳邊迷。」又：「朝來新火起新煙。」柳邊新火起嚴粧。○韓詩：「唯將新賜火，向曉著朝衣。」冰殘玉甃泉初動，水澁銅壺〔一〕漏更長。從此暄妍知幾日，便應鶗〔二〕鴂損年芳。離騷經：「恐鶗鴂之先鳴兮，使夫百草爲之不芳。」○揚雄傳注：「鶗鴂，一名子規，一名杜鳥，音題決。」

【校記】

〔一〕「壺」，宮内廳本作「瓶」。

〔二〕「鷃」，宮内廳本作「鷯」，下注同。

次韻再游城西李園

京師花木類多奇，常恨春歸人未歸。車馬喧喧走塵土，古詩：「帝城春欲暮，喧喧車馬度。」園林處處鎖芳菲。唐人詩：「多少朱門鎖空谷〔一〕，主人到老不曾歸。」殘紅已落香猶在，宋景文落花詩：「將飛更作回風舞，已〔二〕落猶成半面糚。」覊客多傷涕自揮。我亦悠悠無事者，約君聯騎訪郊圻。書畢命：「申畫郊圻。」

【校記】

〔一〕「谷」，宮内廳本作「屋」。

〔二〕「已」，原作「月」，據宮内廳本改。

予求守江陰未得酬昌叔憶江陰見及之作

按：江陰本縣，屬常州。僞唐昇元年中建爲軍。宋朝因之。寰宇志云：「本漢曲阿縣之地。」

黃田港北水如天，萬里風檣看賈船。海外珠犀常入市，人間魚蟹不論錢。江陰邊海，故云。高亭笑語如昨日，末路塵沙非少年。強乞一官終未得，秖君同病肯相憐。伍子胥曰：「嚭與吾同怨。子不聞河上之歌者乎：『同病者相憐。』」劉孝標廣絶交論：「同病相憐，綴河上之悲曲。」○樂天贈夢得詩：「顧我獨狂多自哂，與君同病最相憐。」

補注　杜詩：「朱橘不論錢。」〔一〕

【校記】

〔一〕本注原闌入題注後，無「補注」二字。

送蘇屯田廣西轉運

屯田，名安世，字夢得，開封人，嘗白歐公之冤〔二〕被貶者。爲廣漕，在慶曆末間。

置將從來欲善師，孫子：「善師者不陣，善陣者不戰。」○漢高帝紀：「高祖曰：『天下方擾，諸侯並起。今置將不善，一敗塗地。』」百城蹉跌起毫氂。趙充國傳：「失此二策，

羌人故敢爲逆。失之毫釐，差以千里，是既然矣。」驅除久費兵符出，按撫紛煩使節移。譏屬任不專，遣使紛紜。恩澤易行窮苦後，孟子公孫丑上：「飢者易爲食，渴者易爲飲。」功名常見急難時。功業見乎變，言常在艱危之際。孺文此日風流在，直筆他年豈愧辭。後漢蘇章字孺文。

【校記】

〔一〕「寃」，原作「免」，據宮内廳本改。

酬淮南提刑邵不疑學士

公自注云：「來詩及予送沈常州之詩，而卒有『西壁鑱詩尚未泯』之句。」〔一〕

曾詠常州送主人，豈知身得兩朱輪。言常作送人赴常州詩，自亦爲此郡。朱兩輪，見上注。田疇汎濫川方壅，言水利不脩，川不軌道，而爲農田害。厨傳蕭條市亦貧。漢書：「飾厨傳。」此言公私皆困。以〔二〕我薄材思拊傴，謂撫民也。莊子人間世：「昔者，桀殺關龍逢，紂殺王子比干，是皆脩其身以下傴拊人之民，以下拂其上者也。」注云：「傴拊，謂憐愛之，猶嘔呴，謂養也。」賴君餘教得因循。詢求故有風謠在，不獨鑱詩尚未泯。

【校記】

〔一〕龍舒本、宋本、叢刊本無「公自注云」四字。「西」，宋本、叢刊本作「素」。「泯」，宋本、叢刊本作「泥」。

〔二〕「以」，龍舒本作「似」。

酬王太祝

恐是欽若子。曾子固曾作哀詞。

一馬常隨世事馳，豈論江徼與河湄。言江南與京師。已成白髮潘常侍，更似青衫杜拾遺。潘岳秋興賦序云：「晉十有四年，余春秋三十有二，始見二毛。以太尉掾兼虎賁中郎將，寓直於散騎之省。」注云：「髮始有二白毛。」拾遺，謂少陵。勳業儻來知有命，文章聊欲見無期。兩字誤。退之祭老成文：「而不悲者，無窮期矣。」意無期即無窮之義。○杜詩：「鳥道去無期。」喜君材俊能從我，力學何妨〔一〕和子思。

【校記】

〔一〕「妨」，龍舒本作「方」。

出城訪無黨因宿齋館

闕外尋君信馬蹄，韓詩：「只知閑信馬，不覺誤隨車。」謾〔一〕成詩句任天倪。莊子寓言篇：「卮言日出，和以〔二〕天倪。」花枝到眼春相映〔三〕，一作「照」。○杜詩：「藥裏〔四〕關心詩揔廢，花枝到眼句還成。」山色侵衣晚自迷。唐人詩：「山路元無雨，空翠濕人衣。」今日笑談還喜〔五〕共，

經年勞逸固難齊。生涯零落歸心懶，多謝慇懃杜宇啼。觀公末句，已有不歸臨川之意，蓋臨川生理亦薄。

【校記】

〔一〕「謾」，宋本、叢刊本作「漫」。

〔二〕「以」，原作「似」，據宫内廳本、浙江書局本莊子改。

〔三〕「映」，宋本、叢刊本作「照」，注曰：「一作『映』。」

〔四〕「裹」，原作「裏」，據宫内廳本改。

〔五〕「喜」，龍舒本作「許」。

寄張氏女弟

楚公二女，長適工部侍郎張奎，奎時已亡，詩中多悼張之詞。

十年江海別常輕〔二〕，豈料今隨寡嫂行。心折向誰論宿昔？杜子美詩：「心折此時無一寸。」又：「歸心折大刀。」又：「心折大刀頭。」魂來空復夢平生。宋玉招魂章句：「魂兮歸來，去君之恒幹。」音容想像猶如昨，歲月蕭條忽已更。知汝此悲還似我，欲爲西望涕先横。漢中山靖王勝曰：「今臣心結日久，每聞幼眇之聲，不知涕泣之横集也。」

【校記】

〔一〕宋本、叢刊本「輕」下注云：「一作『經』。」

奉寄子思以代别

南北蹉跎成兩翁，悲歡邂逅笑言同。魏文帝與吴質書曰：「已成老翁，但未頭白耳。」全家欲出嶺雲外，匹馬肯尋山雨中。趨府折腰嗟踽踽，聽泉分手惜匆匆。白傳詩：「冉冉趨府吏。」折腰，用淵明事。○孟子：「踽踽凉凉。」寄聲但有加飡飯，才業如君豈久窮？文選古詩：「棄捐勿復道，努力加餐飯。」

補注　出嶺　出，謂德之官也。公詩又有「特詔出嶺阨」之句。〔一〕

【校記】

〔一〕本注原闌入詩注末，無「補注」二字。

次韻劉著作過茆山令平甫往游因寄

華陽仙伯有茆卿，官府今傳在赤城。大茆君盈傳：「食四節隱芝者，位爲真卿。」又：「盈拜東岳上卿司命真君。」故此言茆卿也。赤城，在海上，近蓬萊。茅濛傳云：「神仙得者茅初成，駕龍上昇入太清。時下玄圃戲赤城，繼世而往在我盈。」濛字初成，即盈之高祖。言盈自華陽洞天徙治赤城。○韓詩：「上界真人足官府。」三鶴不歸猶地勝，二君能到亦心清。三鶴事，見茅山詩注。言鶴駕雖不返，地故奇勝也。詩中慷慨悲陳跡，世説：「王長史登茅山，大慟曰：『琅琊王伯輿終當爲情死。』」篇末慇懃奬後生。遥想青雲知可附，坐看閭巷得名聲。伯夷傳：「閭巷之人欲砥行立名者，非附青雲之士，惡能施於後世哉？」

次韻十四叔賜詩留别

窮冬追路出西津，得侍茫然兩見春。西津，在撫州之西，去城五里。發策〔一〕久嗟淹國士，揚子學行篇：「或人啞耳而笑，曰：『須以發策決科。』」起家初命慰鄉人。劉歆傳：「以病免官，起家復爲安定屬國都尉。」田蚡傳：「當是時，丞相入奏事，語移日，所言皆聽。薦人或起家至二千石，權移主上。」行辭北闕樓臺麗，杜牧詩：「北極樓臺長掛夢，西江波浪遠吞空。」歸佐南州縣邑新。班草數行衣上淚，何時杖屨却相親。班草，見送張甥赴青州幕注。

【校記】

〔一〕「策」，宋本、叢刊本作「册」。

次韻耿天騭〔一〕大風

雲埋月缺暈寒灰，淮南子：「畫隨灰而月暈缺。」注：「以蘆灰環月，缺其一面，則月暈亦缺。」○杜詩：「不得淮王術，風吹暈已生。」颷發齊〔二〕如臣象豗。韓詩：「陵如巨象豗。」縱勇萬川冰柱立，劉叉有冰柱詩。杜賦：「四海之水皆立。」紛披千障土囊開。宋玉風賦：「盛怒於土囊之口。」○杜詩：「曾宫憑風回，岌業土囊口。」魯門未怪爰居至，周語：「爰居止於魯東門之外。展禽曰：『今茲海鳥有災乎？夫廣川鳥獸，恒知避其災也。』是歲也，海多大風。」○杜詩：「魯門鶢鶋亦蹭蹬，聞道如今猶避風。」鄭圃何妨禦寇來。列子：「子列子居鄭圃四十年〔三〕，人無識者。」御風而行，屢見上。終夜不眠誰與共？坐忘唯有一顔回。莊子大宗師：「仲尼蹵然曰：『何謂坐忘？』顔回曰：『墮肢體，黜聰明，離形去知，同於大通，此謂坐忘。』」

【校記】

〔一〕「天騭」，龍舒本作「宪」。

〔二〕「齊」，龍舒本作「聲」。

〔三〕「子列子」句，原作「鄭人鄭圃，子列子居四十年」，據浙江書局本列子天瑞改。

補注

酬昌叔憶江陰見及詩〔一〕

黄田港北水如天　按：江陰有黄田、蔡涇二閘，潮汐之所往來。又漕河過常州，别爲一港，曰五卸港，自晉陵至江陰，由港北入江。

金山會宿〔二〕

王平父以楊蟠詩爲莊宅牙人語。陳無己詩話：「余觀王荆公金山詩，前四句亦類此，然皆本唐許渾甘露寺詩：『夜燈江北見，寒磬浦西聞。』」

送何龍圖

又地志：「春社赤伏潞氏。」即其地也。以其地極高，與天爲黨，故曰上黨。上黨，太行山之極高處，山後即忻、代諸州。泰山，却是太行之虎山。

【校記】

〔一〕題全作「予求守江陰未得酬昌叔憶江陰見及之作」，題上原無「補注」二字。

〔二〕題全作「次韻平甫金山會宿寄親友」。

庚寅增注第三十四卷

寄涇州韓持國[一]　紫荆山　韓持國寄涇州李公遠詩：「流景又逢黄菊節，狂歌猶記紫荆春。」

呈柳子玉　勞事欲歌　白樂天詩：「勞者不覺歌，歌其勞苦事。」

次韻陸定遠　芝焚　柳詩：「刻木終難對，焚芝未改芳。」

寄漕使曹郎中[二]　高枝靚　揚雄傳：「梢暗暗而靚深。」○韓詩：「桃李晨糚靚。」　老樹圓　韓集：「桂樹團團。」即圓也。

次韻平甫　北固　按，山謙之南州記言：「京城西北有別嶺入江，三面臨水，號曰北固。」考建康録，言京口在建鄴之北。儲光羲詩曰：「晉家南作帝，京鎮北爲關。」蓋建鄴以京口爲北關云。北山當京口之形勝，作固於此。

丙申八月作　秋風摧剥利如刀　高昌王傳：「寒風如刀，熱風如燒。」○賀知章柳詩：「二月春風似剪刀。」

再游城西李園　必李駙馬家。

酬邵學士　因循　大馮君、小馮君，兄弟繼踵相因循。

酬王太祝　無期　魯頌：「思無期。」○息夫躬傳：「曠迥兮思無期。」

訪無黨〔三〕　恐是徐無黨。此詩不知公在京師或他郡。若京師，則不應云「山色侵衣」也。歐公有送徐無黨南歸序云：「徐生，東陽人，少從予學爲文章。」

寄張氏女弟　公作張文剛墓誌亦云：「君妻，予從父妹，故君從予學。」張死時年二十七，若非奎，即文剛也。

奉寄子思以代別　分手惜匆匆　白詩：「即須分手別，且強展眉開。」

次韻劉著作　赤城　真誥第四篇：「司命嘗住大霍之赤城，此間惟有府曹耳。」據此，則赤城在霍山，謂茅山耳。

【校記】

〔一〕題全作「欲往浄因寄涇州韓持國」。

〔二〕題全作「再至京口寄漕使曹郎中」。

〔三〕題全作「出城訪無黨因宿齋館」。

王荆文公詩卷第三十五

律詩

法喜寺

門前白道自縈回，門下青莎間緑苔。李義山詩：「白道縈回入暮霞，斑騅嘶斷七香車。」雜樹繞花鶯引去，壞簷無幕燕歸來。丘希範書：「雜花生樹，羣鶯亂飛。」○左氏：「夫子之在此也，猶燕之巢於幕上。」○杜詩：「震雷翻幕燕。」李端詩：「歌歇雲初散，簷空燕尚存。」劉長卿題尋真禪師草堂：「隔嶺春猶在，無人燕亦來。」寂寥誰共樽前酒？牢落空留案上梧。樂天詩：「放杯書案上，枕臂火爐前。」朱博爲人廉儉，自微賤至富貴，食不重味，案上不過三杯。我憶故鄉誠不淺，可憐鶗〔一〕鴂重相催。鶗鴂，一名子規，故用催歸事。○見春寒注。

補注　魏野詩：「壞簷巢燕少，積雨病蟬多。」〔二〕

【校記】

〔一〕「鷃」，宮内廳本作「鴳」，宮内廳本下注同。

〔二〕本注原闌入詩注末，無「補注」二字。

長干寺

梁天監元年，立長干寺，在秣陵縣東長干里内，有阿育王舍利塔。見建康實録。建康志云：「今爲天禧禪寺。」

梵館清閑側布金，小塘回曲翠文深。中阿含經云：「給孤長者買祇陁太子園，布黄金，高五寸，徧地置之，爲佛造寺。」○龍樹入龍宮，見華嚴經。側布五百里。柳條不動千絲直，荷葉相依萬蓋陰。漠漠岑雲相上下，翩翩沙鳥自浮沉。晉書：「沉者自沉，浮者自浮。殷洪喬非置書郵。」羈人樂此忘歸志〔一〕，一作「思」。忍向西風學越吟。義山詩：「日月淹秦甸，江湖動越吟。」○王仲宣賦：「莊舄顯而越吟。」

【校記】

〔一〕「志」，宋本、叢刊本作「思」。

落星寺〔一〕

崒〔二〕雲臺殿起崔嵬，萬里長江一酒盃。坐見山川吞日月，杳無車馬送塵埃。鴈飛雲路聲低過，客近天門夢易迴。勝槩唯詩可收拾，不才羞作等閑來。天門，用陶侃事。侃，南康軍人，落星正在南康。王直方詩話云：「落星寺在彭蠡湖中。劉咸臨嘗親見寺僧，言幼時目睹閩中章傳道作此詩，其前六句皆同，其末云：『勝槩詩人盡收拾，可憐蘇石不曾來。』蘇、石，謂子美、曼卿也。後人愛其詩者，改末句作荆公詩傳之，遂使一篇之意不完，其體與荆公所作詩亦不類。」苕溪漁隱曰：「直方所言非也，此詩句語體格，真是荆公作。餘人豈能道此？識者必能辯之。」

補注

聲低過　鴈聲雖高，而山中聞其聲若低過者，以明山之高也。〔三〕

【校記】

〔一〕龍舒本題作「落星寺南康軍江中」。宋本、叢刊本題作「落星寺在南康軍江中」。

〔二〕「崒」，龍舒本作「窣」。

〔三〕本注原闌入題下，無「補注」二字。

清風閣

在臨川，見臨汝志。

飛甍孤起下州墻，勝勢峥嶸壓四方。遠引江山來控帶，平看鷹隼去飛翔〔一〕。柳集：「飛鳥皆視其背。」高蟬感耳何妨静？赤日〔二〕焦心不廢凉。梁王籍詩：「蟬噪林逾静。」○杜甫武侯祠松柏詩：「干戈滿地客愁破，白雲如火炎天凉。」況是使君無一事，日陪賓從此傾觴。「此」字，如韓公詩「逢公復此著征衣」之「此」。

【校記】

〔一〕宫内廳本評曰：「平平有味。」

〔二〕「日」，龍舒本作「目」。

留題微之廨中清輝閣

故人名字在瀛洲，邂逅低回向此留。鷗鳥一雙隨坐嘯〔一〕，荷花十〔二〕丈對冥搜。韓詩：「太華峯頭玉井

蓮，開花十丈藕如船。」○李白詩：「數枝石榴發，一丈荷花開。」水含〔三〕樽俎清如洗，山染衣巾翠欲流。王建詩：「日暮數峯青似染，傍人說是汝州山。」今言「山染衣巾」，尤妙。宣室應疑鬼神事〔四〕，知君能復幾來游。賈誼謫長沙歲餘，文帝思誼，徵之。至，入見，上方受釐坐宣室。上因感鬼神，而問鬼神之本，誼具道所以然之故。

【校記】

〔一〕「嘯」，宋本、叢刊本作「笑」。

〔二〕「十」，龍舒本作「千」。

〔三〕「含」，宋本、叢刊本作「涵」。

〔四〕宮内廳本評曰：「著得『疑』字好。」

次韻和甫春日金陵登臺〔一〕

鍾山漠漠水洄洄，西有陵〔二〕雲百尺臺。按建康志，如鳳凰臺等處甚多。此臺在鍾山之西，不知是何臺耳。萬物已隨和氣動，一樽聊與故人來。程明道游明月陂詩：「萬物已隨秋氣改，一罇聊爲晚涼開。」天邊幽鳥鳴相和，地上晴煙掃不開。唐章八元詩：「天邊宿鳥生歸思，關外晴山滿夕嵐。」愁〔三〕眼看春長一作「唯」。恐盡，直須去取六龍回。李白詩：「吾欲攬六龍，回車掛扶桑。」

【校記】

〔一〕龍舒本題「登臺」下有「二首」二字，其一同此，其二即本書卷四十七臨津。宮内廳本無「金陵」二字。

〔二〕「陵」，龍舒本作「凌」。

〔三〕「愁」，宋本、叢刊本作「悲」。

慶老堂　陳繹和叔内翰也〔一〕。

板輿去國亘三年，潘安仁閑居賦：「太〔二〕夫人乃御板輿。」宣二年：「亘三年矣，未知母之存否。」華屋歸來地一偏。種竹常疑出冬筍，孟宗後母好筍，令宗冬月求之。宗入林慟哭，筍爲之出。開池故合湧寒泉。寒泉，姜詩事。身間〔三〕楚老猶能戲，謂老萊子年八十，衣綵，爲嬰兒戲於母前。道勝鄒人不更遷。孟母少與軻居近墓，軻乃戲爲墓。母曰：「此非所居也。」去，居市，軻復戲爲商賈。又曰：「不可居也。」又居學館之傍，遂爲大儒。嗟我強顏無所及，想君爲樂更焦然。言己不遠〔四〕養，見他人之親而悲感。

【校記】

〔一〕宋本、叢刊本題下無「和叔内翰也」五字。

〔二〕「太」，原作「大」，據文選、宮内廳本改。

〔三〕「間」，宮內廳本、宋本、叢刊本作「閑」。
〔四〕「遠」，宮內廳本作「逮」。

寄陳宣叔

扁舟欲動更徘徊，一笑相看病眼開。事忤貴人今見節，政成豪縣衆稱才〔一〕。陳平傳：「高帝南過曲逆，上其城，望室屋甚大，曰：『壯哉縣！』」豪，亦壯也，未知出處。○陳遵傳亦有「三輔劇縣」，未見豪字。忽驚歲月侵雙鬢，却喜山川共一盃。落日亂流江北去，離心猶與水東迴。尚書禹貢：「亂於河。」注：「絶流曰亂。」○劉長卿詩：「離心與流水，萬里共朝昏。」

【校記】

〔一〕「成」，諸本作「行」。「才」，龍舒本、宋本、叢刊本作「材」。

寄張劒州并示女弟

公自注云〔一〕：「時張以太夫人喪，自劒州歸。」

劒閣天梯萬里寒，春風此日白衣冠。荊軻傳：「太子及賓客知其事者，皆白衣冠以送之。」烏辭反哺顛毛黑，烏引思歸口血丹。公又有贈張詩云：「白頭反哺秦烏側，流血思歸蜀鳥前。」行路想君今瘠〔二〕瘦，漢武悼李夫人賦：「嫶妍太息，歎稚子〔三〕兮。」晉灼曰：「三輔謂憂愁面省瘦曰嫶冥。嫶冥，猶嫶妍也。」〇杜詩：「所親驚老瘦，辛苦賊中來。」相逢添我老悲酸。浮雲渺渺吹西去，每到原頭勒馬看。王貞白望終南詩：「爲問紅塵裏，誰同勒馬看？」

補注　瘠　韻書：「瘠，瘦也。晉灼所稱省，當作瘠。」呂布問曹操：「明公何瘦？」操曰：「所以瘦，恨不早相得故也。」〔四〕

【校記】

〔一〕宋本、叢刊本無「公自注云」四字。

〔二〕「瘠」，宋本、叢刊本作「眚」，宫内廳本作「瘖」。

〔三〕「子」，原作「予」，據漢書外戚傳及宫内廳本改。

〔四〕本注原闌入詩注末，無「補注」二字。

元珍以詩送緑石硯所謂玉堂新樣者

元珍，即丁寶臣。元珍嘗知端州。

玉堂新樣世争傳，况以蠻溪緑石鐫。公詩又有「端溪作枕緑玉色」。嗟我長來無異物，王恭傳：「丈人不識恭，恭作人無長物。」愧君持贈有佳篇。久埋瘴霧看猶濕，此石端州所寄，故有「瘴霧」之句。一取春波洗更鮮。江文通別賦：「春水渌波。」○韓致光詩：「竹園相接春波暖。」還與故人袍色似，謂緑也。論心於此亦同堅。

和微之林亭

爲有檀欒占雒陽，憶歸杖策此徜徉。枚乘兔園賦：「脩竹檀欒。」觀魚得意還知樂。隱五年：「公如棠觀魚。」○莊子秋水篇：「鯈魚出游從容，是魚樂也。」入鳥忘機肯亂行。莊子山木篇：「孔子曰：『辭其交游，去其弟子，逃於大澤，入馬不亂羣，入鳥不亂行。』」未敢許君輕去國，不應如我漫〔二〕爲郎。元結傳：「人以爲『漫者，亦漫爲官乎？』呼爲漫郎。」中園日涉非無趣，保此千鍾慰北堂。陶集：「園日涉以成趣。」言非無田園之可歸，且資禄以養親。○晉人語：「若保全此，殊勝東山。」

【校記】

〔一〕「漫」，龍舒本作「謾」。

酬微之梅暑新句

江梅落盡雨昏昏，去馬來牛漫不分。不辨牛馬，見贈器資注。○杜詩：「去馬來牛不復辨，濁涇清渭何當分。」當此沉陰無白日，豈知炎旱有彤雲。琴絃欲緩何妨促？畫蠹微生故可熏。回首涼秋知未遠，會須重曝阮郎裩。晉阮咸爲兒時，七夕，諸阮盛陳錦綉，咸獨以長竿掛大布犢鼻褌於庭中，曰：「未能免俗。」○杜詩：「明朝曬犢鼻，方信阮郎貧。」○黄詩聽摘阮歌：「手揮琵琶送飛鴻，促絃聒醉驚客起。」○唐人詩：「更著香薰一架書。」

平甫游金山同大覺見寄相見後次韻二首〔一〕

曾氏資暇録云：「平甫與一浮屠詩云：『北固山連三楚遠，中酃水入九江深。』句法清遠。荆公和此詩，惟押『弟季心』字最妙，不惟好語，兼亦切實。」

名一作「寵」。參時宰道人琳〔二〕，沙門慧琳，元嘉中參權要，朝廷大事皆與議，勢傾一時，權侔宰輔。孔覬嘗詣之，遇賓客，但寒温而已。覬慨然曰：「遂有黑衣宰相，可謂冠履失所。」又，晉支遁，亦

字道林，與殷浩、王文度、謝安諸人友善，時論以遁有經濟才。然公所用，乃宋慧琳。**氣蓋諸公弟季心。**季布傳：「布弟季心，氣蓋關中，遇人恭謹，爲任俠。」**勝踐肯論山在險，冥搜欲與海争深。**易：「地險，山川丘陵也。」○禪語：「深深海底行。」**摇摇北下隨帆影，**杜詩：「酒香傾坐側，帆影駐江邊。」史記：「心摇摇如懸旌，無所終薄。」**踽踽東來想足音。**踽踽凉凉，有威儀而無所施之貌。○莊子徐無鬼篇：「逃虚空者，藜藋柱乎鼪鼬之逕，踉位其空，聞人足音，跫然而喜矣。」**握手更知禪伯遠，隔雲靈鷲碧千尋。**靈鷲山，見次韻留題僧假山注。

【校記】

〔一〕宋本、叢刊本題作「平甫與寶覺游金山思大覺并見寄及相見得詩次韻二首」。

〔二〕「名」，宋本、叢刊本作「寵」。「琳」，龍舒本作「林」。

其二

漳南開士好叢林，開士，見寄福公道人注。○李文饒詩：「龍門有開士，愛我春潭碧。」叢林，猶禪林。**慧劒何年出水心？**維摩詰經：「本以智慧劫破煩惱網。」○晉武問三日曲水之誼，束皙對：「秦昭王以三日置酒河曲，見金人捧水心之劒曰：『令君制有西夏，乃霸諸侯。』因此立爲曲水。」詩言「慧劒出水心」，蓋借用此事。**獨往便應諸漏盡，**首楞嚴：「普告諸大菩薩及諸漏盡

大阿羅漢。」又法華經：「諸漏已盡，無復煩惱。逮得己利，盡諸有結。」相逢未〔一〕免故情深。皇甫冉詩：「閉門公務散，柱策故情深。」檻窺山鳥有真意，淵明詩：「此間有真意。」窗聽海潮非世音。金山近海口，故云「聽海潮」。○觀音普門品：「梵音，海潮音。」又云：「勝彼世間音。」則梵唄之聲，亦謂之潮音。一笑上方人事外，杜詩：「上方重閣晚。」不知衰境兩侵尋。

補注 水心 戴叔倫詩：「城根山半腹，庭影水中心。」〔二〕

【校記】

〔一〕「未」，宋本作「求」。

〔二〕本注原闌入題下，無「補注」二字。

金陵懷古四首

霸祖孤身取二江，子孫多以百城降。豪華盡出成功後，逸樂安知與禍雙。二江，謂江南東、西道。○孫秀流涕曰：「昔討逆弱冠以一校尉創業，今後主舉江南而棄之哉？」此即「孤身取」、「百城降」之明證。○李翺「宗廟山陵，於此爲墟。悠悠蒼天，此何人哉？昔神堯以一旅取天下，後世子孫不能以天下取河北」，亦此意。許渾金陵

懷古詩：「英雄一去豪華盡。」東府舊基留佛刹，後庭餘唱落船窗。輿地志：「金陵有東府城，晉安帝時築。其城西，本簡文爲會稽時第。其東，則丞相會稽王道子府。」謝安石薨，以道子代領揚州，州在第，故時人號爲東府西州。夢得〔一〕詩：「商女不知亡國恨，隔窗猶唱後庭花。」時夜泊秦淮，故言「船窗」。黍離麥秀從來事，且置興亡共〔二〕一作「近」。酒缸。王黍離：「閔宗周也。周大夫行役，至於宗周，過故宗廟宮室，盡爲禾黍。閔周室之顛覆，彷徨不忍去，而作是詩也。」○史記宋世家：「箕子諫，紂不聽。其後箕子朝周，過故殷墟城，宮室毀壞，生禾黍，箕子傷之，乃作麥秀之詩以歌詠之。」○向秀賦：「歎黍離之愍周兮，悲麥秀於殷墟。」

【校記】

〔一〕「夢得」，應爲「杜牧」，引詩乃杜牧泊秦淮。

〔二〕「共」，龍舒本、宋本、叢刊本作「近」。

其二

天兵南下此橋江，敵國當時指顧降。按：王師度江浮橋在采石，蓋近金陵。山水雄豪空復在，君王神武自難〔一〕雙。書言：「天乃錫王勇智，表正萬邦。」故公詩謂天子神武，則英雄畢服，理不容並也。留連落日頻回首，「落日應歸去，魚鳥見留連。」想像餘墟獨倚窗。卻怪夏陽

纔〔二〕一葦，漢家何事費罌缸。韓信擊魏，陳船欲度臨晉，伏兵從夏陽以木罌缶度軍，襲安邑。韓詩：「傾尊與斟酌，四壁堆罌缸。」

補注 倚窗 李義山詩：「斜倚綠紗窗夜坐。」〔三〕

【校記】

〔一〕「難」，龍舒本作「無」。

〔二〕「纔」，龍舒本作「裁」。

〔三〕本注原闌入詩注末，無「補注」二字。

其三

左思吴都賦：「百川派別，歸海而會。」「潮波浪〔一〕起，迴復萬里。」

地勢東回萬里江，杜牧詩：「時人欲識胷襟否，彭蠡秋連萬里江。」○李白金陵詩：「漢江迴萬里，派作九龍盤。」○公詩用白語，何其精切！雲間天闕古來雙。天闕，建康山名，詳見上注。兵纏四海英雄得，聖出中原次第降。歐公豐樂亭記：「自唐失其政，海内分裂，豪傑並起而爭，所在爲敵國者，何可勝數？及宋受天命，聖人出而四海一。嚮之憑恃險阻，剗削消磨。百年之間，漠然徒見山高而水清。欲問其事，而遺老盡矣。」山水寂寥埋王氣，許渾詩：「玉樹歌殘王氣終。」風煙蕭颯滿僧窗。廢陵壞冢空冠劍，高僧詩：「帝業空城在，民耕壞冢多。」○張祜詩：「蕭帝壞陵深虎跡，廣師道院閉松聲。」誰復沾纓酹一缸。

【校記】

〔一〕「浪」，文選吴都賦作「汨」。

其四

憶昨天兵下蜀江，將軍談笑士争降。江自蜀來，故言蜀江，非兵自蜀而下。黄旗已盡年三百，紫氣空收劍一雙。江表傳：「黄旗紫蓋見於東南維，有天下者，荆、揚之君乎？」豐城雷煥，占斗、牛間常有紫氣。既爲令，掘獄屋基，入地四丈餘，得二石函，有雙劍，一曰龍泉，一曰太阿。使送一劍與張華，留一自佩。華報煥曰：「詳觀劍文，乃干將也，莫耶何復不至？雖然，天生神物，終當合耳。」及華誅，失劍所在。後煥卒，其子持劍行延平津，忽於腰下躍出，墮水。使人入水，見兩龍盤合。破堞自生新草木，廢宫誰識舊軒窻？不須搔首尋遺事，且倒花前白玉缸。劉貢父集有和公此詩，如稱王師破金陵，兵自水牕入，史所不載。貢父洽聞，必有所據。今附貢父詩於此：「虎踞羣山帶繞江，爲誰興國爲誰降？高臺麋鹿看無數，廢沼鳧鷖去自雙。萬事朝雲隨逝水，百年西日過虚牕。白門酒美東風快，笑數英雄盡一缸。」○「樓舡西下勢横江，元帥旌旗就約降。旋報前師覆張悌，亟傳單騎馘王雙。燕焚正自當煙突，蟻潰何堪值水窻。回首三軍歡奏凱，万牛行炙酒千缸。」○耆老傳云：「金陵城破，自城下水窻兵入。」○「楚貢來遲詭問江，漢收羣策士心降。一言已重黄金百，再見仍蒙白璧雙。票客脱身甘馬革，老儒投筆謝書窻。豈知三閣酣詩酒，浩唱庭花倒玉缸。」○「頹垣落水半平江，喬木呼風不易降。耕出珠璣時得一，道逢麟鳳不成雙。潮聲半夜來寒渚，月色深秋照舊窻。唯有魚鹽城下市，檣烏相望集瓶缸。」○杜詩：「瓷罌無謝玉爲缸。」

次韻舍弟遇子固憶少述

時公弟在臨川。〔一〕少述，孫侔也。侔事已見上注。公少與侔善，兄事侔。洎爲相，道過真州，侔待之如布衣時。

歸計何時就一廛？寒城回首意茫然。孟子：「願受一廛而爲氓。」野林細錯黃金日，溪岸寬圍碧玉天。林篩日影，如金狀也。秦少游詩：「門外天横數尺青。」又：「天轉江南碧玉寬。」樂天詩：「萬丈赤幢潭底日，一條白練峽中天。」飛兔已聞追騕褭，禰衡傳：「飛兔騕褭，絶足奔放，良藥之所急。」呂氏春秋：「騕褭，皆古駿馬也。」此言平甫與子固。太阿猶恨失龍泉。謂少述獨遠耳。越紀：「楚王召風胡子，令之吴，見歐子、干將作劍。二人鑿茨山，洩其溪，取鐵，作劍三，一曰龍淵〔二〕，二曰太阿，三曰工市。晉、鄭求之，不得，興師圍楚。楚王引太阿之劍，登城而麾，三軍破敗，流血千里。晉、鄭之士，頭畢白也。」又：「今西平縣有鐵官別鎮户，即古鑄刀劍之地。」○後漢：韓稜「爲尚書令，與僕射郅壽、尚書陳寵同時俱以才能稱。肅宗嘗賜諸尚書劍，唯此三人特以寶劍，自手署其名曰：『韓稜龍泉。』」注云：「『晉太康記曰：『汝南西平縣有龍泉，可淬刀劍，特堅利。』汝南，即楚分野也。』『郅壽蜀漢文』，『陳寵濟南椎成〔三〕。』時論以爲稜有深謀，故得龍泉；壽明達有文章，故得漢文；寵敦樸，不見外，故得椎成。」遥知更憶河濱友，從事能忘我獨賢。公自言也。○北山詩：「偕偕士子，朝夕從事。大夫不均，我從事獨賢。」

【校記】

〔一〕宋本、叢刊本題下注云：「時舍弟在臨川。」當爲荆公自注。

〔二〕「龍淵」，宫内廳本作「龍泉」。

〔三〕「韓稜」，後漢書作「韓棱」，有傳。「韓稜龍泉」，後漢書韓棱傳作「韓棱楚龍淵」。「椎成」，原作「惟成」，據後漢書韓棱傳改。

次韻昌叔詠塵〔一〕

塵土輕颺不自持，紛紛生物更相吹。莊子：「野馬也，塵埃也，生物之以息相吹也。」飄成地上高煙霧，散在人間要路岐。言塵土狀如煙霧，多在權要之地，以人所犇趨故也。一世競馳甘眯目，幾家清坐得軒眉。莊子天運：「夫播糠眯目，則天地四方易位矣。」北山移文：「眉軒席次。」注：「舉眉，喜也。」超然秖有江湖上，還見波濤恐我時。惟江湖空曠可樂，猶有風濤不測之恐。劉夢得詩：「峽水秋來不恐人。」

補注 眯目 忠全文：「眯目聖神皇。」謂武侯也。〔二〕

【校記】

〔一〕「詠塵」，龍舒本作「塵土」。

〔二〕本注原闌入題下，無「補注」二字。

石竹花〔一〕

退公詩酒樂華年，欲取幽芳近綺筵。李義山野菊詩：「紫雲新苑移花處，不取霜栽近御筵。」種玉亂抽青節瘦，初學記：「陽雍伯種石而

生玉。」刻繒輕染絳花圓。風霜不放飄零早，雨露應從愛惜偏。杜牧之詩：「雨露偏金穴。」已向美人衣上繡，更留佳客賦嬋娟。陸龜蒙石竹詩云：「曾看南朝畫國娃，古羅衣上碎明霞。而今莫共金錢鬭，買却春風是此花。」○李白詩：「山花插寶髻，石竹繡羅衣。」○樂天詩：「帶纈紫蒲萄，袴花紅石竹。」

補注　美人衣　楚莊王燕羣臣，日暮，酒醒，燭滅，乃有引美人之衣者。〔二〕

【校記】

〔一〕龍舒本卷七十七題末有「二首」二字，其一同此，其二即本書卷四十七石竹花。

〔二〕本注原闌入詩注末，無「補注」二字。「醒」，清綺齋本作「酣」。

古松

森森直榦百餘尋，高入青冥不附林。退之詩：「異質忌處羣，孤芳難寄林。」萬壑風生成夜響，千山月照掛秋陰。小杜詩：「前灘急夜響，密雪映春燈。」○李羣玉詩：「五湖雲月掛高情。」豈因糞壤栽培力，自得乾坤造化心。杜詩：「扶持自是神明力，正直元因造化功〔一〕。」廊廟乏材應見取，世無良匠勿相侵。杜詩：「時無王良伯樂死即休。」

【校記】

〔一〕「功」，原作「工」，據杜工部草堂詩箋古柏行及宮内廳本改。

玉晨大檜鶴廟古松最爲佳樹

按建康志：「玉晨觀，在雷平山西北，舊傳高辛時展上公及周時郭真人太史之宅。梁天監中，爲朱陽觀。唐改爲華陽觀，又改爲紫陽觀。本朝大中祥符元年，改賜今額。白鶴廟，在朝山下。玉晨觀屬句容縣。白鶴廟屬溧陽縣。山在縣西南二十里。」

壇廟千年草不生，幽真曾此蔭餘清。左氏：「松柏之下，其草不植。」段文昌古柏文：「下蔭芳苔，凡草不生。」○建康志云：「楊真人〔一〕、二許真人嘗降於此。」月枝地上流雲影，風葉天邊〔二〕過雨聲。有月則枝影如雲，流於地上。○唐人詩：「雲影亂鋪地，濤聲寒在空。」材大賢於人有用，言其材大，比世之賢人，可爲廊廟之用。○杜詩古柏行：「志士幽人莫歎嗟，古來材大難爲用。」節高仙與世無情。仙者，超然遺俗，不留於物，視濁世豈復餘情哉？○杜詩：「眼枯即見骨，天地終無情。」泰〔三〕一作「秦」。山陂下今遺〔四〕處，應劭漢官儀曰：「秦始皇封泰山，逢疾風暴雨，賴得抱樹，因封爲五大夫。今泰山小天門猶有秦時五大夫松。」苦里宮中謾〔五〕得名。括地志：「苦縣在亳州，老子所生之地。宮謂太清宮。」「陂」字恐誤。上句言松，下句言檜也。

【校記】

〔一〕「楊真人」，宮内廳本作「陽真人」。

〔二〕「邊」，宮内廳本作「寒」。

〔三〕「泰」，龍舒本、宋本、叢刊本作「秦」。

〔四〕「遺」，龍舒本、宋本、叢刊本作「迷」。

〔五〕「謾」，宋本、叢刊本作「漫」。

次韻董伯懿松聲

天機自動豈關情？能作人間意〔一〕外聲。劉禹錫詩：「能作涼州意外聲。」○莊子秋水篇：「蚿曰：『今予動吾天機而不知其所以然。』」瞑〔二〕聒一堂無客夢，曉悲千嶂有猿驚。韓詩：「夜風一何喧，杉檜屢磨颭。猶疑在波濤，怵惕夢成魘。」○北山移文：「山人去兮曉猿驚。」廟中奏瑟沉三歎，樂記：「清廟之瑟，朱絃而疏越，一倡而三歎。」堂下吹簫失九成。書注：「簫，堂下樂也。韶，舜樂名。」言簫，見細器之備。俚耳紛紛多鄭衛，直須聞此始心清。莊子天地篇：「大聲不入於俚耳。」注云：「非委巷之所尚。」

【校記】

〔一〕「意」，宋本、叢刊本作「物」。

〔二〕「瞑」，宮内廳本作「冥」。

次韻答平甫

高蟬抱殼悲聲切，新鳥争巢誶語忙。賈誼傳：「毋取箕箒，立而誶語。」音碎，此借用。長樹老陰欺夏日，公有云：「緑陰青子勝花時。」晚花幽艷敵春陽。劉禹錫詩：「山葉紅時却勝春。」雲歸山去當簷静，風過溪來滿坐凉。唐人詩：「水自石間流出冷，風從花裏過來香。」比公格爲凡。杜詩：「月明垂葉露，雲逐度溪風。」物物此時皆可賦，悔子千里不相將。相將，猶相攜。○詩：「悔子不將兮。」

次韻質夫兄使君同年

樓堞相望一日程，春風吹急似摇旌。史記：「心摇摇如懸旌。」莫言樂國無愁夢，賴把新詩有故情。

詩：「適彼樂國。」客舍五漿非所願，私田三徑會須成。五漿，見游土山注。孟子：「雨我公田，遂及我私。」「私田」字，合而用之。〇歸去來詞：「三徑就荒。」青雲自致歸公等，如我何緣得此聲？范睢傳：「不知公能自致青雲之上。」

金明池

太平興國中鑿，在瓊林苑北。三年春，引金水河水注之，以教神衛、虎翼水軍習舟楫，因爲水嬉。詔京城士族，許占射園苑、亭臺以觀。

宜秋西望碧參差，東京記云：「京城西面二門，南曰宜秋，北曰閶闔。宜秋在梁曰開明，晉曰金義。本朝興國四年改今名。」〇杜牧之詩：「莫笑一麾東下計，滿江秋浪碧參差。」憶看鄉人禊飲時。禊飲，用蘭亭事。斜倚水開花有思，緩隨風轉柳如癡。林和靖石竹花詩：「斜倚紙叢如有恨。」青天白日春常好，緑髮朱顏老自悲。韓集：「青天白日，奴隸亦知其清明。」又詩：「青天白日花草麗。」〇杜詩：「天意高難問，人情老易悲。」跛馬未堪塵滿眼，夕陽偷理釣魚絲。嚴武答杜二見憶詩：「跛馬望君非一度，吟猿秋鴈不勝悲。」〇杜詩：「江邊老病雖無力，強擬晴天理釣絲。」

葛溪驛

通典云：「弋陽舊葛溪縣，隋改爲陽，有弋水，屬信州。」驛，疑以舊縣名，據信州弋陽縣有葛溪水，源出上饒縣靈山。又有葛玄仙翁冢焉，因名葛溪。

缺月昏昏漏未央，一燈明滅照秋牀。病身最覺風霜早，歸夢不知山水長。劉禹錫詩：「搖落從來長

年感，慘舒偏是病身知。」○太白詩：「日落知天昏，夢長覺道遠。」意不同而俱妙。○岑參詩：「枕上片時春夢中，行盡江南數千里。」坐感歲時歌慷慨，起看天地色凄涼。杜詩：「抱葉寒蟬静。」

韓詩：「推書撲筆歌慷慨。」○杜詩：「鄰里爲我色惆悵。」鳴蟬更亂行人耳，正抱疏桐葉半黄。

補注 杜詩：「常飢稚子色凄涼。」〔一〕

【校記】

〔一〕本注原闌入詩注末，無「補注」二字。

泛舟青溪入水門登高齋奉呈康叔〔一〕

孫康叔御史，見别注。○高齋，已見上注。按建康志：「青溪，吴大帝赤烏四年鑿東渠，名青溪，通城北塹潮溝，闊五丈，深八尺，以洩玄武湖水。發源鍾山，西南流，東出於青溪閘口，接於秦淮。及楊溥城金陵，青溪始分爲二，在城外者，自城壕合於淮；在城内者，湮塞僅存。齊高帝先有宅在青溪，武帝即位，以宅爲青溪舊宫。」

簿領紛紛惜此時，起携佳客散沈迷。劉公幹詩：「沈迷簿領書，回回自昏亂。」釋此出西城，登高且游觀。」十圍但見諸營柳，桓温經金城，見少爲琅琊時所種柳皆十圍，慨然曰：「木猶如此，人何以堪！」漢文帝勞周亞夫於細柳營。九曲難尋故國溪。九曲，指青溪宫。郄僧施嘗泛舟青溪，每溪一曲，輒作詩一篇。謝益壽聞之，曰：「青溪中曲，復何窮盡？」難尋，言舊跡漸堙塞也。牽埭欲隨流水遠，放船終礙畫橋低。案建康志：「青溪舊有七橋：一曰東門橋；二曰尹橋；三曰雞鳴橋；四曰募士橋；五曰菰首橋，唐陸彦恭爲江

寧令，廢此橋路而東渡青溪，更名曰金華；六曰中橋；七曰大橋。」雞鳴埭，正在募士橋西南，過溝即其處，故上句云「牽埭」。庾肩吾五字疊韻詩：「載載每礙埭。」子猷清興何曾盡，子猷興盡而返。想憶高齋吏一躋。高適詩：「因聲謝岑鏊，歲暮一攀躋。」

補注 南史孝誼傳：「郭原平每行來，見人牽埭未過，輒迅檝以助之。」〔二〕

【校記】

〔一〕「康叔」，宮内廳本作「叔康」。

〔二〕本注原闌入詩注末，無「補注」二字。「孝誼」，南史、宮内廳本作「孝義」。

爲裴使君賦擬峴臺

按臨川志：「使君名材，嘉祐間來守臨川。至之二年，築臺於城東南隅，名曰『擬峴』，以其形擬峴山也，乃臨川山水會處。」

君作新臺擬峴山，羊公千載得追〔一〕攀。歌鍾殷地登臨處，花木移春指顧間。楊國忠子弟，春時移名花植之木檻中，下設輪脚，挽以綵絙，所至自隨，號「移春檻」。城似大隄來宛宛，溪如清漢落潺潺。寰宇志：「襄州大隄城，今縣城也，俗相傳呼爲大隄城。漢水在大隄下。」時平不比征吴日，緩帶尤宜一作「猶疑」。向此閑。晉羊祜都督荆州諸軍事，在軍，常輕裘緩帶，身不被甲。性樂山水，每風景，必造峴山，置酒言詠，終日不倦。

【校記】

〔一〕「追」，宮内廳本作「蹐」。

送李才元校理知邛州

才元，名大臨，成都人。慶曆八年，以潞公薦爲校理。旋以親老，請知邛州。

朝廷孝治稱今日，鄉郡榮歸及壯時。關吏相呼迎印綬，漢終軍傳：「軍入關，關吏與軍繻。」○朱買臣傳：「買臣拜會稽太守，衣故衣，懷其印綬，步歸郡邸。直上計時，會稽吏方相與羣飲，不視買臣，買臣入室中，守邸與共食，食且飽，少見其綬。守邸怪之，前引其綬，視其印，會稽太守章也。坐中驚駭，白守丞，相推排陳列中庭拜謁。買臣徐出户。有頃，長安廄吏乘駟馬車來迎，買臣遂乘傳去。」里兒争出望旌〔一〕麾。陳羽詩：「成名空羡里中兒。」○周禮：「州長建麾。」崔豹古今注：「麾，所以指也。乘輿以黄，公以朱，刺史、二千石以纁。」北堂已足誇三釜，南畝當今識兩歧〔二〕。後漢張堪守漁陽，勸農桑，人歌曰：「桑無附枝，麥穗兩歧。張君爲政，樂不可支。」○才元守邛日，有穀九穟者數本，芝數本，蓮花、蓮葉並蔕者各一本。○梅聖俞嘗爲賦詩以美之。今此「兩歧」之句，亦公素知其賢，爲能致此也。獨我尚留貞〔三〕有命，天於人欲本無私。書泰誓：「民之所欲，天必從。」

【校記】

〔一〕「旌」，宋本、叢刊本作「旄」。

〔二〕「當今」，宮内廳本作「嘗令」。「歧」，宮内廳本作「岐」，下注同。

〔三〕「貞」，諸本作「真」。

送張頡仲舉知奉新

頡，金陵人，公所厚，位至從官。傳稱其所至以嚴治，深文狡獪，亦天性云。本傳但言其嘗令廣東及漳之益陽，不載知奉新。

故人爲邑士多稱，繇賦寬賒獄訟平。寬賒，言不刻。老吏閉門無重稰〔一〕，荒山開隴有新粳。韻略有「糈」字，無「稰」字，疑即糈也。集韻：「音胥。」説文：「粮也。」又音所。廣韻：「私吕切。」意謂吏不敢爲姦利，僅自給耳。○史記貨殖傳：「醫方諸食技術之人，焦神極能，爲重糈也。」注：「音所，求〔二〕也。」方揮玉麈日邊坐，又結銅章天外行。去〔三〕去料君歸不久，挾材如此即名卿。挾，即負挾之挾。晉劉頌見華譚策，大息曰：「不悟鄉里乃有如此才也。」

【校記】

〔一〕「稰」，宋本、叢刊本作「糈」。

〔二〕「求」，宮内廳本作「粮」。

〔三〕「去」，宋本、叢刊本作「此」。

張劍州至劍一日以親〔一〕憂罷

劍州，即公女弟之夫。前已有寄張詩，與此意大略多同，此當在前。

客舍飛塵尚滿韉，却尋東路想茫然。白頭反哺秦烏側，流血思歸蜀鳥前。古樂府：秦氏：「庭烏八九子。」蜀鳥，謂杜鵑。〇杜詩：「其聲哀痛口流血。」今日相逢知悵望，幾時能到與留連。今日相逢，蓋預期會面也。知悵望者，謂張尤望相見，但不知何時得到而留連之耳。行看萬里雲西去，倚馬春風不忍鞭。見西去之雲，猶佇立夷猶以望之，況於張乎！

【校記】

〔一〕「親」，宋本、叢刊本作「新」。

次韻子履遠寄之作

子履，陸經也。

飄然逐客出都門，士論應悲玉石焚。高位紛紛誰得志，秦逐客李斯。書：「玉石俱焚。」〇劉禹錫詩：「高位紛紛見陷人。」此言雖富貴，而志實不行。窮塗往往始能文。退之語：「懽愉之辭難工，窮苦之言易好。」又：「虞卿窮愁始著書。」後來韓、柳輩皆因遷謫，文始高也。柴桑今日思元亮，天祿何

時召子雲？陶潛字淵明，一字元亮，潯陽柴桑人。○揚雄傳：「莽誅甄豐父子及劉棻等，辭連及雄，時雄校書天祿閣上。治獄使者來收雄，雄乃從閣上自投下，幾死。莽問其故，乃劉棻嘗從雄學作奇字，雄不知情。詔勿問。雄以病免，復召爲大夫。」直使聲名傳後世，窮通何必較功勳？

送李太保知儀州

九域志：「儀州屬陝西路，本後唐義州，太平興國二年改儀州，熙寧五年廢。」

北平上谷當時守，氣略人推李廣優。李廣先爲上谷太守，數與匈奴戰。公孫昆邪爲上泣曰：「李廣才氣，天下無雙，數與虜角，恐亡之。」乃徙廣上郡，最後守右北平。斬霸陵尉時也。還見子孫持漢節，欲臨〔一〕關塞撫羌酋。雲邊鼓吹應先喜，日下旌旗更少留。陸雲曰：「日下荀鳴鶴，雲間陸士龍。」五字亦〔二〕君家世事，一吟何以稱來求？五字用李陵事。○文選注：「五言詩自陵始。」○杜詩：「風雨時時龍一吟。」

【校記】

〔一〕「臨」，龍舒本作「令」。

〔二〕「亦」，龍舒本作「出」。

送西京簽判王著作

兒曹曾上洛城頭，尚記清波遶驛流。羅隱詩：「空餘巖下多情水，猶解年年遶驛流。」却想山川常〔一〕在夢，可憐顏髮已驚秋。辟書今日看君去，晉魏舒傳：「陳留周震，累爲諸府所辟。辟書既下，公輒喪亡。僉號震爲殺公掾。」著籍長年歎我留。史記梁孝王世家：「梁之侍中、郎、謁者著籍引出入天子殿門，與漢宦官無異。」著，竹略反。籍，謂名簿。三十六峯應好在，寄身〔二〕多謝欲來游。謂嵩少也。李白贈焦練師序云：「予訪道少室，盡登三十六峯。」按河南志：「河南府永安縣，少室山在縣西南七十里，有三十六峯，具列其名。」

【校記】

〔一〕「常」，龍舒本作「嘗」。

〔二〕「身」，龍舒本、宋本、叢刊本作「聲」。

庚寅增注第三十五卷

長干寺 柳條不動 盧綸詩：「垂楊不動雨紛紛。」

落星寺 鴈飛雲路 唐人詩：「翅低白鴈飛仍重。」〇李賀詩：「小鴈過爐峯，影落楚水下。」

清風閣 感耳 韓退之詩：「危辭苦語感我聲。」 焦心 漢書：「焦心勞思。」 無一事 杜詩：「咸陽客舍一事無。」

次韻和甫 幽鳥鳴相和 退之二鳥詩：「兩鳥鳴相和。」

寄張劒州并示女弟辭〔一〕 反哺 文選束晳補南陔詩：「噭噭〔二〕林烏，受哺於子。」注云：「純黑而反哺者，烏也。」 口血丹 少陵杜鵑詩云：「其聲哀痛口流血。」

酬微之新句 琴絃欲緩何妨促 白樂天詩：「促張絃柱吹高管，一曲涼州入沉寥。」

平甫游金山 氣蓋諸公弟季心 季心，借以言平甫也。東坡嘗哭平甫詩：「異時常怪謫仙人，舌有風雷筆有神。」又：「氣吞餘子無全日。」則乃兄所稱「氣蓋諸公」，非私譽也。

勝餞 滕王閣記：「童子何知，躬逢勝餞。」〇韓詩：「尋常不憚險。」 冥搜 樂天詩：「鑑湖期遠泛，禹穴約冥搜。」

金陵懷古其四 紫氣 柳詩：「斗間收紫氣。」

古松　百尋餘　柳詩：「榦有千尋竦。」

送李才元　三釜　曾子及親而仕，三釜而心樂。

送張仲舉　老吏閉門無重稍　陳延年傳：「郡中長吏皆令閉門自斂，不得踰法。」○孫鴻慶詩：「蕭蕭皃鶩行，重稍不到門。」

次韻子履　飄然逐客出都門士論應悲玉石焚　按仁宗實録：「慶曆四年，大理寺丞、集賢校理陸經責授袁州别駕，繼爲汝州監酒。轉運司差磨勘西京官物，而嘗貸西京民錢，又數與僚友燕聚，語言多輕肆。監察御史劉元瑜挾私怨劾奏之，請不以赦原。及遣太常博士王翼就按其罪，並以前預進奏院會坐之。」詩稱「逐客」及「玉石焚」，必指此。

【校記】

〔一〕題應作「張劍州至劍一日以親憂罷」。

〔二〕「嗽嗽」，原作「漫教」，據文選補亡詩及清綺齋本改。下注「純」字，原作「絾」，據上改。

王荊文公詩卷第三十六

律詩

送劉貢父赴秦州清水

貢父，名攽，嘉祐末，召爲國子直講。治平末，趙槩薦攽可充文館。作邑清水，當在此前。

劉郎高論坐噓枯，幕府調胹〔一〕用緒餘。後漢：鄭泰謂董卓曰：「孔公緒清談高論，噓枯吹生。」○莊子天下篇：「語心之容，命之以心之行，以胹合驩，以調海内。」注：「強以其道胹令合。調，令和也。」胹，崔本作「胹」，音而，和也，調也。筆下能當萬人敵，杜詩：「筆陣獨掃千人軍。」○項籍傳：「學萬人敵。」腹中嘗記五車書。五車書，屢使。○韓詩：「博哉羣聖文，磊落載其腹。」聞多望士登天禄，知有名臣薦子虛。天禄，見三輔黄圖。天禄閣，藏典籍之所。漢宮殿疏云：「天禄、麒麟閣，蕭何造，以藏秘書，處賢才。」子虛，見寶應進士乞詩注。且復絃歌窮塞上，祇應非晚召相如。絃歌，宓子賤事。

【校記】

〔一〕「胹」，宋本、叢刊本作「聏」；下注「以胹合驢」，宫内廳本「胹」作「聏」；「胹，崔本」，宫内廳本作「聏，崔本」。

送純甫如江南

純甫娶段氏，封德安縣君。

青溪看汝始蹁躚，兄弟追隨各少年。撫州城下江，或云亦青溪也，故擬峴臺詩云：「溪如清漢落潺潺。」今詩恐只指建康青溪。壯爾有行今納婦，詩衛風泉水：「女子有行，遠父母兄弟。」箋云：「行，道也。」老吾無用亦求田。初來淮北心常折，却望江南眼更穿。杜詩：「心折大刀頭。」○韓退之詩：「眼穿長訝雙魚斷。」○王建詩：「行宫不見人眼穿。」此去還知苦相憶，歸時快馬亦須鞭。佛語：「如世良馬〔一〕，見鞭影而行。」

【校記】

〔一〕「馬」，原作「焉」，據宫内廳本改。

送郊社朱兄除郎東歸

手持官牒出神皋，（齊文宣王行狀：「神皋載穆，轂下以清。」）迎客遥知賀酒醪。照映里門非白屋，（白屋，見下。）欺凌春草有青袍。（「庾郎年最少，青草妬春鞄。」○杜詩：「□車如青袍。」○古詩：「青袍似春草，長條從風舒。」○庾信賦：「青袍如草，白鳥如練。」）宧〔一〕游雖晚何妨久，餓顯從來不必高。（漢書：「久宧減仲之産。」○揚子：「古者高餓顯，下禄隱。」注：「孟子曰：『伯夷隘，柳下惠不恭。君子不由也。』然則餓顯不獨高，禄隱未爲下。今發高下之談，蓋有厲乎素餐。」今公云「不必高」，亦注意也。）孝友父兄家法在，想能清白遺兒曹。（後漢楊震使後世稱爲清白吏，子孫以此遺之，不亦多乎？）

【校記】

〔一〕「宧」，宋本作「官」。

送沈康知常州

作客蘭陵跡已陳，（梁武帝改武進爲蘭陵。）爲傳謡俗記州民。溝塍〔二〕半廢田疇薄，廚傳相仍市井

貧。半廢，言溝洫之政不脩。厨傳相仍，言爲守者徒悦過客，不卹民貧也。與前詩所言又異。○漢宣紀：「詔吏務平法。或擅興繇役，飾厨傳，稱過使客，越法踰職，以取名譽。」○韋昭曰：「厨，謂飲食；傳，謂傳舍。」常恐勞人輕白屋，漢吾丘壽王傳：「今三公、有司，或由窮巷起白屋，裂地而封。」師古曰：「白屋，以白茅覆屋。」忽逢佳士得朱輪。漢楊惲傳：「惲家盛時，乘朱輪華轂[二]者十人。」慇懃話此還惆悵，最憶荆溪[三]兩岸春。寰宇記：「荆溪在宜興縣南二十步。漢志云：『中江首受蕪湖，東至陽羡入海。』即此溪。」

【校記】

[一]「塍」，龍舒本作「川」。

[二]「華轂」，原作「草轂」，據宮内廳本改；又，漢書楊惲傳無此二字。

[三]「荆溪」，宮内廳本作「荆南」。

安豐張令修芍陂

安豐，舊屬壽州，今爲軍。芍，音鵲。

桐鄉振廪得周旋，芍水脩陂道路傳。九域志：「舒州有桐城縣。圖經云：『桐城，春秋時桐國也。』」定公二年：「桐叛楚。」注：「桐，小國也。」廬江舒縣有桐鄉。公每言桐鄉，非但用朱邑事，亦言楚故實。文公十六年：「振廪同食。」目想僝功追往事，心知爲政似[一]當年。書：「共工方鳩僝功。」注：「僝，見也。」歎共工方見其工。○杜詩：「池水觀爲政。」魴魚鱍鱍[二]歸城市，毛詩：「鱣鮪發發。」注云：「發發，盛貌，音補末反。魚著罔尾，發發然。」○韓詩作「鱍」。○李白詩：「魴魚滿市井，布帛如雲煙。」秔稻紛紛載

酒舡。以稻易酒。楚相祠堂仍好在，勝游思爲子留篇。芍陂，孫叔敖所作。叔敖嘗爲楚相，今有祠在陂上。○許渾詩：「何如謝康樂，海嶠獨留篇。」

【校記】

〔一〕「似」，龍舒本作「自」。

〔二〕「鏺鏺」，龍舒本作「撥撥」。

送復之屯田赴成都

盤礴西南江與岷，石犀金馬世稱神。蜀都水災，乃刻石犀沉江浦。○杜詩有石犀行。漢郊祀志：「或言益州有金馬碧雞之祥，可醮祭而致。」又見王褒傳。桑麻接畛餘無地，言耕者鱗次，無寸土之閑。錦綉連城別有春。結綬相隨通籍久，謝玄暉詩：「既通金閨籍。」張銑注云：「謂懸名於門，乃通出入。所謂禁門也。」○漢元帝紀：「得大父母兄弟通籍。」應劭曰：「籍者，爲二尺竹牒，記其年紀、名字、物色，懸之宫門。案省相應，乃得入。」○魏相傳：「霍光夫人顯，及諸女，皆通籍長信宫。」師古曰：「通籍，謂禁門之中皆有名籍，恣出入也。」推車此去辟書新。成公二年：「自始合，苟有險，予必下推車。」音昌誰反，又他回反。阮籍上蔣濟記：「開府之日，人人自以爲掾屬，辟書始下，而下走爲首。」○送王著作已用「著籍」對「辟書」。知君不爲山川險，便忘吾家叱馭人。王尊傳：「王尊遷益州刺史。先是，琅琊王陽爲益州刺史，行部至邛崍九折坂，歎曰：『奉先人遺體，奈何數乘此險？』後以病去。及尊爲刺史，至其坂，問曰：『此非王陽所畏道

耶？』吏對曰：『是。』尊叱其馭曰：『驅之，王陽爲孝子，王尊爲忠臣。』

送經臣富順寺丞

故人爲縣楚江邊，海角猶聞政事傳。萬井已安如赤子，一麾今去上青天。「蜀道之難，難於上青天。」富順在蜀東，故云。應開醉眼酴醾下，莫起歸心杜宇前。報主代親俱有地，幾人忠孝似君全？祖宗時有入遠法，此必代其父入遠。

送張卿致仕

子房籌策漢時功，身退超然慕赤松。餘烈尚能開後世，高材今復繼前蹤。言子房之後，猶能不耽溺世榮，掛冠而歸，由先烈之有開也。執鞭始負平生願，史記：「假令晏子而在，余雖爲之執鞭，所欣慕焉。」操几何知此地逢？曲禮上：「謀於長者，必操几杖以從之。」竊食一官慚未艾，緒言方賴賜從容。漢書：「願賜清閒之燕。」

送梅龍圖

龍圖名摯，字公儀，成都新繁人，天聖五年進士及第。此詩當是送作滑州時。

子真家世子雲鄉，風力才華豈易當？回首古人多隱約，謂福與雄也。摯生蜀，故稱「子雲鄉」。雄仕落拓，三世不徙官。梅匿爲市門卒，故云「隱約」。致身今日獨輝光。摯嘗爲御史知雜、省副、待制等官。仁宗嘗謂大臣曰：「梅摯言事有體。」據此，可謂「輝光」矣。謨明久合分三府，書皐陶謨：「謨明弼諧。」漢丞相、御史、太尉爲三府。治劇聊須試一方。摯至和間自天章閣待制判流内銓，進龍圖閣學士、知滑州，後又爲杭、江寧、河中三郡。從此政成何所報？百城無事秪耕桑。

送李秘校南歸

四十青衫更旅人，悠悠飢馬傍沙塵。久留上國言空富，却走南州食轉貪。言四十始青衫，又爲旅人。○著書雖多，不救窮也。○語：「富哉言乎？」○詩：「三歲食貧。」自作詩書能見志，司馬遷傳：「夫詩書隱約者，欲遂其志之思也。卒述陶唐以來，至於麟趾。」應知時命不關身。言窮通繫時命，不論人之巧愚。江湖勝事從今數，肯但悲歌寂寞濱。苟有以樂乎内，何必悲歌哉？

送蕭山錢著作

蕭山縣，屬越州。

才高諸彦故無嫌，兄弟同時舉孝廉。東觀外除方墨綬，西州相見已蒼髯。漢百官表：「縣萬户以上爲令，秩千石至六百石；減萬户爲長，秩五百石至三百石。秩比六百石以上，皆銅印墨綬；比二百石以上者，皆銅印黄綬。」墨綬，言作邑蕭山。靈胥引水清穿市，神禹分山翠入簾。世傳伍子胥爲波神，故云「引水」。韓詩：「胥怒浪崔嵬。」司馬遷傳：「上會稽，探禹穴。」揚雄傳注：「有人從禹穴入，從蒼梧出。」好去絃歌聊自慰，郡人誰敢慢陶潛？淵明爲鎮軍建威參軍，謂親朋曰：「聊欲絃歌，以爲三徑之資，可乎？」〇杜詩：「他時如按縣，不得慢陶潛。」

送靈仙〔一〕裴太博

舒州靈仙觀太博，必食祠禄者。

一官留隱太常中，生事蕭然信所窮。後漢周澤再爲太常，盡敬宗廟。時人爲之語曰：「生世不諧，作太常妻。」疑此借用。有力尚期當世用，無求今見古人風。韓退之寄盧仝詩：「有力未免遭驅使。」〇杜詩：「吾宗老孫子，質朴古人風。」〇詩意謂裴雖有當世之志，而不苟求也。公嘗言：「否之象曰：『君子以儉德避難，不可榮以禄。』初六曰：『拔茅茹，以其彙，貞吉。』象曰：『拔茅貞吉，志在君也。』在君者，不忘天下者也。不可榮以禄者，知命也。吾雖不忘天下，而命不可必合，憂之其能合乎？伊尹視天下匹夫匹婦有不被其澤者，若己推而納之溝中，可謂憂天下矣。然湯聘之，猶囂囂然曰：

『我處畎畝之間，以樂堯舜之道，豈如彼所謂憂天下者，僕僕自枉，而幸售〔二〕真道哉。』」邅迴舊學皆殘藁，邂逅相看各老翁。柳集：「黃髮相看萬事休。」他日卜居何處好？溪山還欲與君同。疑太傅即裴煜也。

【校記】

〔一〕「仙」，宋本、叢刊本作「山」。

〔二〕「售」字原缺，據臨川先生文集與王逢原書補。

送趙燓之蜀永康簿

蜀山萬里一青袍，石棧天梯箠轡高。多學似君寧易得？小官於此亦徒勞。梁竦傳：「州縣之職，徒勞人耳。」行追西路聊班草，坐憶南州欲夢刀。班草，見送張甥赴青州幕注。夢刀，見奉酬聖從待制注。他日寄聲能問我，應從錦水至江皋。

酬吴季野見寄

時被召，來詩以賈誼見方。公自注云。〔一〕

謾〔二〕披陳蠹學經綸，韓詩：「豈殊蠹書蟲，生死文字間。」又：「幽蠹落書棚。」又：「窺陳編以盗竊。」捧檄平生〔三〕秖爲親。捧檄，用毛義事。聞〔四〕道不先從事早，淵明集：「總角聞道，白首無成。」○韓文：「生乎吾前，其聞道也先乎吾。」課功無狀取官頻。漢京房奏考功課吏之法。○賈誼傳：「誼自傷爲傅無狀。」注：「無善狀也。」○史記：「故惠王之明，武王之察，張儀之辨，甘茂事之，取十官而無罪。」豈堪寘足青冥上，王儉文：「弘以青冥之期。」終欲回身寂寞濱。俯仰謬恩方自歉，慙君將比洛陽人。賈誼傳：「絳、灌、馮敬之屬短賈生曰：『洛陽之人，年少初學。』」

【校記】

〔一〕龍舒本、宋本、叢刊本無「公自注云」四字。

〔二〕「謾」，宋本、叢刊本作「漫」。

〔三〕「平生」，龍舒本、宋本、叢刊本作「生平」。

〔四〕「聞」，原作「明」，據諸本改。

和平甫寄陳正叔

強行南仕莫辭勤，聞説田園已曠耘。曠耘，蓋田園將蕪之意。縱使一區猶有宅，揚雄傳：「有田一廛，有宅一區，世以農桑爲業。」可能三月尚無君？滕文公下：「孔子三月無君，則皇皇如也。」且同元亮傾罇酒，更與靈均續舊文。靈均所賦，止有離騷經、九歌、天問、九章、遠游、卜舍、漁父，凡七題二十五篇。自宋玉、景差、賈誼、莊忌、淮南以下，皆續也。此道廢興吾命在，世間滕〔一〕口任云云。易咸卦：「滕口，説也。」注：「徒登反，達也。」〇柳詩：「滕口任嚬嚬。」

【校記】

〔一〕「滕」，龍舒本作「騰」。

送王大卿致仕〔一〕歸江陵

九卿初命亞三司，朝吏相傳〔二〕得老師。南闕便還新印綬，按：漢之四闕，南曰朱雀，北曰玄武，東曰蒼龍，西曰白虎。然則南闕即朱雀之闕也。言王新除，便致其仕。還，猶上還相印之還。東舟秪載舊書詩。漢庭餞客無佳句，越水歸裝〔三〕有富貲。謂二疏之去，餞者供帳東都門外

以送，不聞有詩。富貲，謂陶朱公。回首千年見疏范，共疑〔四〕今事勝當時。言王之歸舟但載書，又有諸人送行詩，可謂優於疏廣、范蠡輩矣。

【校記】

〔一〕叢刊本「大」作「太」；宋本、叢刊本「仕」作「政」。

〔二〕「傳」，宋本、叢刊本作「瞻」。

〔三〕「裝」，宋本作「來」。

〔四〕「疑」，宋本作「娛」。

送叔康侍御

謂孫叔康〔一〕也。又有古詩送之。

詔取名郎入憲臺，此時方急濟時才。聖聰應已虛心待，姦黨寧無側目猜。白筆豈知權可畏，齊輿服志：「三臺五省官皆簪白筆。」言糾劾不避權勢。皂囊還請上親開。漢官儀：「凡章表皆啓封，其言密事，得皂囊也。」○王禹偁詩：「清朝曾貢皂囊封。」佇聞讜論能醫國，飛報頻隨驛騎來。

【校記】

〔一〕「孫叔康」，本書卷十七有送孫康叔赴御史府，當爲同一人。

寄朱昌叔

清江漫漫〔一〕遶城流，尚憶城邊繫小舟。射虎未能隨李廣，事見本傳。○杜詩曲江吟：「短衣匹馬隨李廣，看射猛虎終殘年。」割雞空欲戲言游。語：「子之武城，聞絃歌之聲，曰：『割雞焉用牛刀？』子游云云。子曰：『偃之言是也，前言戲之耳。』」雲霾〔二〕塞路驚塵合，霜入春風滿鬢愁。雲以喻塵，霜以喻鬢。此日君書苦難得，漫〔三〕多鴻鴈起南洲。

【校記】

〔一〕「漫漫」，宋本、叢刊本作「浸浸」。
〔二〕「霾」，宋本、叢刊本作「埋」。
〔三〕「漫」，宮内廳本作「謾」。

九日登東山寄昌叔

城上啼烏破寂寥，襄公十八年：「城上有烏。」○唐詩：「啼鳥破幽寂。」思君何處坐岧嶢。昌叔，公女弟之壻。坐岧嶢，言登高也。應須綠酒

醻黄菊，何必紅裙弄紫簫。杜牧之詩：「直須酩酊酬佳節。」○選詩：「何必絲與竹。」○韓詩：「惟能醉紅裙。」○杜牧詩：「閑捻紫簫吹。」落木雲連秋水渡，少陵登高詩：「無邊落木蕭蕭下。」○司馬天章詩：「泠於陂水淡於秋，遠目初窮見渡頭。」亂山煙入夕陽橋。元稹詩：「天津橋上無人識，獨凭欄干看落暉。」淵明久負東籬醉，猶分低心事折腰。見淵明傳。

到舒州〔一〕次韻答平甫

夜別江舡曉解驂，秋城〔二〕氣象亦潭潭。韓詩：「潭潭府中居。」山從樹外青爭出，水向沙邊緑半涵。資暇録云：「平父歸來詩：『江田百頃春風種，山果千株夜雨涵。坐食何須憂敗類，脩門今日不容貪。』詩語太顯，不似公下得『涵』字好。」行問嗇夫多不記，坐論公瑾少能談。朱邑少爲桐鄉嗇夫。桐鄉屬舒。周瑜字公瑾，廬江舒人。秖愁地僻無賓客，舊學從誰得指南？杜詩：「地僻懶衣裳。」○東都賦：「幸見指南於吾子。」李善注引桓譚上便宜曰：「管仲，桓公之指南。」

【校記】

〔一〕龍舒本、宋本、叢刊本無「州」字。

〔二〕「城」，龍舒本作「成」。

舒州七月十七〔一〕日雨

行看野氣來方勇，卧聽秋聲落竟慳。淅瀝未生羅豆水，蒼茫〔二〕空失皖公山。九域志：「舒州有羅豆鎮。」水當在此。○輿地志：「皖公山，謂周大夫皖伯之神。」火耕又見無遺種，漢武帝詔：「江南之地，火耕水耨。」應劭曰：「燒草，下水種稻，草與稻並生，高七八寸，因悉芟去，復下水灌之。草死，獨稻長，所謂火耕水耨。」竇融曰：「河西殷富，帶河爲固。一旦緩急，足以自守。此遺種處也。」注：「遺，留也。」無遺種，亦猶靡有孑遺。肉食何妨有厚顏。莊公十年：「肉食者謀之。」注云：「肉食，在位者。」○書五子之歌：「顏厚有忸怩。」注：「顏厚色愧。」巫祝萬端曾不救，秖疑天賜雨工閑。洞庭靈姻傳：「『吾不知子之牧羊，何所用哉？神祇豈宰殺乎？』女曰：『非羊也，雨工也。』『何爲雨工？』曰：『雷霆之類也。』』毅復視之，則皆矯顧羿步，飲齕甚異，而大小毛角則無別羊焉。」

【校記】

〔一〕「七」，叢刊本作「一」。

〔二〕「茫」，龍舒本、宋本、叢刊本作「忙」。

次韻答端州丁元珍〔一〕

莫嗟荒僻又離羣，檀弓上：「子夏曰：『吾離羣而索居，亦已久矣。』注：『離，音利，此作平聲用。』」且喜風謡嶺北聞。銅柱雖然蠻徼接，後漢馬援討林邑蠻。既至林邑，又南行二千餘里，有西屠夷鑄二銅柱於象林南界，與西屠夷分境，以紀漢德之盛。其時以不能還者數十人留於銅柱之下。隋末蕃衍至三百餘家，南蠻呼爲「馬留人」。○杜詩送容州中丞：「莫教銅柱北，空説馬將軍。」○馬揔還安南都護，建二銅柱於漢故處，鑱著唐德，以明伏波之裔。竹符還是漢家分。漢文二年，初與郡守爲銅虎符、竹使符。師古曰：「與郡守爲符者，謂各分其半，右留京師，左以與之。」春書來逐衡陽鴈，蘇武傳：「太子射上林中，得鴈，足有係帛書，言武等在某澤中。」○高適詩：「巫峽啼猿數行淚，衡陽歸鴈幾封書。」秋騎歸看隴首雲。梁柳惲詩：「隴首白雲飛。」相見會知南望苦，病骸今似沈休文。梁沈約書與徐勉曰：「開年以來，病慮切增〔二〕，當由生靈有限，勞役過差，總此凋竭。歸之暮年，牽策行止，努力祗事。時觀傍覽，尚似全人，而形骸力用，不相綜攝。常須過自束持，方可僶俛。解衣一卧，支體不復相關。」

【校記】

〔一〕「珍」，龍舒本作「真」。宋本、叢刊本題作「次韻答丁端州」。

〔二〕「病慮切增」，宫内廳本作「病增慮切」。

答劉季孫

季孫，字景文，世家開封。父平，任環慶將。趙元昊寇延州，以孤軍來援，遂力戰，罵賊而死。景文以卹典得官，少篤學，能詩文。東坡先生守錢塘，景文爲左藏庫副使、兩浙兵馬都監。先生喜其人，上章薦其練達武經，講習邊政，除知隰州。先生嘗答書，其略云：「公每發言，雄如風檣陣馬，迅霆激電。不意於中復有祥光異彩，紆餘緻膩，盎盎如陽春淑艷，時花美女，誠不足比其容色態度。此所謂不測之謂神也。」又跋其詩文曰：「劉景文有英偉氣，如陳元龍之流。讀此詩，可想見其人。以中壽卒於隰，哀哉！死之日，家無一錢，但有書三萬軸、畫數百幅爾。」此載曾慥皇宋百家詩選。竊疑東坡書中語未必全真也。

偶着儒冠敢陋今，儒冠，公自言也。季孫武爵，故云「敢陋今」。○杜詩：「儒冠多誤身。」○秦紀：「俗儒好是古而非今。」自憐多負少時心。輕軒已任人前後，馬援傳：「居前不能令人輕，居後不能令人軒，與人怨不能爲人患，臣所恥也。」揭厲安知世淺深。詩邶風匏有苦葉：「深則厲，淺則揭。」揭，苦例反。挾筴有思悲慷慨，莊子亡羊事。負薪無力病侵淫。曲禮下：「問庶人之子，長曰：『能負薪矣。』幼曰：『未能負薪也。』」孟子亦有，皆自謙之辭。○食貨志：「侵淫日廣。」愧君綠綺虛投贈，更覺貧家乏報金。綠綺，琴名，司馬相如之琴也。見梁元帝纂要。○古詩：「何以報之雙南金。」

次韻酬王太祝

塵土波瀾不自期，飄然身與願相違。衰根要路知難植，病羽長年欲退飛。陶詩：「本不植高原，今日復何悔。」○僖公十六年：「六鷁退飛，過宋都。」高論已嗟能聽少，力行還恨賦材微。慚君俊少今知我，一見心如客得歸。襄公三十一年：「賓至如歸。」

寄吴成之

介父母家。

緑髮溪山笑語中，豈知䙰手兩成翁。叙少年游好，今皆老矣。辛夷屋角摶香雪，躑躅岡頭挽醉紅。白詩：「南宅訪辛夷。」○韓詩：「三月崧少步，躑躅紅千層。」想見舊山茅徑在，追隨今日版〔一〕輿空。時公母魏國已亡。板輿，見慶老堂注。渭陽車馬嗟何及？榮禄方當與子同。詩渭陽：「我送舅氏，曰至渭陽。何以贈之，路車乘黄。」又：「啜其泣矣，何嗟及矣。」

【校記】

〔一〕「追」，宋本、叢刊本作「近」。「版」，宋本、叢刊本作「板」。

寄曾子固

斗粟猶慚報禮輕，漢有斗粟佐史，小吏也。報禮，見上注。敢嗟吾道獨難行。子曰：「道不行，乘桴浮於海。從我者，其由與？」脱身負米將求志，勠力乘田豈爲名？負米，子路事。孟子注：「乘田，苑囿之吏也。」釋文作去聲，公作平聲用。高論幾爲衰俗廢，壯懷難值故人傾。荒城回首山川隔，更覺秋風白髮生。游俠傳：「久孤於世，豈卑論儕俗？」

至開元僧舍上方次韻舍弟〔一〕一本作和平甫春日。

溪谷濺濺嫩水通，杜詩：「小水細通池。」○劉夢得洛中早春贈樂天詩：「韶嫩冰後水。」又月窟詩：「濺濺漱幽石。」○杜牧之早春詩：「嫩水碧羅光。」野田高下緑蒙茸。和風滿樹笙簧雜，鹿鳴詩：「吹笙鼓簧。」又：「巧言如簧。」笙、簧自二物，故言「雜」。霽雪兼山粉黛重。粉，喻雪；黛，喻山：故云「兼」。雪霽山明，始見青色，

故云「重」。公詩無一字苟，皆如此類。萬里有家歸尚隔，一廛無地去何從？崔塗詩：「胡蝶夢中家萬里。」○周禮：「上，農。夫一廛。」一百畝也。傷春政〔二〕欲西南望，回首荒城已暮鐘。

【校記】

〔一〕宋本、叢刊本題「舍弟」下有「二月一日之作」六字。龍舒本卷五十二題作「和平甫春日」。

〔二〕「政」，宋本、叢刊本作「故」。

寄王回深甫

深甫，福州侯官人。中進士科，爲亳州衛真縣主簿。未一歲，棄去，遂終身不復仕。有文集二十卷。曾南豐爲之序云：「先王之跡息，六藝殘缺。深甫奮然獨起，因先王之遺文，以求其意，豈非孟子所謂名世者歟？」

少年倏忽不再得，後日歡娛能幾何？少陵詩：「可惜歡娛地，都非少壯時。」顧我面顏衰更早，憐君身世病還多。小杜文：「顏面衰改。」窻間暗淡月含霧，船底飄颻風送波。〔一〕李義山菊詩：「暗暗淡淡紫，融融冶冶黃。」一寸古心俱未試，相思中夜起悲歌。〔二〕退之詩：「孟生江海士，古貌又古心。」又答孟郊：「古心雖自鞭，世路終難拗。」○項羽傳：「羽夜聞漢軍四面皆楚歌，迺驚曰：『漢已皆得楚乎？是何楚人多也？』起飲帳中，悲歌慷慨。」

【校記】

〔一〕宮内廳本評曰：「月霧暗淡語最凄塞。惟『船底』二字，鄭重遂減。」

〔二〕宮内廳本評曰：「知己情懷語言不待勉强。讀之如林谷風聲，悲憤滿聽，所謂天然。」

次韻答彦珍

吴彦珍，公舅家。故詩中用羊曇事。

手得封題手自開，一篇美玉綴玫瑰。玫瑰，石也，又以爲珠。西京雜記：「武帝得天馬，以玫瑰石爲鞍。」○相如賦：「玫瑰碧琳，珊瑚叢生。」○述異記：「南海有珠，即鯨目瞳，夜可以鑒，謂之夜光。凡珠有龍珠，龍所吐也；虵珠，虵所吐也。南海俗云：『虵珠千枚，不及一玫瑰。』言虵珠賤也。」玫瑰，亦珠名。衆知圓媚難論報，自顧窮愁〔一〕敢角才？君卧南陽惟畎畝，我行西路亦風埃。卧，謂龍卧。「臣本布衣，躬耕南陽。」羊曇行西州路。相逢不必嗟勞事，尚欲賡歌詠起哉！韓詩外傳曰：「伐木廢，朋友之道缺矣。勞者歌其事，皆思友之詩。」○益稷篇：「乃賡載歌曰：『元首明哉，股肱起哉，庶事康哉。』帝歌曰：『股肱喜哉，元首起哉，百工熙哉。』」注：「賡歌，載成也。」○潘岳詩：「協心毗聖世，畢力贊康哉。」見文選。

【校記】

〔一〕「愁」，龍舒本、宋本作「通」。

寄闕下諸父兄兼示平父兄弟

父兄爲學衆人知，小弟文章亦自奇。王昌齡詩：「小弟鄰莊尚漁獵。」家勢〔一〕一作「世」。到今宜有後，桓公三年〔二〕：「周內史曰：『臧孫達，其有後於魯乎！』」士〔三〕才如此豈無時。曹志傳言：「齊王攸安有如此之才，如此之親，不得樹本助化。」○純父於兄弟最小，不聞能文，恐只指平父。久聞陽羨溪山好，頗與淵明性分宜。觀此，公豈嘗有卜居陽羨之意乎？蓋嘗爲其州。但願一門皆貴仕，時將車馬過茀茨。韓詩：「臣有膽與氣，不忍死茀茨。」○韓持國詩云：「兄弟秩王庭，事業各有營。上當答君仁，下以爲親榮。獨此抱痾瘵，謝喧守柴荆。掃冢奉時祭，履田課春耕。既無公家責，聊徇狷者情。出處雖云異，要以道爲程。」二公所志雖爾，而皆未能遂。

【校記】

〔一〕「勢」，宮內廳本作「世」。

〔二〕「桓公三年」，應爲「桓公二年」。

〔三〕「士」，龍舒本作「人」。

補注

舒州雨〔一〕　秪疑天賜雨工閑　東坡黄初平贊：「先生上賓羊服箱，號稱雨工行四方。」

王深父〔二〕　後山談叢：「王深父爲衛真主簿，始至亳州，其守李徽之留不遣。久之求去，李問其故，曰：『回爲衛真主簿，而未嘗至治所，與吏民相見，以謂不可，故求去耳。』李怒曰：『爾恃歐陽脩而慢我？』深父曰：『回之

所立，豈待歐陽公而立耶？』」卒歸衛真。李怒不解，深父遂免去。」

裴太博〔三〕

即裴煜也。煜嘉祐七年爲太常博士，嘗議大祠與國忌同日者，其祠天地日月並作樂，其在廟則設而不作；社稷以下卑於廟者亦不作。據此，則煜自頌臺奉祠而歸。意其爲人，必自重難舍之士，宜爲歐陽公、劉原甫諸人所厚。而公詩中亦有「無求今見古人風」之句也。公時爲知制誥，糾察在京獄。

【校記】

〔一〕題全作「舒州七月十七日雨」。

〔二〕題應作「寄王回深甫」。

〔三〕題應作「送靈仙裴太博」。

庚寅增注第三十六卷

送劉貢父　召相如　李白詩：「行當赤車使，再往召相如。」

送純甫　蹁躚　「蹁躚媚學子。」

送郊社朱兄　神皋　西京賦：「實惟地之奥區神皋。」

送沈常州　慇懃話此還惆悵最憶荆溪兩岸春　言州雖彫弊可歎，而荆溪之影故佳。

送錢著作　神禹分山　書：「禹别九州。」注：「分其所界。」「分山」義亦類。史記：「禹東巡狩，至於會稽而崩。」〇帝王世紀：「禹年二十而用，三十一而洪水平，年百歲崩於會稽，因葬會稽山陰之南。今山上有禹冢並祠，羣鳥耘田。」

酬吳季野　聞道　莊子漁父篇：「子之早湛於人僞而晚聞大道也。」

送叔康侍御　皂囊還請上親開　君不密則失。臣請上親開，不欲左右者得見，或洩於外也。

寄朱昌叔　漫多鴻鴈起南洲　廣記沈警遇鬼仙詩：「誰念衡山煙霧裏，空多鴈足不傳書。」

答劉季孫　挾策有思悲慷慨　柳子厚讀書詩云：「上下觀古今，起伏千萬塗。遇欣或自笑，感戚亦以吁。」詩言「悲慷慨」，即感戚之意。

次韻酬王太祝　高論已嗟能聽少　言非言之難，聽之難。　力行還恨賦材微　公後奮然排天下之議，行新法甚力，才不可謂微矣，而事則非。

寄吳成之　舊山　謂臨川舊隱。

寄曾子固　高論幾爲衰俗廢　別本「高論」，一作「孤論」。○杜恕傳：「孤論難持。」

寄王深甫　不再得　九歌：「時不可兮再得。」

王荊文公詩卷第三十七

律詩

次韻王禹玉平戎慶捷〔一〕

熙河形勢壓西陲，不覺連營列漢旗。韓信傳：「信所出奇兵二千騎者，候趙空壁逐利，即馳入趙壁，皆拔趙旗幟，立漢赤幟二千。」○公賀平熙河表云：「奮張天威，開斥王土。旗旆所指，燕及氐羌，樓櫓相望，誕彌河隴。」天子坐籌星兩兩，漢高帝紀：「運籌帷幄之中，決勝千里之外，吾不如子房。」○唐鄭畋傳：「還相天子，坐籌帷幄，終能復國。」○天官書：「斗魁下六星，兩兩相比者，名曰三能，謂執政也。」此一句，似合君臣而言之。○考工記：「坐而論道，謂之王公。」將軍歸佩印累累。評曰：兩兩、累累，佳對。○石顯傳：「牢邪，石邪，五鹿客邪？印何累累，綬若若邪？」稱觴別殿傳新曲，此言獻捷燕賀，奏新曲也。如正觀中滅高麗、百濟，皆得其樂。至天后時，高麗樂猶存二十五曲。銜璧名王按舊儀。此謂按舊儀受羌酋降也。○僖公六年：「許男面縛

銜璧。」○潘岳閑居賦：「髦士投紱，名王懷璽。」注：「言匈奴單于遣名王奉獻來學。」江漢一篇猶未美，周宣方事伐淮夷。杜牧之詩：「吉甫裁詩歌盛業，一篇江漢美宣王。」〔二〕詩小雅江漢，尹吉甫美宣王也，能興衰撥亂，命召公平淮夷。

【校記】

〔一〕宮内廳本本詩在卷三十六。宋本、叢刊本無本卷詩。龍舒本題下注曰：「或云王禹玉詩。」

〔二〕宮内廳本評曰：「嘗見引同時或後人詩注意，不知荆公嘗見如此等否。本不用看，亦不能忘言。」

得孫正之詩因寄兼〔一〕呈曾子固

一歲已闌人意倦，闌，言將盡。杜詩：「夜闌更秉燭。」出門風物更蕭然。水摇疎樹荒城路，日帶浮雲欲雪天。「荒城」對「欲雪」，比平日詩似少工，而意則甚精而如畫也。未有詩書論進退，韓詩：「詩書勤乃有。」公似自言學未充而不輕於進，故接以林泉之句。謾期身世託林泉。因思漠北離羣久，此日窮居賴見賢。

【校記】

〔一〕宫内廳本無「兼」字。

和金陵懷古

懷鄉訪古事悠悠，獨上江城滿目秋。一鳥帶煙來別渚，數帆和雨下歸舟。評曰：畫盡無涯之景。○劉長卿詩：「晚景千峯亂，晴江一鳥遲。」○陸贄催弟還吴詩：「思親盧橘熟，帶雨客帆輕。」○選詩：「天際識歸舟。」蕭蕭暮吹驚紅葉，慘慘寒雲壓舊樓。故國淒凉誰與問？人心無復更風流。別本「舊」一作「故」。李文饒詩：「偶因明月夕，重敞故樓屏。」

豫章道中次韻答曾子固

離別何言邂逅同，今知相逐似雲龍。韓詩：「吾願身爲雲，東野化爲龍。四方上下逐東野。」蒼煙白霧千山合，緑樹青天一水容。沈休文新安江水詩：「千仞寫停樹，百丈見游鱗。」容，謂容納之容。已謝道塗多自放，將歸田里更誰從。上句言不復事道路之役，思自適也。

○韓集送温造序：「士大夫之去位而巷處者，誰與嬉游？」龐公有意安巢穴，劉表就候龐公，謂曰：「夫保全一身，孰若保全天下乎？」龐公笑曰：「鴻鵠巢於高林之上，暮而得所栖；黿鼉穴於深淵之下，夕而得所宿。夫趨舍行止，亦人之巢穴也，亦各得其栖宿而已，天下非所保也。」肯問簞瓢與萬鍾。顏子一簞食、一瓢飲。孟子告子篇：「一簞食、一豆羹，得之則生，弗得則死。嘑爾而與之，行道之人弗受；蹴爾而與之，乞人不屑也。萬鍾則不辨禮義而受之，萬鍾於我何加焉？」

離北山寄平父

日月沄沄與水争，披襟照見髮華驚。少年憂患傷豪氣，老去經綸誤半生。評曰：四句不可讀。休向朝廷論一鶚，一鶚，公自謂也。史記：「趙簡子曰：『鷙鳥累百，不如一鶚。』」孔北海薦禰衡表亦用此語。詩意似勉平父不必棘於進。然平父後卒爲諸公所薦，賜進士及第，得館職。公有表謝云：「如臣同産，爲世畸人。少遭閔凶，自奮寒苦。雖强學力行，粗有時名，而寡偶少徒，幾絶榮望。豈期聖聽，俯洎幽僭。」只知田里守三荊。陸士衡豫章行云：「三荊歡同株，四鳥悲異林。」劉良注曰：「昔有田廣、田真、田慶兄弟三人，將欲分異，庭有荊樹，經宿萎黄。乃相謂曰：『荊樹尚然，況我兄弟乎？』遂不分，荊復茂悦。」清〔一〕溪幾曲春風好，已約歸時載酒行。清溪，見上注。○杜牧詩：「落魄江湖載酒行。」

【校記】

〔一〕「清」，龍舒本作「青」。

答孫正之

無才處處是窮塗，兩地誰傳萬里書？節物峥嶸催歲暮，溪山蕭洒入吾廬。杜詩：「年年非故物，處處是窮塗。」南歸猶喜尋同志，北去還聞困索居。南歸，謂江南。正之，吴興人，多寓居吴門、丹陽、揚子、儀真之間。子夏曰：「吾離羣而索居，亦已久矣。」佳句不須論舊約，相隨陽羡有籃輿。陽羡，常州。

寄程給事 恐非公作。

憶昔都門手一携，春禽初向苧蘿啼。越中有苧蘿山，此但言時物耳。夢回金殿風光别，吟到銀河月影低。舞急錦腰迎十八，酒酣金盞照東西。今曲六么有花十八。東西，酒器名也，今猶有玉東西。何時得遂扁舟去，邂逅從君訪剡

溪？剡溪事，屢見上。

寄勝之運使　勝之，必是王益柔，字勝之。治平三年，自浙漕徙京東及徙京西。觀「湖山」之句，恐是浙漕時。下有杭州呈勝之之詩，必浙漕無疑。

蕭然生事委江皋，壯志何嘗似釣鼇？釣鼇，見雜詠注。賈山至言：「江皋湖瀕，雖有惡種，無不猥大。」注云：「皋，水邊淤地也。」千里得書來見約，一朝乘興去忘勞。已將流景休一作「供」。談笑，聊爲知音破鬱陶。書五子之歌：「鬱陶乎予心，顏厚有忸怩。」注：「鬱陶，哀思也。又憂思也。」正是東風將欲發，湖山春色助揮毫。

寄國清處謙　續高僧傳：「智者弟子灌頂禪師，晉王令揚州揔管王弘造其地，曇光、白道猷之故迹。其寺丹青之飾，亂朝霞，松竹之嶺，掩同被錦。寔海西之壯觀，有十里之松逕。」○張祜天台詩：「盤松國清道，九里天莫睹。」

三江風浪隔天台，想見當時賦詠才。近有高僧飛錫去，更無餘事出山來。天台賦：「應真飛錫以躡虚。」猿猱歷歷窺香火，日月紛紛付劫灰。我欲相期談實相，金剛經：「是實相者，即是非相，是故如來説名實相。」○寶積云：「一之爲妙，在佛

曰實相，在道曰玄牝。」公嘗云：「妙法蓮華經說實相法，然其所說亦行而已。」東林何必謝劉、雷。曹毗志怪云：「昆明池極深，悉是灰墨。外國胡人曰：『此是劫灰也。』」○經云：「天地大劫將盡，則劫燒。」此劫燒之餘。○廬山記：「慧遠法師居東林寺，於是絶塵之侶遠〔一〕方而至。彭城劉遺民、豫章雷次宗、鴈湖周續之、南陽宗炳、張野等百有二十餘人，與師同修浄土之社，乃令遺民著發願文。」

【校記】

〔一〕「遠」，宮内廳本作「四」；下「二十餘人」，宮内廳本作「二十二人」。

將至丹陽寄表民

曉馬駸駸路阻脩，選詩：「青驤游駸駸。」春風漠漠上衣裘。三年銜恤空餘息，小雅蓼莪：「出則銜恤。」箋云：「恤，憂也。」一日忘形得舊游〔一〕。末路悲歡隨俯仰，此生身世信沉浮。詩：「汎汎揚舟，載沉載浮。」寄聲德操家人道，司馬德操炊黍，見題晏使君望雲亭注。據事，則當言德公家人。此言德操，未詳。炊黍吾今願少留。

【校記】

〔一〕「得舊游」，宮内廳本作「願少留」。

宿土坊驛寄孔世長

燒夜郊原百草荒，退之陸渾山火詩：「截然高周燒四垣，神焦鬼爛無逃門。」弊裘朝去犯嚴霜。李涉贈康老人歌：「不脱弊裘輕綺綉，長吟佳句掩笙歌。」○盧綸詩：「白髮懸明鏡，青春換弊裘。」殘年意象偏多感，回首風煙更異鄉。往返自非名利役，辛勤應見友朋傷。章江猶得同游處，最愛梅花蘸水香。

寄孫正之

南游忽忽與誰言？共笑謀生識最昏。萬事百年能自信，一簞五鼎不須論。評曰：皆除服後詩。○顏子一簞食。主父偃生不五鼎食。○言既自信之篤，窮通非所問。友中惟子長招隱，左太冲作招隱詩，謂：「爵服無常玩，好惡有屈伸。結綬生纏牽，彈冠去埃塵。」○王康琚作反招隱詩，乃欲招隱者，使之出。觀公與正之平日議論，蓋取太冲所作云。世上何人可一作「肯」。避喧。沈休文詩：「王喬飛鳧舄，東方金馬門。從宦〔一〕非宦侶，避世非避喧。」千里秋風相望處，皖公溪上正開樽。

【校記】

〔一〕「宧」，宮内廳本作「官」。

道中寄吉父〔一〕

白霧青煙〔二〕入馬蹄，朝寒瑟瑟樹聲悲。杜詩角鷹歌：「崐崙虞泉入馬蹄。」平山斷壠〔三〕回環失，孟郊詩：「山壯馬力短，路行石齒中。十步九舉轡，回環失西東。」鳴鳥游魚上下隨。漢書：「莽謀變，金日磾陰獨察其動静，與俱上下。」廟筭未聞收策士，太史公曰：「甘羅年少，然出一奇計，聲稱後世。雖非篤行之君子，然亦戰國之策士也。」瘴鄉誰與擇軍麾？漢高紀：「諸侯罷戲下，各就國。」師古曰：「戲，謂軍之旌麾也。」漢書通以「戲」爲「麾」。憂時自欲尋君語，行路何妨更有詩。韓詩：「何處如今更有詩？」

【校記】

〔一〕「吉父」，龍舒本作「黄吉甫」。

〔二〕「煙」，龍舒本作「山」。

〔三〕「壠」，龍舒本作「隴」。

送孫立之赴廣西

十年一别兩相過，前想悲歡慷慨歌。窮去始知風俗薄，言衰俗視窮通爲厚薄。静來猶厭事機多。相期鼻目傾肝膽，猶言手足之捍頭目，勢必相須。杜牧之文：「君子小人〔一〕鼻目並列。」誰伴溪山避網羅？萬里辛勤君舊識，重江應亦畏風波。言雖遠矰繳之患，而重江亦有風濤之恐。

【校記】

〔一〕「小人」，宫内廳本作「猶」。

送福建張比部

畫船簫鼓出都時，萬里鷩鷗去不追。却望塵沙應駐節，會逢山水即吟詩。長魚俎上通三印，王得臣少卿麈史：「閩中鮮食最珍者子魚，長七八寸，闊二三寸。剖之，子滿腹。冬月正其佳時。莆田迎仙鎮，乃其出處。予按部過之，驛左有祠，謂之通應侯祠，有水曰通應溪。潮汐上下，土人以鹹淡水不相入處魚最美。俗乃誤傳

「通應」爲「通印」。」荆公博學多聞，詩言「三印」，豈自有所稽耶？新茗齋中試一旗。唐人茶詩：「槍旗不染匈奴血，留與人間戰睡魔。」顧渚山記：「團茶有一槍兩旗之号。」○歐公詩：「憶昔嘗脩守臣職，先春自探兩旗開。」又詩：「槍旗試新緑。」閩人謂茶芽初出爲槍，展則爲旗，至二旗，則老矣。只恐遠方難久滯，莫愁風物不相宜。

送致政朱郎中東歸

平生不省問田園，白首忘懷道更尊。已上印書辤〔一〕北闕，稍留冠蓋餞東門。二疏傳：「公卿大夫、故人邑子，設祖道，供帳東都門外。」注：「長安東郭門也。」馮唐老有爲郎戀，馮唐以孝著爲郎中，署長史，事文帝。文帝輦過，問唐曰：「父老何自爲郎，家安在？」師古曰：「言年已老矣，何自乃爲郎也。」疏廣終無任子恩。廣，受乞骸，上以篤老，皆許之。上加賜黄金二十斤，太子贈以五十斤，不聞任子若孫也。○龔勝、邴漢致仕，詔書令上子若孫，若同産子一人爲郎。二疏顧無此。今日榮歸人所羨，兩兒腰綬擁高軒。李長吉有高軒過詩。

【校記】

〔一〕「辤」，宫内廳本作「通」。

別雷國輔之皖山〔一〕

侍郎憂國最賢勞，雷德驤，閬州〔二〕人，嘗斥宰相趙普不法事，得謫。太宗時，普再入相，德驤乞歸田里，以避仇怨。上召見，慰安之，遷工部侍郎，賜白金三千兩，終保全之。詩稱「侍郎」，即此人也。太尉西州第一豪。雷有終，德驤子也。父任爲萊蕪尉。太宗聞其名，召爲大理丞，累加工部侍郎。王均亂，除廬州〔三〕觀察使、知益州。賊平，爲保信軍留後。契丹入寇，有終赴援，威聲甚振。契丹修好，命還屯所，尋召拜宣徽北院使、檢校太保。景德二年卒。景祐二年，贈侍中。疑「太尉」字當爲「太保」。家廟比來聞澤厚，公孫今果見才高。蔡邕見王粲，驚曰：「此王公孫有異才，吾不如也。」暢嘗爲司空。明時尚使龍蛇蟄，壯志空傳虎豹韜。周易：「龍蛇之蟄，以存身也。」○六韜有虎韜、豹韜，皆篇名也。莫厭皖山窮絶處，不妨雲水助風騷。皖山，即舒州皖公山。

【校記】

〔一〕龍舒本、宫内廳本題無「之皖山」三字。龍舒本「国」作「周」。

〔二〕「閬州」，宋史卷二七八雷德驤傳作「同州」。

〔三〕「廬州」，宋史卷二七八雷有終傳作「瀘州」。

垂虹亭　在吴江長橋之上。

坐覺塵襟一夕空，人間似得羽翰通。蘇子美蘇州洞庭山水月禪院記：「平生病悶鬱塞，至此曝然破散，無復餘矣。返復身世，惘然莫知。但如蜕解俗骨，傅之羽翰，飛出乎八荒之外，吁！其快哉！」○沈休文詩：「都令人徑絶，惟使雲路通。」暮天窈窈山銜日，李白詩：「青山猶銜半邊日。」爽氣騣騣客御風。列子事。草木韻沉高下外，星河影落有無中。萬籟皆寂，水天如一，不復知高下有无之辨也。飄然更待乘桴伴，「從我者其由歟？」詩意本此。一到扶桑興未窮。

題正覺相上人籜龍軒　撫州有正覺寺，在水東。

風玉蕭蕭數畝秋，籜龍名爲道人留。小杜詩：「風玉尚敲秋。」不須乞米供高士，但與開軒作勝游。韓公寄盧仝詩：「至今鄰僧乞米送。」顔魯公有乞米帖。此地七賢誰笑傲，嵇康傳：「所與神交者，惟陳留阮籍、河内山濤；預其流者，河内向秀、沛國劉伶、籍兄子咸、琅耶王戎，遂爲竹林之游，世所謂竹林七賢。」何時六逸自賡酬？李白與孔巢父、韓準、裴政、張叔明、陶沔居徂徠山，日沈飲，號竹溪六逸。侵尋衰境心無着，尚有家風似子猷。公自注云〔二〕：「上人請予命名。」不見主人，即「無着」也。○羅鄴詩：「籬外清陰接藥欄，晚風交戛碧琅玕。子猷没後知音少，粉節霜筠謾歲寒。」

【校記】

〔一〕龍舒本無「公自注云」四字。

題友人壁

茆簷前後欠松蘿，百里乘閑向此過。張謂詩：「簷下千峯轉，窗前萬木低。」○皇甫冉詩：「寥寥行異境，過静千峯影。」澗水遶田山影轉，野林留日鳥聲和。唐人詩：「山明鳥聲樂，日氣生巖壑。」○李白詩：「谷鳥吟晴日，山猿歗晚風。」○張祜詩：「地暖鳥聲和。」蕭條雞犬逢人少，韓詩：「商顔暮雪逢人少，鄧鄙春泥見驛賒。」想象乾坤發興多。杜詩：「發興自江天。」邵堯夫先生年益老，德益卲，玩心高明，觀於天地之運化，陰陽之消長，以通乎萬物之變，此公詩意也。世事不如閑静處，知君出處意如何。

清明輦下懷金陵

春陰天氣草如煙，唐薛宜僚詩：「阿母桃花方似錦，王孫草色正如煙。」○杜牧詩：「暖雲如粉草如茵。」○崔魯詩：「緑楊如髮雨如煙。」○退之詩：「天街小雨潤如酥，草色遥看近却無。最是一年春好處，

絶勝煙柳滿皇都。」時有飛花舞道邊。院落日長人寂寂，杜詩：「小院回廊春寂寂。」池塘風慢鳥翩翩。王維詩：「柳塘春水慢。」○詩：「翩翩者雛。」○趙嘏詩：「池塘風暖鴈羣去，松檜寺高人獨來。」故園回首三千里，張祜詩：「故國三千里，深宮十二年。」新火傷心六七年。書無逸：「或五六年，或四三年。」因思故園而傷新火，不得展先墓也。青蓋皂衫無復禁，可能乘興酒家眠。評曰：慘愴流麗俱極。○子美飲中八仙歌：「李白一斗詩百篇，長安市上酒家眠。」樂天詩：「此時却羨閑人醉，五馬無由入酒家。」

杭州呈勝之

公嘗從王勝之招，見上注。

游觀須知此地佳，紛紛人物敵京華。林巒臘雪千家水，城郭春風二月花。彩舫笙簫吹落日，畫樓燈燭映殘霞。如君援筆宜摹寫，寄與塵埃北客詩。歐公有美堂記云：「獨錢塘自五代時知尊中國，効臣順。及其亡也，頓首請命，不煩干戈。今其民幸富完安樂。又其習俗工巧，邑屋華麗，蓋十餘萬家，環以湖山，左右映帶。而閩商海賈，風帆浪舶，出入於江濤浩渺、煙雲杳靄之間，可謂盛矣。而臨是邦者，必皆朝廷公卿大臣若天子之侍從，又有四方游士爲之賓客，故喜占形勝，治亭榭，相與極游覽之娛。」云云。

聞和甫補池掾

和甫嘉祐六年登第，爲莘縣簿。魏國喪除，調池州司户參軍。

遭時何必問功名？自古難將力命爭。南史：「人仕宦，非唯須才能，亦須還命力。」「命力」字，見列子。○杜祁公送吴處厚詩：「莫歎科名屈，難將力命爭。」萬户侯多歸世胄，李廣傳：「惜廣不逢時，使當高帝時，萬户侯豈足道哉？」○左太冲詠史詩：「世胄躡高位，英俊沉下僚。」五車書獨負家聲。李陵傳：「頹其家聲。」才華汝尚爲丞掾，馬援傳：「諸曹時白外事，援輒曰：『此丞掾之任，何足相煩。』」老懶吾今合釣耕。外物悠悠無得喪，春郊終日待相迎。

寶應二三進士見送乞詩

少喜功名盡坦塗，那知干世最崎嶇。草廬有客〔一〕歌梁甫，事見古詩諸葛武侯注。狗監無人薦子虛。司馬相如傳：「蜀人楊得意爲狗監，侍上。上讀子虛賦而善之，曰：『朕獨不得與此人同時哉！』得意曰：『臣邑人司馬相如自言爲此賦。』上驚，乃召問相如，相如對曰：『有是，請爲天子游獵之賦。』」解玩山川消積憤，紀唐夫送温庭筠詩：「且飲醁醽消積恨〔二〕，莫辭黄綬拂行塵。」静忘歲月賴羣書。江揔詩：「聊以著書情，暫遣他鄉日。」慙君枉〔三〕盖如平昔，不笑謀生萬事疎。

【校記】

〔一〕「客」，龍舒本作「喜」。

〔二〕「恨」，宮內廳本作「憤」。

〔三〕「枉」，龍舒本作「車」。

謝郟亶祕校見訪於鍾山之廬

誤有聲名只自慙，煩君跋馬過茅簷。跋馬，見金明池注。已知原憲貧非病，子貢相衛，結駟連騎，排藜藿，入窮閻，過謝原憲。憲攝弊衣冠見之。子貢恥之，曰：「夫子豈病乎？」憲曰：「吾聞之：無財者謂之貧，學道而不能行者謂之病。若憲，貧也，非病也。」子貢不懌而去。○張登詩：「道在貧非病，時來醜亦妍。」更許莊周知〔一〕養恬。莊周繕性篇：「古之治道者，以恬養智。」注：「恬静而後知不蕩，知不蕩而性不失。」又：「生而無以知爲也，以知養恬，知與恬交相養，而和理出其性。」世事何時逢坦蕩，語：「君子坦蕩蕩。」人情隨分值猜嫌。誰能胸臆無塵滓，使我相從久未厭。言俗人多城府，不足近，思得豁達之士與游也。

【校記】

〔一〕「知」，龍舒本作「智」。

同長安君鍾山望 公之女弟也。

解裝相值得留連，一望江南萬里天。殘雪離披山韞玉，文賦云：「石韞玉以山輝，水懷珠而川媚。」新陽杳靄草含煙。餘生不足償多病，樂事應須委少年。杜詩：「可惜歡娛地，都非少壯時。」惟有愛詩心未已，東歸與續棣華篇。評曰：與坡公「脚力盡時山更好」之句可以並傳。〇常棣之華，言兄弟也。

奉招吉甫 前有道中寄黄吉甫詩云：「廟筭未聞收策士。」此又云：「誰奮長謀平嶺海。」當是廣南儂寇作時所賦。吉甫必知兵，有筭略，而未見用於時者。

經綸無地委蓬蒿，凜凜胸懷且自韜。誰奮長謀平嶺海，猶將餘力寄風騷。韓詩：「餘事作詩人。」名甦隨俗貧中役，恨未收身物外高。永夜西堂霜月冷，邀君相伴有松醪。老杜寄杜員外詩：「松醪酒熟傍看醉。」〇言爲貧未免役於俗，未能抽身事外也。

閑居遣興

慘慘秋陰緑樹昏，荒城高處閉柴門。此必未去臨川時作，公年尚少也。公故居在一城之最高處，與余峩峯書堂相近。愁消日月忘身計〔一〕，靜對溪山憶酒罇。南去干戈何日解，東來馹騎此時奔。撫當閩、廣之衝，時用師南方，故云爾。誰將天下安危事，一把詩書子細論？此足見公所存，早便規模三代，意非不美。公嘗爲人作誌銘，謂「蠻夷率服」，乃在於難壬人。

【校記】

〔一〕「計」，宮内廳本作「世」。

到家

五年羇旅倦風埃，舊里依然似夢回。猿鳥不須懷悵望，溪山應亦笑歸來。身閑自覺貧無累，言道勝，不以貧爲累。且言財之能爲人累也。命在誰論進有材。唐詩：「喟余獨興嘆，才命不同謀。」秋晚吾廬更瀟洒，沙邊煙樹緑

洄洄。

西帥

吾君英睿超光武，良將西征捍隗囂。事見隗囂傳。誓斬郅支聊出塞，陳湯斬郅支。生擒頡利始歸朝。唐太宗生擒頡利。一丸豈慮封函谷，千騎無由飲渭橋。息夫躬傳：「如使狂夫嘄謼於東崖，匈奴飲馬於渭水。」○此詩恐謂王韶，可見公意切於開邊也。豈慮者言帥之威略，必不使如王元之徒欲以一丸泥封函谷關也。○按北史韋孝寬贊：「東人怙恃其衆，將欲飲馬清渭。」而新唐史突厥贊亦言：「虜薄渭橋，騎壒蒙京師。」然「一丸泥」既是後漢書全文，則亦疑「千騎」或別有出處，公方以爲對。○秦、漢、唐架渭者凡三橋，在咸陽西十里者，名便橋，武帝造；在咸陽東二十二里爲中渭橋，始皇造；在萬年東四十里爲東渭橋，不知始於何世。唐書：「太宗出玄武門，以萬騎徑詣渭水上，隔水與頡利語。時虜進至渭水便橋之北。」或云：此是王元之詩。好立功名摽〔一〕竹素，莫教空説霍票姚。杜子美後出塞詩：「借問大將誰？恐是霍票姚。」陪柏中丞觀宴將士詩：「漢朝頻選將，應拜霍票姚。」按漢史：「霍去病再從大將軍，受詔予壯士，爲票姚校尉。」服虔：「音飄摇。」師古曰：「票，頻妙反；摇，羊召反。票姚，勁疾之貌。」荀悦漢紀作「票鷂」字。去病後爲票騎將軍，尚取「票姚」之字耳。子美以平聲用，蓋從服虔音。公亦以平聲用，必承襲子美。

【校記】

〔一〕「摽」，宮内廳本作「標」。

松　江〔一〕

宛宛虹霓墮半空，銀河直與此相通。五更縹緲〔二〕千山月，萬里淒涼一笛風。評曰：上句無用。○杜詩：「五更山吐月。」又：「三年笛裏關山月，萬國兵前草木風。」介父用此句法。○歐陽公詩：「夜涼吹笛千山月。」○杜牧之詩：「深秋簾幕千家雨，落日樓臺一笛風。」鷗鷺稍回青靄外，汀洲時起綠蕪中。騷人自欲留佳句，忽憶君詩思已窮。

【校記】

〔一〕龍舒本卷七十一松江題下有詩二首，其一同此，其二即本書卷四十八松江。

〔二〕「縹緲」，龍舒本作「漂渺」。

庚寅增注第三十七卷

得孫正之詩

欲雪天　白詩：「鳥雀羣飛欲雪天。」

未有詩書論進退　此似言進退不槩於詩書之義也。

寄孔世長〔一〕

殘年意象偏多感　杜牧之上丞相啓：「某今生四十八矣。自今年，非唯耳聾牙落，兼以意象錯寞，在羣衆懽笑之中，常如登高四望，但見莽蒼大野、荒墟廢壠，悵望寂默，不能自解。此無他，氣衰而志散，真老人態也。」

送孫立之赴廣西

鼻目傾肝膽　言見面傾肝膽也。

送福建張比部

長魚俎上通三印　遯齋閑覽：「莆陽通應子魚，名著天下。今人必求其大可容印，謂之通印子魚。」

別雷國輔

侍郎憂國最賢勞　雷德驤，馬安人。太祖時，久居諫諍之任，有直名。與趙普有隙。時普以勳舊作相，寵遇方渥，德驤閒請對，言普專權，容堂吏納賂。由是忤旨，貶商州司户。歲餘，其子有隣檛登聞鼓訴冤，鞫得其實，堂吏李可度除名，餘黨皆杖脊，黥配遠州。出普知河陽。召德驤復舊官，擢有隣守校書郎。後普復入相，德驤懇乞致仕。太宗慰勉之曰：「朕終保卿，必不爲普所擠。」有隣性亦剛鯁，有父風。太宗嘗面諭有隣：「朕欲用汝父爲宰相，何如？」有隣對曰：「臣父有才略而無度量，非宰相器。」乃止。有隣弟有終亦賢有才，平蜀寇最有功，爲宣徽使，薨。德驤、有終父子二人嘗並命爲江南、江西兩路轉運使，當世榮之。王禹偁贈詩二首，其一曰：「江南江北接王畿，漕運帆檣去似飛。父子有才同富國，君王無事免宵衣。屏除姦吏魂應喪，養活疲民肉漸肥。還有文場受恩客，望塵情抱倍依依。」其二曰：「當時詞氣壓朱雲，老作皇家諫諍臣。章疏罷封無事日，朝廷猶指直言臣。題詩野館光泉石，講易秋堂動鬼神。棘寺下僚叨末路，齋心

唯祝秉洪鈞。」蓋禹偁嘗出德驤門下，而德驤深於易，酷嗜吟詠故也。孟子曰：「此莫非王事，我獨賢勞。」

第一豪　有終有將略，自平蜀後，人爲立祠〔二〕。又嘗以私財犒士，貧不能足，貸錢以給，比捐館時，猶逋三萬緡云。真宗特出內帑償之。故魏野哭有終詩曰：「聖代賢人喪，何以不慘顔？新祠民祭祀，舊債帝填還。鹵簿塵侵暗，銘旌淚灑斑。功名誰復繼？敕葬向家山。」

垂虹亭

有無中　王維詩：「積水不可極，萬里若乘空。」

興未窮　「浩渺澄江杳若空，飛梁横絶與天通。深春氣豁前山暝，清曉潮乘漲海風。日月盡從金鑑出，乾坤都在玉壺中。明朝欲入空門去，俗事塵心未易窮。」右詩，王益柔元韻，與松江皆同，公並依其韻也。

清明輦下懷金陵

草如煙　蘇子美詩：「玉帳夜嚴兵似水，茅齋春擊草如煙。」

杭州呈勝之

春風二月花　唐人韓翃詩：「春城無處不飛花。」

聞和甫補池掾

萬户侯五車書　樂天詩：「五車書任胸中有，萬户侯須骨上來。」

寶應進士見送乞詩

少喜功名　退之誌子厚：「少年勇於爲人，謂功業可立就。」○又誌王適：「見功業有道路可指取，而名節可以戾契致，困於無資地，不能自出。」

西帥

誓斬郅支聊出塞　西漢陳湯傳：「湯爲人有大慮，喜奇功。元帝時求使外國，遷西域副校尉。既出西域，乃矯制，發漢兵、胡兵四萬人，從康居界入攻郅支單于城。單于被創死，斬其首，懸蠻夷邸十日。」

生擒頡利始歸朝　唐太宗正觀三年，突厥部種離畔。太宗命李靖討之，以突騎三千夜襲，破定襄，可汗脱身遁磧口。帝曰：「足澡吾渭水之恥矣。」頡利走保鐵山，請舉國內附，上遣唐儉等往迎之。靖謂副使張公瑾曰：「機不可失，韓信所以破齊也。如唐儉輩，何足惜哉？」督兵疾進。行遇候邏，皆俘以從，去其牙七里方覺。會李勣出雲中，引兵與靖合。頡利欲度磧，世勣軍於磧口，不得度，斥地自陰山北至大漠，露布以聞。執頡利送京師，漠南之地遂空。

松江　銀河直與此相通杜詩：「赤岸

水與銀河通。」忽憶君詩思已窮「千里波濤蕩碧空，洞庭山脚遠相通。坐看

紅日生蒼海，想見瓊樓出閬風。爽氣已侵春色外，清輝更待月華中。扁舟健羨漁翁樂，濁酒鮮鱗不歎窮。」右王益柔元韻。公「忽憶君詩」之句，是用益柔韻笹。

【校記】

〔一〕題全作「宿土坊驛寄孔世長」。

〔二〕「人爲立祠」，原作「人亡爲祠」，徑改。

王荆文公詩卷第三十八

律　詩

鍾山西庵白蓮亭

白蓮，見上注。亭今廢。

山亭新破一方苔，小杜詩：「鑿破青苔地。」白帝留花滿四隈。野艷輕明非傅粉，鄭壁白菊詩：「白艷輕明帶露痕。」傅粉，何晏事。秋光清淺不憑杯〔二〕。諸本「杯」作「材」，全無義理。退之詩：「曲江汀瀅水平盃。」「憑」，只是「平」字。○「憑」改「平」，字似近，然非也。此謂白蓮秋光淡素空明，而無醉色，殆不賴杯酒耳。鄉窮自作幽人伴，易履：「九二，幽人貞吉。」歲晚誰爲静女媒。邶詩：「静女其姝。」静，貞也。可笑遠公池上客，遠公有白蓮池。客，指陶公，謂不應棄白蓮而思松菊。却因松菊賦歸來。

【校記】

〔一〕「杯」，龍舒本、宋本、叢刊本作「材」。

贈長〔一〕寧僧首

秀骨厖眉倦往還，自然清譽落人間。閑中用意歸詩筆，静外安身比太山〔二〕。欲倩野雲朝送客，更邀江月夜臨關。杜詩：「不夜月臨關。」○孟浩然詩：「莫愁歸路暝，招月伴人還。」嗟予蹤跡飄塵土，一對孤峯幾厚顔。李白詩：「却顧女□峯，胡顔見秋月。」

補注 言不與俗接，逃名而名逐之。〔三〕

【校記】

〔一〕「長」，龍舒本、宋本、叢刊本作「老」。

〔二〕「太山」，宮内廳本作「大山」。

〔三〕本注原闌入題下，無「補注」二字。

次韻舍弟賞心亭即事二首

建康志：「賞心亭在下水門之城上，下臨秦淮，盡觀覽之勝。丁晉公建。嘗以家藏周昉畫卧雪圖張於其屏。後太守輒易去。故王琪密學有『昔人已化遼天鶴，舊畫難存卧雪圖』之句。」

檻折簷傾野水傍，臺城佳氣已消亡。佳氣，用春陵事，猶言王氣。陳後主言：「王氣在此。」難披榛〔一〕莽尋千古，獨倚青冥望八荒。白詩東南行：「眇默思千古，蒼茫想八區。」○杜詩：「倚劒望八荒。」〔二〕坐覺塵沙昏遠眼，忽看風雨破驕陽。扁舟此日東南興，欲盡江流萬里長。太白詩：「横江欲度風波惡，一水牽愁萬里長。」又：「請君試問東流水，别意與之誰短長？」

【校記】

〔一〕「榛」，宋本、叢刊本作「梗」。

〔二〕此詩出自江淹雜體詩三十首之鮑參軍戎行，「望」作「臨」，見文選卷三十一。

其二

霸氣消磨不復存，舊朝臺殿秖空村。杜詩：「霸氣西南歇。」○王僧達詩：「隆周爲藪澤，皇漢成山樊。」〔一〕孤城倚薄青天近，杜詩：「寒冰盡

倚薄，雲月遞微明。」細雨侵淩白日昏。稍覺野雲乘〔二〕晚霽，却疑山月是朝暾。梅宛陵詩：「夜瞻皓如晝。」此時江海無窮興，醒客忘言醉客喧。陶詩：「此中有真趣，欲辯已忘言。」詩賓之初筵：「賓既醉止，載號載呶。」

【校記】

〔一〕「王僧達」，原作「王祕達」；「隆周」，原作「南周」；「皇漢成山樊」，原作「皇皇向山樊」，據文選王僧達和琅玡王依古改。

〔二〕「乘」，宋本、叢刊本作「成」。

次韻陳學士小園即事 名繹。〔一〕

牆屋雖無好鳥鳴，池塘亦未有蛙聲。章孝標詩：「田家無五行，水旱卜蛙聲。」樹含宿雨紅初入，草倚朝陽綠更生。萬物天機何得喪，百年心事不將迎。莊子應帝王篇：「至人之用心若鏡，不將不迎，應而不藏。」與君杖策聊觀化，搔首東〔二〕風眼尚明。繹時爲金陵，嘗過公第，又公同年，故厚之也。○東坡西齋詩：「杖藜觀物化，亦以觀我生。」

【校記】

〔一〕宮內廳本「陳」下有「繹」字，題下無小注「名繹」二字。

〔二〕「東」，宋本、叢刊本作「春」。

寄友人

飄然羇旅尚無涯，一望西南百歎嗟。江擁涕洟流入海，檀弓：「主人深衣練冠，待於廟，垂涕洟。」○元微之寄樂天相憶淚詩：「除非入海無由往，縱使逢灘未擬休。」風吹魂夢去還家。平生積慘應銷骨，劉琨詩序：「排終身之積慘，求數刻之暫歡。」○中山靖王勝傳：「衆口鑠金，積毀消〔一〕骨。」鄒陽傳亦有。今日殊鄉又見花。安得此身如草樹，根株相守盡年華。樂天詩：「在地願爲連理枝。」亦此意。莊子達生篇：「吾處身也，若橛株枸。」

【校記】

〔一〕「消」，漢書景十三王傳、宮内廳本作「銷」。

登大茅山頂〔一〕

建康志：「茅山初名勾曲山，像其形也。茅君得道，更名茅山，在縣東南四十五里，周迴一百五十里。三十六洞天第八曰金壇華陽之天，即此山也。山記云：『漢時，有三茅君來居山上，故因名大茅、中茅、小茅三峯。』舊記云：『在崇禧觀北獨高處。』」

一峯高出衆山顛，疑隔塵沙道〔二〕里千。貨殖傳：「牛角蹄千。僮手指千。」即此法。韓詩：「直去長安路八千。」俯視雲煙來不極，謝靈運入華子崗詩：「遂登羣峯首，邈若來雲煙。」仰攀蘿蔦去無前。人間已換嘉平帝，「始皇二十七年，自會稽還，埋白璧此山。又登勾曲山北垂，歎曰：『巡狩之樂，莫過於山海。自今以往，良爲常也。』乃改勾容北垂爲良常山。三十一年十二月，更名臘曰嘉平。」注云：「太原真人茅盈內紀曰：『始皇二十一年九月庚子，盈曾祖父濛乃於華山之中乘雲駕龍，白日升天。』先是，其邑謠歌曰：『神仙得者茅初成，駕龍上升入太清。時下玄洲〔三〕戲赤城，繼世而往在我盈。帝若學之臘嘉平。』始皇聞謠歌而問其故。父老具對：此仙人之謠歌，勸帝求長生之術。於是始皇欣然而有尋仙之志，因改臘曰嘉平。」○風俗通云：「按：禮傳：『夏曰嘉平，殷曰清祀，周曰大蜡，秦、漢曰臘，至始皇更名臘曰嘉平。』然則嘉平乃夏之舊，非始於秦也。」○杜詩：「魂斷蒼梧帝。」地下誰通勾曲天。茅君內傳：「勾曲，秦時爲華陽之天，三茅君居之，因以爲名。外有金壇山，因壇爲號，周時名其源澤爲勾曲之穴。」按山形曲折，後人名焉。真誥云：「金陵句容之勾曲，爲第八洞天，又曰勾曲地肺，土良水清，謂之華陽洞天，可以度世。」許邁別傳曰：「延陵〔四〕之茅山，是洞庭西門，潛通五岳。」陶先生記云：「東通王屋，西達峨眉，南接羅浮，北連岱澤。」內傳既稱源澤，又爲穴，故傳亦云「地下」也。○真誥：「大茅君盈南治勾曲之山。」又：「王母諸仙行詣天台、霍山，過勾曲之金壇，宴太元真人茅叔申於華陽洞天。茅君名盈，二弟茅固、茅衷。」真誥又稱：「漢宣帝時得道。」陳迹是非今草莽，紛紛流俗尚師仙。李白詩：「靈迹成蔓草，徒悲千載魂。」揚子：「聖人不師仙，厥術異也。」

【校記】

〔一〕宋本、叢刊本無「頂」字。

〔二〕「道」，宋本作「萬」。

〔三〕「洲」，宮内廳本作「圃」。

〔四〕「延陵」，宮内廳本作「金陵」。

登中茅山

建康志：「中茅峯在積金山北，其側有泉，色赤而有味。真誥云：『飲之延年。』山下之民，率皆眉壽而寡疾。山頂舊有石案、石香爐存焉。」

倏然杖屨出塵囂，雞犬無聲到泬寥。宋玉：「泬寥兮，天高而氣清。」欲見五芝莖葉老，天台山賦：「五芝含英而晨敷。」茅君傳：「金闕帝君遣使者賜盈以四節、燕胎、流明、神芝，且告盈曰：『食四節隱芝者，位爲真卿；食金闕玉芝者，位爲司命；食流明金英者，位爲司禄；食長曜雙飛者，位爲真伯；食夜光洞草者，總主左右御史之任。今子盡食之矣。』」尚攀三鶴羽翰遥。茅君内傳：「茅盈留勾曲山，告二弟曰：『吾去有局任，不復得相往來。』父老歌曰：『茅山連金陵，江湖據下流。三神乘白鶴，各在一山頭。佳雨灌旱稻，使我無百憂。白鶴翔金穴，何時復來游？』」又陶先生茅山記：「漢元帝時，茅盈、茅固、茅衷並在此山得道。三人嘗乘白鶴，各據一嶺。」容溪路轉迷橫彴〔一〕，仙几風來得墮樵。九域志：「句容縣有茅山、容溪。」○建康志云：「仙几山在句容縣東南四十里，茅山之側。周迴三里一百步，高八尺，連仙姑山。」恐別一山，非中峯之名。又案志云：「上容溪水，源出中茅，過蘆江橋，經赤山湖入秦淮。」○盧仝詩：「松顛有樵墮，石上無禾生。」○賈島詩：「古木落薪乾。」橫彴，即略彴，今獨木

橋也。興罷日斜歸亦懶，更磨碑蘚認前朝。杜牧詩：「折戟沉沙鐵未消，自將磨蘚認前朝。」

【校記】

〔一〕「彴」，龍舒本作「徑」。

登小茅峯〔一〕

建康志：「小茅峯在中茅峯背。新室地皇三年七月，遣使者賫黃金百鎰。後漢光武建武七年三月，遣使者賫黃金五十斤，獻於三君，並埋在小茅山上獨高處。」

捫蘿路到半天窮，下視淮洲〔二〕杳靄中。物外真游來几席，言山高去天近，易與仙接也。○楊凝式步虛詞：「紫府與玄洲，誰來物外游？」人間榮願付苓通。馬矢爲通，猪矢爲苓。○本草有白馬通、豨苓，即猪苓也。又見李義山集。○莊子曰：「豕橐，藥也。」司馬彪注：「豕橐，一名苓，根似猪矢。治渴。」又，本草：「猪苓，一名豭猪矢。」詩言既登絕境，視世之浮榮如糞土也。小說：「山谷云：『賈天錫宣事作香，甚有貴氣，嘗以見惠。張仲謀以騏驥院馬通薪二百見貺，因以香二十餅答之。或曰：『公以詩易香，而以香易此，何耶？』公曰：『詩或能作祟，不若此薪，可與鈴下爲挾纊之溫耳。』」白雲坐處龍池杳，明月歸時鶴馭空。建康志：「雷平山有玉晨觀，舊傳高辛時展上公及周時郭真人故宅。觀前有郭真人養龍池。」又：「楊真人、二〔三〕許真人嘗降於此。」回首三君誰更似？子房家世有高風。三君指三茅君。子房，漢張良也。

【校記】

〔一〕「峯」，宋本、叢刊本作「山」。

〔二〕「淮洲」，龍舒本作「茅州」。

〔三〕「二」，宫内廳本作「三」。

送張仲容赴杭州孫公辟 孫公，孫沔也。

萬屋相誇漆與丹，笑歌長在綺紈間。言杭俗之侈。○張華勵志詩：「如彼梓材，弗勤丹漆。雖勞朴斲，終負素質。」綵船春戲城〔一〕邊水，畫燭秋尋寺外山。李白詩：「朝尋霞外寺，暮宿池上島。」憶我屢隨游客入，喜君今赴辟書還。辟書，見送西京簽判王著作注。遥知曼倩威行久，雋不疑字曼倩，爲京兆尹，吏民敬其威信。每行縣，録囚徒還，其母輒問不疑有所平反，活幾何人。即不疑多有所平反，母喜笑，爲飲食言語異於他時。或亡所出，母怒，爲不食。故不疑爲吏，嚴而不殘。赤筆應從到日閑。漢制，尚書郎主作文書起草，月賜赤管大筆一雙。○會稽典録：「盛吉爲廷尉，每冬月至，斷囚，持丹筆垂泣。」則皆丹彤其管，以別常用之筆。○白詩：「勤操丹筆念黄沙，莫使飢寒囚滯獄。」赤筆，即丹筆，言孫公威行，民自無犯也。

【校記】

〔一〕「城」，宫内廳本作「坊」。

贈李士寧道人

士寧，蜀之蓬州人。

季主逡巡居卜肆，史記日者傳：「司馬季主，楚人也，卜於長安東市。」褚先生曰：「季主者，楚賢大夫也。」彌明邂逅作詩翁。軒轅彌明，唐人，衡山道士也。見韓退之石鼎聯句序。季主、彌明，皆以比士寧。蓬山仙傳稱士寧目不知書，善吟詩，不學陰陽，能推休咎。嘗獻陳恭公詩曰：「春宵一刻直千金，花有清香竹有陰。歌管樓臺風細細，鞦韆院落月深深。」公遷左揆。後王文恭公作參政，先生又以此詩爲獻，亦登左揆。

曾令宋賈歎車上，季主傳：「宋忠、賈誼同輿之市，游於卜肆，聞季主之辭，忽然自失。出市門，僅能自上車。居三日，二人於殿門外相引屏語，歎曰：『道高益安，勢高益危。』」歎乃在殿門外，亦可言車上。

更使劉侯驚坐中。彌明，石鼎聯句。劉、侯，謂侯喜、劉師服。邂逅者，謂喜視之若無人，又不知其有文而語出輒奇，二子始慚駭也。韓序云：「二子驚駭，自責若有失者。」

杳杳人傳多異事。士寧先得塗氏所藏軒轅小鏡，洞見遠近。蔡君謨學士以道自任，聞先生之名，望風惡之。君謨一夕夢爲虎所逼，有一人救之。虎既去，與之坐，曰：「公，貴人也，但頭骨不正。」乃以手爲按之，曰：「頭骨已正矣。」夢覺，頭尚痛。翌日，先生謁君謨，謂曰：「夜夢頗驚惶否？」君謨愕然，視其狀，乃夢中逐虎正骨者，遂異之。後出守閩中，先生經由謁君謨。君謨因告先生：「久患目疾不愈，昨夜夢龍樹菩薩。」先生即於袖中出畫本。視之，一如夢中所見。先生於是瞠目視君謨，須臾，兩目豁然明快。參政張公方平爲兩制時，先生出入門下，極相善。時論以爲公且大拜，先生以詩別公，其樸〔一〕句云：「異時復與公相見，正是江南二月天。」其後久無爰立之耗，忽除知江寧。先生自茅山來謁，即仲春也。

冥冥誰識此高風。言至人難識也。歐陽文忠公嘗有歌贈先生曰：「蜀狂士寧者，不邪亦不正。混世使人疑，詭譎非一行。平生不把筆，對酒時歌詠。初如不著意，語出多奇勁。傾財解人難，去不道名姓。金錢買酒醉高樓，明月滿床猶不醒。一身四海即爲家，獨行萬里聊乘興。既不採藥賣城市，又不點石化黃金。進不干公卿，退不隱山林。與之游者，但愛其人，而莫識其術，安知其心？吾聞有道之士，逍遥太虛，動與道俱，故能入火不熱，入水不濡。常聞其語，而未見其人，豈斯人之徒歟？不然，則言不純

師，行不純表，滑稽傲世，其東方朔之流乎？」行歌過我非無謂，惟恨貧家酒盞空。論語：「楚狂接輿歌而過孔子。」始荊公薦名禮部，與數十人同謁會靈觀。方拜庭下，先生指之曰：「拜仗到地者登第。」有老僕聞而告公，公往揖之。先生曰：「子非某官之子乎？」曰：「然。」先生曰：「吾嘗與賢丈飲，昆弟列拜於前，我以新荔枝與最長者，得非子邪？」公曰：「即安石也。」先生曰：「子今年登第，它日極貴，善自愛。」是年，果中甲科。久之，除知制誥。丁母憂，歸金陵。先生游南海，因過公，留連數月，以詩即之，即此詩也。先生將行，謂公曰：「俟執政時相見。」洎公拜相，召先生至，益加敬焉。○據楚公七子，安仁爲長，公乃第三，士寧所言恐繆。或是時安仁偶不在傍耶？

【校記】

〔一〕「樸」，四庫全書本王荊公詩注作「落」。

次韻春日即〔一〕事

人間尚有薄寒侵，和氣先薰草樹心。宋玉九辯：「憯悽增欷兮，薄寒之中人。」丹白自分齊破蕾，青黃相向欲交陰。杜甫北征詩：「或紅如丹砂，或黑如點漆。雨露之所霑〔二〕，甘苦齊結實。」潺潺嫩水生幽谷，漠漠輕煙動遠林。嫩水，見開元僧舍次韻舍弟注。病得一官隨太守，班春無助愧周任。後漢崔駰：「強起班春。」注云：「郡國嘗以春行縣，勸人農桑，振救乏絕，班布春令也。」○語季氏：「周任有言曰：『陳力就列，不能者止。』」馬融注曰：「周任，古之良吏〔三〕也。」任，音壬。

【校記】

〔一〕「即」，龍舒本作「感」。

〔二〕「霑」，宮内廳本作「濡」。

〔三〕「吏」，宮内廳本作「史」。

次韻答陳正叔二首

青衫憔悴北歸來，髮有霜根面有埃。宋王僧達詩：「仲秋邊風起，孤蓬卷霜根。」髮有霜根，喻白。羣吠我方憎〔一〕猘子，楚詞：「邑犬羣吠，吠所怪也。」○魏志：「猘兒難與争鋒。」韓集：「惟東有猘，惟西有虺。」猘，居例切，狂犬。一鳴誰更識龍媒？漢樂歌：「龍之媒。」龍媒，馬也。功名落落求難〔二〕值，日月沄沄去不回。言功名不可求而致也，邂逅爲之，所謂「功業見乎變」。○秦誓：「日月逾邁，若弗云來。」○退之詩：「浪波沄沄去，松柏在高岡。」勝事與身何等近，酒尊詩卷數須開。

【校記】

〔一〕「憎」，宮内廳本作「驚」。

〔二〕「求難」，宮内廳本作「難求」。

其二

田宅荒凉去復來，詩書顔髮兩塵埃。忘機自許鷗相狎，列子：「海上之人，每旦從漚鳥游。」詳見別注。唐殷敬順釋文曰：「漚，音鷗，水鴞也，今江湖畔，形色似白鴿而羣飛。」得禍誰期鶴見媒。陸龜蒙集有鶴媒歌。○屈平離騷云：「吾令鴆爲媒兮，鴆告予以不好。」○柳子厚鷓鴣詞：「徇媒得食不復慮，機械潛發罹罝罦。」觀此，不獨鶴有媒也。此道未行身有待，儒行篇：「愛其死以有待也，養其身以有爲也。」古人不見首空回。南史：「張融常歎曰：『不恨我不見古人，所恨古人不見我。』」何當水石他年住，更把韋編静處開。孔子世家：「讀易，韋編三絶，曰：『假我數年若是，我於易彬彬矣。』」

送崔左藏之廣東

怪石巉巉上泬寥，昔人於此奏簫韶。韶石，見貴州使君訪及道舊注。水清但有〔一〕嘉魚出，風暖何曾毒草搖。言廣東非舊日瘴癘之比。今日淹留君按節，子虛賦：「案節未舒。」師古曰：「言未盡意驅馳也。」當時嬉戲我垂髫。公嘗從楚公守韶州，年尚幼，故云「垂髫」。因尋舊政詢遺老，爲作新詩變俚謡。暗用劉禹錫事。

【校記】

〔一〕「有」，宫内廳本作「見」。

苦雨〔一〕

靈場奔走尚無功，禱晴無應。揚子：「靈場之威，其夜矣乎？」去馬來車道不通。風助亂雲陰更密，退之訟風伯：「雲屏屏兮吹使醲之。」今言「助」，亦佳。水争高岸氣尤雄。言水逢高岸而激射，狀如争也。平時溝洫今多廢，觀「溝洫多廢」之句，乃後來興水利張本。然公意亦豈不在民？下户京囷久已空。詩甫田：「如京如坻。」肉食自嗟何所報，莊公十年：「肉食者鄙，未能遠謀。」古人憂國願年豐。杜詩：「憂國願年豐。」

【校記】

〔一〕龍舒本卷七十六題作「閔旱」。

江　上〔一〕

村落家家有濁醪，青旗招客解袛裯。後漢羊續傳：「其資藏惟有布衾、敝袛裯、麥數斛而已。」注云：「説文曰：『袛裯，短衣也。』」廣雅云：「即襜褕也。」袛，丁奚反；裯，丁勞反。三代世表：「旗亭，市樓也。立旗於上，故以取名。」春風似補林塘破，宋之問詩：「林缺見嵩丘，浮雲補斷山。」野水遥連草樹高。評曰：上句先得。○杜詩：「聞道洪河坼，遥連滄海高。」寄食舟車隨處弊，行歌天地此身勞。遲迴自負平生意，豈是明時惜一毛？公意謂身自不能遠引以遂宿心，非朝廷之有惜也。一毛，言牛毛〔二〕之一毛。

【校記】

〔一〕龍舒本卷七十一題作「江上五首」，其一同此，其二即本書卷四十四江上，其三即本書卷四十江上，其四、五首即本書卷二十四江上二首。

〔二〕「牛毛」，宮内廳本作「九牛」。

午枕

此詩必訪一處弔古而有作，題乃云「午枕」，未詳。即午夢耳，何疑？

百年春夢去悠悠，不復吹簫向此〔一〕留。野草自花還自落，公絶句，又有「野草自花還自落，落時還有惜花人」之句。鳴鳩相乳亦相酬。舊蹊埋没開新徑，朱户欹斜見畫樓。欲把一杯無伴侶，眼看興廢使人愁。宋子京江南詩：「朱户已開都水宅，鐵關猶鎖廣城樓。」

【校記】

〔一〕「此」，宋本作「北」。

寄石鼓〔一〕陳伯庸

寰宇記：「明州郡國志云：『靈山有石鼓臨澗，若鳴則野雉翔。』」撫州臨川縣亦有石鼓，但四明却有天門山耳。

鯨海〔二〕無風白日閑，天門當面險難攀。天門山在明州。塵埃掉臂離長陌，琴酒和雲入舊山。黄庭經：「入山何難，顧躊躇人間，紛紛臭如帑。」仁義未饒軒冕貴，孟子：「彼以其富，我以吾仁；彼以其爵，我以吾義。」功名誰〔三〕一作「莫」。信鬼神

慳。揚雄言：「炎炎者滅，隆隆者絶。高明之居，鬼瞰其室。」○陳希夷語种放曰：「名者，天地之美器，造物之所深忌。天地間無全名。子名將起，必有物敗之。」即「鬼神慳」之意。郭東一點英雄氣，時伴君心夜斗間。評曰：「伴君心」，不成語。○張華要豫章人雷煥，屏人夜觀天文。煥曰：「僕察之久矣，惟牛、斗之間頗有異氣。」華曰：「是何祥也？」煥曰：「雷劍之精，上徹於天耳。」此言「英雄氣」，或是借用耳。○布衾銘：「名教之樂，德義之尊。」

【校記】

〔一〕宋本、叢刊本「石鼓」下有「寺」字。

〔二〕「海」，龍舒本作「魚」。

〔三〕「誰」，龍舒本、宋本、叢刊本作「莫」。

送熊伯通

伯通，乃熊本也，鄱陽人。傳稱，本有文詞，少爲范公希文所知，所至爲吏不苟。神宗時，以邊功擢侍從。

歲暮欣逢蓋共傾，孔子遇程子於塗，傾蓋而語。川塗南北豈忘情。事經宦路心應折〔一〕，地入家山眼更明。據傳，本嘗爲池州建德縣。池、饒接壤，故云「地近家山」。此詩必送本知建德，蓋英宗末年，公未趍召時也。韓詩：「知有歸日眉方開。」江上月華空自照，梅邊春信〔二〕恰相迎。高蟾詩：「明日霸陵新霽後，馬頭煙樹緑相迎。」關河不鎖真消息，野客猶能聽治聲。前漢循吏傳：「王成爲膠東相，治甚有聲。」○盧仝詩：「關門不鎖寒溪水，一

夜潺湲送客愁。」○又劉禹錫詩：「夜行不鎖穆陵關。」

【校記】

〔一〕「宦」，龍舒本、宋本、叢刊本作「官」；「折」，龍舒本、宋本作「達」。

〔二〕「信」，龍舒本作「意」。

送王覃

奔〔一〕走人間十五年，塵沙吹鬢各蒼然。山林渺渺長回首，兒女紛紛忽滿前。言身居俗，而心未嘗不在山林。謝師厚詩：「倒著衣裳迎户外，盡呼兒女拜燈前。」知子有才思奮發，嗟予〔二〕無地與回旋。前漢長沙王發傳：「臣國小地狹，不足回旋。」相看一作秦吴別，身世何時兩息肩。退之詩：「眇然望東南，秦吴脩且阻。」

【校記】

〔一〕「奔」，宫内廳本作「意」。

〔二〕「予」，龍舒本、宋本、叢刊本作「余」。

送明州王大卿

大曆才臣有此州，昆雲今駕鹿幡游。謝承後漢書曰：「鄭弘遷淮陰太守，行春，天旱，隨車致雨。白鹿方道，夾轂而行。弘怪問主簿黄國曰：『鹿爲吉？爲凶？』國拜賀曰：『聞三公車幡畫作鹿，明府必爲宰相。』」從來所至邦人喜，真復能分聖主憂。千里封疆何足治，一時名迹故應留。屬城舊吏雖疲懶，尚可揮毫敵李舟。九域志：「唐明州刺史王密德政碑，李舟文，顔真卿書。」介父嘗爲鄞縣，故云「屬城舊吏」。

姑胥郭

誤褫雲巾別故山，易訟卦：「上九，或錫之鞶帶，終朝三褫之。」王肅云：「解也。」北山移文：「解蘭縛塵纓。」抵吴由越兩間關。千家漁火秋風市，一葉歸舟暮雨灣。歐公詩：「西風酒旗市，細雨菊花天。」旅病愔愔如困酒，石勒云：「大雅愔愔，殊不類將家子。」東坡詩：「下第味如中酒味。」鄉愁脉脉似連環。莊子載惠子之辨曰：「連環可解。」選詩：「盈盈一水間，脉脉不得語。」連環，言不斷也。○退之詩：「昨宵夢倚門，手把連環持。」情知帶眼從前緩，梁沈約書曰：「百日數旬，革帶當應移孔。」○古詩曰：「衣帶日以緩。」更恐〔二〕顛毛自此斑。

補注　抵吴　范雎傳：「念諸侯，莫可以急抵者。」〔二〕

【校記】

〔一〕「恐」，宫内廳本作「覺」。

〔二〕本注原闌入題下，無「補注」二字。

嚴陵祠堂

漢庭來見一羊裘，嚴光傳：「披羊裘釣澤中。」默默俄歸舊釣舟。迹似磻溪應有待，世無西伯可能留。史記齊世家：「吕尚蓋嘗窮困，年老矣，以漁釣干周西伯。西伯將出獵，卜之曰：『所獲非龍非驪，非虎非羆。所獲霸王之輔。』於是西伯獵，果遇太公於渭之陽，與語，大說，曰：『自吾先君太公曰：當有聖人適周，周以興，子真是耶？吾太公望子久矣。』故號曰太公望。載與俱歸，立以爲師。」又，吕氏春秋曰：「太公釣於慈泉，遇文王。」○酈道元水經曰：「磻溪中有泉，謂之慈泉，積水成淵，即太公釣處。今謂凡谷。有石壁，深高幽邃，人迹罕到。東南隅有石室，蓋太公所居。水次盤石釣處，即太公垂釣之所。其投竿跽餌，兩膝遺跡猶存，是磻溪之稱也。」崎嶇馮衍才終廢，馮衍盡節故朝，忿田邑背約。後審知更始已没，乃罷兵，幅巾降於河内。帝怨衍不時至，黜不用。後坐與陰就交，得罪，歸故郡，閉門自保，不敢與親故通。顯宗時卒。索寞桓譚道不謀。桓譚極言讖之非經，帝大怒曰：「譚非聖無法。」將下斬之，叩頭流血，良久乃解。出爲六安郡丞，忽忽不樂，道病卒。勺水果非鱣鮪

地，放身滄海亦何求。賈誼賦：「彼尋常之溝瀆兮，豈容吞舟之魚。」○中庸：「水一勺之多。」觀此詩，其不足於光武甚矣。○詩意不取光武，亦自有見。

藏春塢詩獻刁十四丈學士

刁，謂景純，名約，丹徒人。蘇子美祠神會中客也。天聖初，始來京師，應進士舉，與宋公、歐陽永叔、謝希深、富彥國齊名。踐歷館閣，踰四十年。寵利之際，泊如也。於荊公爲前輩，故公呼之以「丈」，詩則言「獻」，時刁已致仕矣，故下云「萊氏隱」。

蒜山東渡得林丘，蒜山在潤州丹徒縣西三里，山生澤蒜，因以爲名。宋武帝嘗大破孫恩在於此。邂逅籃輿亦少留。今日更知萊氏隱，老萊子耕於蒙山之陽。楚王駕至其門，曰：「守國之孤，願變先生。」老萊子云云。靈運詩：「漆園有傲吏，萊氏有逸妻。」〔一〕暮年長憶武陵游。梅聖俞集有寄題刁景純潤州園亭詩：「新作城邊圃，陂原上下斜。竹陰劉裕宅，松接戴顒家。山色不須買，江流何處涯？」疑此却藏春塢也。武陵，謂桃源。欲營垣屋隨穿斸，蕭何傳：「爲家不治垣屋。」○韓詩：「惟當待責免，耕斸歸溝塍。」尚歎塵沙隔獻酬。遥約勾吴亭〔二〕下路，史記吴世家：「太伯之奔荊蠻，自号勾吴。」春風深駐五湖舟。小杜潤州詩：「勾吴亭東千里秋，放歌曾作昔年游。」則勾吴亭之名，其來舊矣。

【校記】

〔一〕此詩文選卷二十一作郭璞遊仙詩七首之一。

〔二〕「勾」，龍舒本、宋本、叢刊本作「何」。

太湖恬亭

檻臨溪上綠陰圍，溪岸〔一〕高低入翠微。日落斷橋人獨立，水涵幽樹鳥相依。清游始覺心無累，静處誰知世有機。言宅心事外，與世相忘。更待夜深同徙倚，秋風斜月釣船〔二〕歸。杜牧之詩：「南去北來人自老，夕陽長送釣船歸。」戴叔倫詩：「共待夜深聽一曲，□人騎馬斷腸回。」

【校記】

〔一〕「岸」，龍舒本作「月」。

〔二〕「船」，宫内廳本作「舟」。

補注　藏春塢詩獻刁十四丈學士〔一〕　刁學士　刁學士約喜交結，歸請常至夜半，號「刁半夜」。杜祁公爲相，蘇學士舜欽，其婿也，歲暮以故事奏用賣故紙錢祠神，以會賓客，皆一時知名士也。王宣徽拱辰，丞御史吕申公之黨也，欲舉其事以易丞相，曰：「可一舉網而盡有。」曰刁亦與召，知其謀，不以告。詰朝，送客來城。於是蘇坐自盜除名，客皆逐，丞相亦去，而刁獨免。其後坐客皆至從官，而刁獨終於館職。據後山談叢所載如此。以刁之賢，恐未必爾也。

嚴陵祠堂 鱣鮪地 詩碩人：「鱣鮪發發。」余據□□，鱣，大魚，似鱣而短鼻，口在頷下，體有邪行，甲無鱗，肉黄。大者長二三丈。今江東呼爲黄魚。又陸璣云：「鱣形似龍，鋭頭，口在頷下，腹背皆有甲，縱廣四五尺。今於盟津東石磧上釣取之。大者千余斤。鮪形似鱣而青黑，頭小而尖，似鐵兜鍪，口亦在頷下。其甲可摩薑。大者七八尺。益州人謂之鱣鮪。大者爲王鮪，小者爲鮇鮪，一名鮥。肉白，味不如鱣。今東萊、遼東人謂之尉魚，亦曰仲明。仲明者，樂浪尉也，溺海死，化爲此魚。」

【校記】

〔一〕題原闕，且無「補注」二字，據注文補。

庚寅增注第三十八卷

鍾山白蓮亭　憑杯　朱元晦楚詞注：「憑，滿也。楚人謂滿爲憑。」

次韻陳學士　蛙聲　王莽贊：「紫色蛙聲。」何得喪　井卦：「無喪無得，往來井井。」

寄友人　安得此身如草樹根株相守盡年華　杜詩：「游子無根株，茅齋付秋草。」〇齊人作晉公護母書：「禽獸草木，母子相依。吾有何罪，與汝分離！」根株，猶母子也。

登小茅峯　白雲坐處龍池杳明月歸時鶴馭空　朱長文詩：「白雲斷處見明月，黄葉落時聞擣衣。」公多用唐人句法。

次韻春日即事　和氣先薰草樹心　唐人詩：「佳氣常薰仗外峯。」丹白自分齊破蕾　言顔色雖不同，至其開則齊也。

答陳正叔　猘子　左氏：「國人逐猘狗。」一鳴　史記：「一鳴驚人。」

送崔左藏　風暖何曾毒草摇　崔岳謂劉曜：「四海脱有微風摇之者，卿則英雄之鬼矣。」

苦雨　水争高岸　運命論：「堆出於岸，流必湍之；行高於衆，人必非之。」争，猶湍云。

江上　祇裯　揚雄方言：「汗襦，江淮、南楚之間謂之襘；自關而西，或謂之祇裯。音止。裯，丁牢反，亦呼爲掩汗。」野水遥連草樹高　韓詩：「城缺連雲草樹荒。」

午枕　相乳亦相酬　韓退之兩鳥詩：「還當三千年，復起鳴相酬。」○退之又有「猫相乳」之説。

寄陳伯庸　仁義未饒軒冕貴　白樂天詩：「富貴與軒冕，又在外物外。」　英雄氣夜斗間　樂天詩：「夔卨定求才濟世，張雷應辨氣衝天。」

送王覃　兒女紛紛忽滿前　杜詩：「昔別君未婚，兒女忽成行。」

送王大卿　昆雲　昆雲，見陳師道宰烏程縣注。雲，言世浸遠，如雲之薄也。

獻刁學士〔一〕　國史又載：「行遣祠神會諸人，刁自祕閣校理、通判海州，與王洙、直柔、江休復同一指揮。」不知後山何所據而云爾耶？刁最以静退稱，安得有夜半之説？疑忌者所爲，後山不審，而遽筆之也。以此知小人毁害忠良，豈復問事之有無哉？余不忍刁之受誣，故爲一辨云。

【校記】

〔一〕題全作「藏春塢詩獻刁十四丈學士」。

王荆文公詩卷第三十九

律詩

蒙城清燕堂

九域圖志：「蒙城隸亳州，在州南百六十里。」

清燕新詩〔一〕得自蒙，行吟如到此堂中。吏無田甲當時氣，「韓安國坐法抵罪，蒙（師古曰：『蒙，梁國之縣也。』）獄吏田甲辱安國。安國曰：『死灰獨不復然乎？』曰：『然即溺之。』居無幾，漢使使者拜安國爲梁內史，起徒中二千石〔二〕。田甲亡。安國曰：『甲不就官，我滅而宗。』甲肉袒謝。安國笑曰：『公等足與治乎？』」民有莊周後世風。莊子，蒙人，名周。周嘗爲蒙漆園吏，與梁惠王、齊宣王同時。其言洋洋自恣以適己。庭下早知閑木索〔三〕，杜牧華清詩：「北扉閑木索，南面富循良。」坐間遥想御絲桐。呂氏春秋曰：「宓子賤治單父，彈琴，身不下堂而治。鄒忌曰：『若夫治國而弭人民，又何用乎絲桐之間？』」飄然一往何時得，俛仰塵沙欲作翁。

【校記】

〔一〕「詩」，龍舒本、宋本、叢刊本作「碑」。

〔二〕「二千石」，原作「二十石」，據漢書韓安國傳改。又，本傳「二千石」上有「爲」字。

〔三〕「木索」，龍舒本作「索木」。

次韻吴彦珍見寄二首〔一〕

君作新詩故起予，語八佾篇：「起予者，商也，始可與言詩已矣。」一吟聊復報雙魚。古詩：「客從遠方來，贈我雙鯉魚。呼童烹鯉魚，中有尺素書。」〇韓詩：「眼穿書訝雙魚斷。」杖藜高徑誰來往？杜詩：「相與成二老，來往亦風流。」散帙空堂自卷舒。謝靈運酬從弟詩：「散帙問所知。」〇韓詩：「簡編可卷舒。」樹外鳥啼催晚種，杜詩：「田家望望惜雨乾，布穀處處催春種。」花間人語趁朝墟。柳詩：「青蒻裹鹽歸峒客，綠荷包飯趁墟人。」春風處處堪携手，何事臨池苦學書？張芝臨池學草書，水盡黑。〇彦珍時爲撫州教授，學有右軍墨池。

【校記】

〔一〕龍舒本卷五十三題爲「次韻酬吴彦珍見寄時彦珍爲教授學有王右軍墨池二首」。宋本、叢刊本題下注：「時彦珍爲教授，

學有右軍墨池。」

其二

篁竹荒茅五畝餘，漢嚴助傳：「篁竹之中。」師古曰：「竹田曰篁。」○荒茅篁竹，見重游草堂次韻注。生涯山蕨與泉魚。退之詩：「採蕨於山，緡魚於泉。」家貧殖貨羞端木，先進篇：「賜不受命而貨殖焉。」言不如安貧而樂道也。鄉里傳書比仲舒。〔一〕仲舒下帷講誦，弟子傳以久次相授業。「傳書」，或指此。○「里」字恐誤，不則「貧」字錯。白日憶君聊望遠〔二〕，青林嗟我似逃虛。莊子：「逃虛空者，聞足音而喜。」春風渺渺烏塘尾，謾〔三〕得東來一紙書。李義山詩：「嵩雲秦樹久離居，雙鯉迢迢一紙書。」

補注　家貧　貧，恐是「資」字。〔四〕

【校記】

〔一〕宮內廳本注曰：「『家貧』或是『家資』。不然，則『里』字恐誤。」

〔二〕「望遠」，龍舒本、宋本、叢刊本作「遠望」。

〔三〕「謾」，宋本、叢刊本作「漫」。

〔四〕本注原闌入詩注末，無「補注」二字。

自金陵至〔一〕丹陽道中有感

數百年來王氣消，温庭筠過吳景帝陵詩：「王氣消來水淼茫。」難將往〔二〕事問漁樵。苑〔三〕方秦地皆蕪没，山借揚州更寂寥。李白詩：「苑方秦地少，山比洛陽多。古殿吳花草，深宮晉綺羅。」○劉長卿詩：「金陵已蕪没，函谷復煙塵。」○戎昱詩：「山翠借厨煙。」荒埭暗鷄催月曉，空場老雉挾春驕。評曰：麗句而有悽愴之至，然猶屬有待，若「山借揚州」，則超遠不可及已。○建康圖經：「鷄鳴埭在青溪西，南潮溝上，過溝有埭，名鷄鳴。齊武帝早游鍾山射雉，至此，鷄始鳴。」○義山詩：「春場鋪艾帳，下馬雉媒驕。」○褚炫從宋明帝射雉。帝至日中無所得，甚猜羞，召問侍臣曰：「吾旦來如臯，遂空行，可笑。」坐者莫答。炫獨曰：「今節候雖適，而雲霧尚凝，故斯翬之禽，驕心未警，但得神駕猶豫，羣情便可載驩。」帝意解，乃於雉場置酒。○藝苑雌黄云：「予與鄉人翁行可同舟泝汴，因談及詩，行可云：『介甫善下字，如「空場老雉挾春驕」，下得「挾」字最好。「挾」即孟子「挾貴挾長」之「挾」。』予謂介甫又有『紫莧凌風怯，蒼苔挾雨驕』，陳無己有『寒氣挾霜侵敗絮，賓鴻將子度微明』，其用『挾』字亦與前一聯同。」豪華只有諸陵在，往往黄金出市朝。言陵墓遭發，金玉出於人間。

【校記】

〔一〕「至」，宋本、叢刊本作「如」。

〔二〕「往」，宋本、叢刊本作「前」。

〔三〕「苑」，龍舒本作「花」。

初去臨川〔一〕

東浮溪水渡長林〔二〕，一作「馬頭西去百霑襟」。○撫州金峯有公題字云：「皇祐庚寅，自臨川如錢塘，過宿此。嘉祐戊辰，自番陽歸臨川，再宿金峯。詩云：『十年再宿金峯下，身世飄然豈自知？山谷有靈還笑我，紛紛南北欲何爲？』此詩非庚寅歲作，即戊辰年也，集中無此詩。」上坂回頭一拊心。一作「一望親庭更苦心」。據此詩，公母夫人尚留臨川，故下有「養志」之句。已覺省煩非仲叔，後漢閔貢字仲叔，太原人，世稱節士，雖周黨之潔清，自以弗及也。黨見其食菽飲水，遺以生蒜，受而不食。黨與仲叔同郡，亦貞士也。見逸人傳。皇甫謐高士傳曰：「黨見仲叔食無菜，遺之生蒜。仲叔曰：『我欲省煩耳，今更作煩邪？』受而不食。」不安能養志似曾參。孟子離婁上：「若曾子，則可謂養志也。事親若曾子者，可也。」憂傷遇事紛紛出，疾病乘虛亹亹侵。謝安弱冠詣王濛，濛子脩曰：「向客何如大人？」濛曰：「此客亹亹，爲來逼人。」未有半分求自贖，恐填溝壑更霑襟。評曰：看他改末句，別是苦心。有如此末句，方覺上句一一愁絕。○一作「手把詩篇卧空屋，欲歌商頌不成音。」汲黯傳：「臣自以填溝壑，不復見陛下。不意陛下復收之。」詩言未有以報君親之恩，恐先朝露而悲耳。

【校記】

〔一〕龍舒本卷七十題「西去」。

〔二〕「東浮」句，龍舒本文字同注「一作」云云；下第二、七、八句亦同注「一作」云云。

讀史

自古功名亦苦辛，評曰：他來處便有說。行藏終欲付何人？評曰：上句謂無易事，下句舍我其誰。注者安知作者之意？○功名雖出於邂逅，然殫慮竭精而爲之者多矣。公自言行藏欲效古之何人。當時黯黮[一]猶承誤，末俗紛紜更亂真。韓集：「蓋覆黯黮，不以真情白露左右。」糟粕所傳非粹美，莊子外篇十四[二]：「輪扁告齊桓公：『古之人與其不可傳者死矣。然則君之所讀者，古人之糟粕耳。』」丹青難寫是精神。顧凱之傳：「每畫人成，或數年不點目睛。曰：『四體妍蚩，本無關於妙處。傳神寫照，正在阿堵中。』」區區豈盡高賢意，獨守千秋紙上塵。評曰：經事方知史之不足信，經事方知史之難爲言。吾嘗持此論，未見此詩，被公道盡。○劉歆責太常，云：「猶欲保殘守缺，挾恐見破之私意，而無從善服義之心。」○唐人詩：「向來奇特幾張帋，千古風流一窖塵。」

【校記】

[一]「黯黮」，龍舒本、宋本、叢刊本作「黮闇」。

[二]「十四」，應爲「十三」，以下引文出莊子天道第十三。

讀詔書「慶曆七年」。此四字，公自注。〔一〕

去秋東出汴河梁，已見中州旱勢強。慶曆七年八月，錢彦遠奏：「前歲地震，雄、霸、滄、登，旁及荆湖，幅員數千里。今復大旱，人心嗷嗷。」此詩言「去秋」，正彦遠輩論奏時，可見旱勢之盛。**日射地穿千里赤，**穿地者，盛言日色之熾。朝野僉載〔二〕：「春雨甲子，赤地千里。」**風吹沙度滿城黄。**杜詩：「明朝在沃野，苦見沙塵黄。」○齊己詩：「草滿孤城白，沙飜大漠黄。」**近聞急詔收羣策，**慶曆七年三月，詔曰：「自冬訖春，旱暵未已，五種不入，農失作業。朕惟災變之來，應不虚發。殆不敏不明，以干上帝之怒。咎自朕致，民實何辜？與其降疾於人，不若移灾於朕。自今中外臣僚，其指當世切務，實封條上。」上每命學士草詔，未嘗有所增損。至是楊察當筆，以爲未盡罪己之意，今〔三〕更爲此詔。**頗説新年又亢陽。**據降詔在三月，則此詩當在朝〔四〕時作也，故云「新年又亢陽」。按國史言，是時方閔雨，賈昌朝引漢災異策免三公故事，上表乞罷，與參政吴育皆去位，宰相陳執中等並降秩。然仁宗聖德，旋禱太一宮，雨即降，正却蓋不御時事也。**賤術縱工〔五〕難自獻，心憂天下獨君王。**公慶曆二年登第。皇祐三年召試館職，固辭。此詩猶在未作鄞縣〔六〕前。○韓詩：「致君豈無術？自獻良獨難。」杜恕奏疏魏明：「乞與羣臣議論政事，使人得自盡。今每有軍事，詔書常曰：『誰當憂此者耶？吾當自憂耳。』」○杜詩：「獨使至尊憂社稷，諸公何以答升平。」

【校記】

〔一〕龍舒本、宋本、叢刊本無「此四字，公自注」六字。

〔二〕「載」，原作誤作「言」。下「春雨甲子」，宫内廳本作「春甲子雨」。

〔三〕「令」，宮内廳本作「令」。
〔四〕「朝」，宮内廳本作「春」。
〔五〕「工」，原作「上」，據諸本改。
〔六〕「鄞縣」，原作「鄮縣」，據宮内廳本改。

每見王太丞邑事甚冗而剸劇之暇猶〔一〕能過訪山館兼出佳篇爲贈仰嘆才力因成小詩

我看繁訟頻搔首，君富才明見亦常。管輅傳：「天與我才明，不與我年壽。」尚有閑襟尋水石，王灣奉使登終南詩：「閑襟超以勝，向晚睨城邑。」更留佳句似「池塘」。「池塘生春草」，謝靈運句。松苗地合分高下，選詩：「鬱鬱澗底松，離離山上苗。」鳧鶴天教有短長。莊子駢拇篇：「鳧脛雖短，續之則憂；鶴脛雖長，斷之則悲。故性長非所斷，性短非所續，無所去憂也。」徐上青雲猶未晚，李白詩：「投竿也未遲。」可無音問及滄浪。漁父歌曰：「滄浪之水清兮，可以濯我纓；滄浪之水濁兮，可以濯我足。」

【校記】

〔一〕宋本、叢刊本無「猶」字。

王浮梁太丞之聽訟軒有水禽三巢於竹林之上恬而自得邑人作詩以美之因次元韻

九域志：「浮梁縣，屬饒州。」

水邊舟動多驚散，何事林間近絶疑。言水邊爲舟所驚，至此近人而馴。詩不言水禽，直叙其事，格致甚新。野意肯從賢〔一〕令至，舊巢猶有主人知〔二〕。公自注云：「見王太丞詩。」東坡手記：「野老言：『鳥雀去人太遠，則其子有蛇、鼠、狐狸、鴟鳶之患。人既不殺，則自近人者，欲以免此害也。由此觀之，異時鳥雀巢不敢近人者，以人爲甚於蛇鼠之類也。』」不關飲啄春江暖，莊子：「野雉五步一飲，十步一啄。」自在飛鳴夏日遲。杜詩：「自在嬌鶯恰恰啼。」覽德豈無丹穴鳳，賈誼傳：「鳳凰翔於千仞兮，覽德輝而下之。」○山海經：「丹穴之山，有鳥曰鳳。」到時應讓向南枝。

【校記】

〔一〕「賢」，龍舒本、宋本、叢刊本作「威」。

〔二〕龍舒本、宋本、叢刊本注云：「見王右丞詩」，無「公自注云」四字。

寄虞氏兄弟

一身兼抱百憂虞，忽忽如狂久廢書。疇昔心期俱喪勇，智勇俱喪。項羽傳：「咄嗟叱咤，千人俱廢。」此來腰疾更乘虛。久聞陽羡安家好，自度淵明與世踈。公詩又有「久聞陽羡溪山好，頗與淵明性分宜」之句。亦有未歸溝壑日，會應相近置田廬。

除夜寄舍弟

一樽聊有天涯憶，百感翻然醉裏眠。酒醒燈前猶是客，夢回江北已經年。唐李頎詩：「蒙茸花向月，潦倒客經年。」方干詩：「寒燈短燼方燒蠟，畫角殘聲已報春。明日便爲經歲客，昨朝猶是少年人。」觀公此作，則覺干語爲繁矣。佳時流落真堪惜〔一〕，一作「何得」。勝事蹉跎只可憐。惟有到家寒食在，春風同〔二〕泛潁溪船。

【校記】

〔一〕「堪惜」，龍舒本、宋本、叢刊本作「何得」。

〔二〕「同」，龍舒本、宋本、叢刊本作「因」。

答熊本推官金陵寄酒

本即伯通，見上注。傳止載其爲撫州判官。

鬱金香是蘭陵酒，枉入詩人賦詠來。李白詩：「蘭陵美酒鬱金香，玉椀盛來琥珀光。」庭下北風吹急雪，杜詩：「急雪舞迴風。」間坐〔一〕南客送寒醅。淵明未得歸三徑〔二〕，叔夜猶同把一杯。吟罷想君醒醉處，鍾山相向白崔嵬。退之詩：「負雪崔嵬插花裏。」○此詩必作於在朝之日，因得金陵酒而懷舊居。

【校記】

〔一〕「間坐」，宋本、叢刊本、宮内廳本作「坐間」。

〔二〕宋本、叢刊本「三徑」下有注：「金陵有舊廬。」

和錢學士喜雪

手把詩翁憶雪詩，坐愁窮海瘴煙霏。退之詩：「出入高下窮煙霏。」誰令天上蒼茫合，蒼茫，謂雲。忽作〔一〕一作「見」。空中散漫飛。閶闔與風生氣勢，許慎説文：「閶闔，天門也。」又春秋考異郵曰：「四十五日，閶闔風至。閶闔者，咸收養也。」注：「秋分之候也。」「四十五日，廣莫風至。廣莫者，精大滿也。」注：「冬至之候也。」爾雅亦有。常娥〔二〕交月借光輝。山鴉瑟縮相依立，韓詩：「啄雪寒鴉趁始飛。」瑟縮，凍貌也。邑犬跳梁未肯歸。柳宗元答韋中立書：「僕來南二年，冬幸大雪，數州之犬，皆倉黄吠噬狂走者累日，至無雪乃已。」點綴丘園榮樹木，埋藏溝塹亂封圻。畢命：「申畫郊圻，謹固封守。」樂天雪詩：「何處更能分道路，此時兼不認池臺。」高歌業已傳都市，借用陽春白雪歌及子猷訪戴事，並見別注。逸興何當叩隱扉。頗欲携尊邀使騎，唐王元寶掃雪迎賓，爲宴樂之會。幾忘温席薦親闈。晉西河人王延事親色養，夏則扇枕席，冬則以身温被。公今早晚班春去，強勸澇田補歲饑。據説文，澇有平、去兩聲。又云：「水名，出扶風鄠縣，北入渭。」今公所指，必謂旱澇之澇。魏志：「鄭渾遷沛郡太守，郡界下濕，患水澇，百姓饑乏。渾興陂堨，開稻田，人皆以爲不便。渾曰：『地勢污下，宜灌溉，終有爲稻之利。』遂躬率吏民興立。比年大收，民賴其利。」

補注　邑犬　楚詞：「邑犬羣吠，吠所怪也。」〔三〕

【校記】

〔一〕「作」，龍舒本、宋本、叢刊本作「見」。

〔二〕「常娥」，宋本、叢刊本作「姮娥」，宮内廳本作「嫦娥」。

〔三〕本注原闌入題下，無「補注」二字。

送江寧彭給事赴闕

彭思永自右諫議大夫知瀛州，以病請便郡，徙知江寧府。召爲御史中丞，論斥濮議最力。公時在江寧，作此詩送之。

西江望士衆長兼，卓犖傳家在一男。思永本京兆人，其先徙廬陵，故云「西江望士」。壯志異時開史牒，妙齡終日對書龕。桂堂發策收科選，櫻苑頒詩預宴酣。晉郤詵傳：「武帝於東堂問詵云云，『猶桂林之一枝，崐山之片玉。』」○仁宗賜進士詩：「仙籍下〔一〕標崐玉貴，宴杯猶及苑櫻期。」○拾遺録：「漢明帝於月夜燕，賜羣臣櫻桃，盛以赤瑛盤。羣臣視之，月下，以爲空盤。」又，唐書：「文宗即位，因内園進櫻桃，以奉三宮、太后。」又，景龍文館記：「上與侍臣於樹下摘櫻桃，恣其食，末後大陳宴席，奏宮樂。至暝，人賜朱櫻兩籠。」太〔二〕邑援琴聊試可，襄公三十二年：「子産曰：『大官太邑，身之所芘也。』」援琴，宓子賤事。尚書堯典曰：「試可乃已。」小州懷綬果才堪。「懷綬」字，借用朱買臣之事。彭常〔三〕爲南海、分寧二邑，又守潮州、常州，皆有政績。分臺拜職榮先入，抗疏辭恩耻横覃。思永自常州召入爲侍御史。皇祐中，將祀明堂，有傳赦語：「百官皆遷官。」思永上疏，力止濫恩，故云。勁操比松寒不撓，論語：「歲寒，然後知松柏之後彫。」忠言如藥苦非甘。張良傳：「且忠言逆耳利於行，毒藥苦口利於病。」詩：「誰謂荼苦？其甘

如薺。」龍鱗直爲當官觸，龍鱗，見次韻鄧子儀注。虎穴寧闚射利探。吳呂蒙年十五六，竊隨姊夫鄧當擊賊。當大驚，呵叱不能止。歸告蒙母，母欲罰之，蒙曰：「貧賤那可居？脱誤有功，富貴可致。且不探虎穴，安得虎子？」母哀而許之。朱轂獸頭終協夢，揚雄解嘲：「子徒欲朱丹其轂。」晉鄧攸父殷爲淮南太守，夢行水邊，見一女子，猛獸自其後斷其鞶帶囊。占者以爲：「水邊有女，汝字也；斷鞶囊者，新獸頭代故獸頭也。不作汝陰，當作汝南也。」果遷汝陰太守。粉闈鷄舌更須含。評曰：非佳語。○通典：「尚書省中，皆以胡粉圖畫古賢烈士。」漢制，尚書郎含鷄舌香奏事。思永罷御史，以司封外郎知宣州，故有「獸頭」、「鷄舌」之句。均輸北轉荆門鷁，勸課西臨蜀市蠶。司馬相如傳：「浮文鷁。」韓詩：「瀟碧遠輸委。」思永自宣擢湖北轉運使，故云「荆門鷁」。思永任益州路轉運使，成都闕守，領守事，故云「勸課西臨蜀市蠶」。蜀之先有蠶叢帝。又，高辛時，蜀有蠶女，不知姓氏。父爲人所掠，唯聽乘馬在。女念父不食，其母因誓於衆曰：「有得父還者，以此女嫁之。」馬聞其言，驚躍振迅，絶其拘絆而去。數日，父乃乘馬而歸。自此，馬嘶鳴不肯齕。母以誓衆之言告父，父曰：「誓於人，不誓於馬，安有人而偶非類乎？能脱我於難，功亦大矣。所誓之言，不可行也。」馬愈跑。父怒，射殺之，曝其皮於庭，皮蹶然而起，卷女飛去。旬日，皮復栖於桑上，女化爲蠶，食桑葉，吐絲成繭，以衣被於人間。一日，蠶女乘流雲，駕此馬，侍衛數千人，謂父母曰：「太上以我身心不忘義，授以九宮仙嬪矣，無復憶念也。」今冢在什邡、綿竹、德陽三縣界。每歲祈蠶者，四方雲集。蜀之風俗，諸宮觀畫塑女像，披馬皮，謂之「馬頭娘」，以祈蠶焉。稽聖賦曰：「爰有女人，感彼死馬。化爲蠶蟲，衣被天下。」是也。期信有兒迎郭伋，郭伋再爲并州牧，行部到西河美稷，有兒童數百，各騎竹馬，道左迎拜，問伋何日當還。伋令從事計日告之。既還，先期一日。伋爲違信於諸兒，遂止於野亭。須期，乃入。食貧無地乞羊曇。謝安棊負，以墅乞羊曇。此言公清貧，無地可乞人也。「乞」，當作「气」，音氣，與人物也。橐垂鈴棧駝鳴圌，退之征蜀聯句：「推肥牛呼牟，載實駝鳴圌。」音乙轄反。廣韻十五轄有圌字，注：「駱駝鳴也。」節擁棠郊虎視耽。易頤卦：「虎視耽耽，其欲逐逐。」注：「虎下視貌。」歸見廣墀瞻斧藻，對揚初服改朱藍。文選江淹雜體詩序：「譬猶藍朱成采，錯雜之變無窮。」斧藻，謂天子之服。東坡雪詩：「如誇剪刻工，故上朱藍袂。」進班華省財方阜，自益州入爲兵部郎中、三司户部副使，故云

「財方阜」。出按窮邊虜稍戢。旋擢天章閣待制、陜西都轉運使，故云「按窮邊」。帝命賈琮當冀北，靈帝時，詔書沙汰二千石，更選清能吏，乃以琮爲冀州刺史，命御者褰赤帷裳，百城震悚。公自陜西起漕，改知瀛州，故云「當冀北」。民歌姬奭次周南。召公，姬姓，名奭。周南，詩什名。「次周南」者，指召南也。如甘棠、行露等章，皆民歌詠召公之詩也。投壺饗客魚無乙，祭遵傳：「遵爲將軍，取士皆用儒術，對酒設樂，必雅歌投壺。」禮記內則：「魚去乙。」注：「乙，魚體中害人者名也。東海鰫魚有骨，名乙，在目傍，狀如篆乙，食之鯁人不可出。」爾雅曰：「魚枕謂之丁，魚腸謂之乙，魚尾謂之丙。」注云：「此皆似篆書字，因以名焉。」韋莊：「豈慮其烹魚去乙，或致傷鱗。」傳言公仕既顯，自奉養不改其常。伐鼓蒐兵馬有驒。詩：「駉駉牡馬，在坰之野。有駰有騢，有驒有魚。」○小雅采芑：「征人伐鼓，陳師鞠旅。」注：「伐，擊也。」○隱公五年：「臧僖伯曰：『春蒐夏苗，秋獮冬狩。』」注：「蒐，索。擇取不孕者曰狩。」鯨鬣掀紅旗杳杳，崔豹古今注曰：「鯨，海魚也。大者長數千里，小者數千尺。鼓浪成雷，濆沫成雨。水族驚畏之，皆逃匿莫敢當。其雌曰鯢，大者亦長千里，眼睛爲明月珠。鬣，魚脊上鰭也。」嶺表録異曰：「海鰌魚，即海上最偉者也，其小者亦千餘尺。每歲，廣州嘗發艑舡過南安貿易，路經海心深闊處，忽見十餘山忽出忽沒。篙工曰：『非山島，海鰌魚背也。』目閃，鬐鬣若簸朱旗，日中忽雨霡霂。舟子曰：『此鰌魚噴氣，水散於空，風勢吹來若雨耳。』漸近，魚即鼓舡而噪，倏尔而沒。」金樓子曰：「鯨鯢，一名海鰌，穴居海底。鯨入穴則水溢爲潮。鯨既出入有節，故潮水有期。」虬髯吒黑纛髿髿。白詩：「槍森赤豹尾，纛吒黑龍髯。」威加諸部風霜肅，惠浸連營雨露涵。大斗時時能劇飲，詩行韋：「酌以大斗，以祈黃耇。」大斗，酒器也。輕裘往往秖清談。輕裘，見賦擬峴臺〔四〕注。乾龍已應天飛五，乾龍、天飛，謂英廟初御極也。乾：「九五，飛龍在天。」晉馬徐觀晝接三。「晉：康侯用錫馬蕃庶，晝日三接。」謂彭自江寧入覲。道在君臣方自合，德侔卿長亦誰慚？陳寔事，見陳師道宰烏程注。便蕃肯較平生寵，放曠皆〔五〕知雅性妉。傳言：「公清謹長者，尤長於吏事。與人居，雖終歲，不見其喜怒之變。公入爲御史，出爲帥守、大漕，又入爲中司，晚以户侍致仕。平生榮寵，亦便蕃矣。」委

佩去辭廷殖殖，詩斯干：「殖殖其廷，有覺其楹。」注：「殖殖，言平正也。」揚舲〔六〕來得府潭潭。韓詩：「潭潭府中居。」一尊客語〔七〕從容盡，千里人情委曲諳。豈但縉紳稱召杜，前漢召信臣遷南陽太守，吏民親愛，號曰「召父」。後漢杜詩守南陽，政治清平，時人方於信臣，故南陽爲之語曰：「前有召父，後有杜母。」故多扶杖祝彭聃。賈山至言曰：「山東吏布詔令，民雖老羸癃疾，願扶杖而往聽之。」彭祖姓籛名鏗。老聃姓李名耳，即老子。二人皆古之高年者也。言思永所至有惠愛，民比之召、杜，而祝其年，使如彭、聃耳。幕中俊乂閑刀筆，「幕中俊乂」，言思永幕客也。「閑刀筆」，亦幕府省文書之義。韓退之言箴云：「幕中之辯人，反以汝爲叛。」帳下驍雄冷劍鐔。周苛傳：「苛爲客。」張晏注曰：「爲帳下賓客也。」「帳下驍雄」，言部曲也。三國時，將兵將軍有帳下督。劍鐔，劍口也。莊子説劍：「天子之劍，以晉、魏爲脊，周、宋爲鐔。」注：「音淫，又徒南反，謂劍鐔也。」楚地怪須留汲黯，蕭規疑欲付曹參。汲黯傳：「會更立五銖錢，民多盜鑄錢者，楚地尤甚。上以爲淮陽，楚地之郊也，召黯爲淮陽太守。」揚子雲解嘲：「蕭規曹隨。」從來貴勢公何慕？自是賢名上所貪。周武帝嘗令楊素草詔，下筆立成。帝嘉之曰：「善自勉，勿憂不富貴。」素應聲曰：「但恐富貴來逼臣，臣無心圖富貴。」〔八〕未信逸身今以老，且當憂國每如惔。莊子：「佚我以老。」詩：「憂心如惔。」論心邂逅膠投漆，謝承後漢書曰：「雷義與陳重爲交，鄉人爲之語曰：『膠漆自爲堅，不如雷與陳。』」「膠投漆」，以喻其固。搔首低回雪滿簪。「雪滿簪」，言髮白如雪。鎮撫未驚移歲月，追攀曾許賞煙嵐。餘歡遽隔新亭餞，宿惠難忘舊館驂。王導傳有燕新亭事，但改「燕」爲「餞」爲是，送彭也。禮記檀弓：「孔子之衛，遇舊館人之喪，入而哭之，哀。出，使子貢脱〔九〕驂而賻之。」卷曲尚誰知散櫟，莊子逍遥游：「吾有大樹，人謂之樗。其大本擁腫而不中繩墨，其小枝卷曲而不中規矩。」又人間世：「匠石之齊，至乎曲轅，見櫟社樹，其大蔽牛。觀者如市，匠伯不顧。弟子曰：『自吾執斧斤以隨夫子，未嘗見材如此其美也。先生不肯視，何耶？』曰：『已矣，勿言之矣。散木也，是不材之木也，無所可用。』」崢嶸

空此詠枯楠。杜詩：「楩〔一〇〕楠枯崢嶸，鄉黨皆不記。」又云：「空餘棟樑具，無復霄漢志。」評曰：公詩律甚嚴，得意亦少，及其拙也，有書生詞賦之氣。

【校記】

〔一〕「下」，宮內廳本作「乍」。

〔二〕「太」，諸本均作「大」。

〔三〕「常」，宮內廳本作「嘗」。

〔四〕「賦擬峴臺」，即本書卷三十五爲裴使君賦擬峴臺。

〔五〕「皆」，宮內廳本作「惟」。

〔六〕「舲」，龍舒本作「⿰舟㐱」。

〔七〕「語」，宮內廳本作「路」。

〔八〕宮內廳本注曰：「『公何慕』，政用此意。」

〔九〕「脱」，宮內廳本作「説」。

〔一〇〕「楩」，原作「梗」，據杜工部草堂詩箋枯柟、宮內廳本改。

補注

和喜雪〔一〕 温席 淵明作黄香傳：「事親，暑則扇床枕，寒則以身温席。」 澇田 又五代史四夷傳于闐：「每歲秋水涸，國王澇玉〔三〕于河，然後國人得澇玉。」澇田亦如澇玉，泄其水，乾之，以種稻也。」

送彭給事 衆長兼者，兼衆人之長也，若云多能。然思永父不著，此必稱思永有子，而一不爲少；如其庸下，多亦奚爲？ 朱藍 隋李德林霸朝集序云：「朱藍所染，素絲改色。」 放曠 放曠云者，言賢者終樂閑

静，不與時競，自其天性也。

【校記】

〔一〕詩題全作「和錢學士喜雪」。
〔二〕「澇玉」，新五代史四夷附録第三作「撈玉」，下同。

庚寅增注第三十九卷

道中有感〔一〕

空場老雉　齊東昏侯治射雉場，在縣東北三十里。　豪華只有諸陵在往往黃金出市朝　廣記：「漢武帝塚先有玉箱、瑶杖各一，是西胡渠王所獻，帝平素嘗玩之。後有人於扶風郿市買得一物，帝左右識而認之，説賣者形狀，乃帝也。」據此，則古帝王陵冢金玉之出，不必盡由盜賊發之，固有自出者。然余切疑廣記誕妄不可信，安有雄材大略鞭笞四夷之主，死而自賣玉杖乎？其説荒唐，瀆慢甚矣。○杜詩：「昨日玉魚埋葬地，早時金椀出人間。」

讀史

公嘗謂：「歐陽永叔作五代史。時馮道最佳，有機謀，善避難密，能安主存身，可謂吉士。永叔貶人，甚無謂也。作史難，須博學多聞，又須識足以斷真僞是非乃可。蓋事在目前，是非尚不定，而況名迹去古人已遠，旋策度之，焉能一一當其實哉！」反覆此段，與詩意略合，且標題不指名，而泛謂之「讀史」，豈公故欲隱其義，爲永叔諱耶？　粹美　韓詩：「純粹古已亡。」

見王太丞

徐上青雲猶未晚　白樂天詩：「青雲上了無多路，却要徐驅穩著鞭。」○李白詩：「投竿也未遲。」

除夜寄舍弟〔二〕

勝事蹉跎　言仕落落，徒失歲時游覽之適。

答熊本推官

鬱金香　梁元帝詩：「香浮鬱金酒，煙繞鳳凰樽。」

送彭給事赴闕

櫻苑頒詩預宴酣　按：廣記：「唐時進士尤重櫻桃宴。乾符四年，劉鄴第二子覃及第，時鄴以故相鎮淮南，敕邸吏日以銀一鋌資醵罰。而覃所費往往數倍。邸吏

以聞，鄴命取足而已。會時及薦新，狀元已下，方議醵率。覃潛遣人厚以金帛預購數十樹矣。於是獨置是宴，大會公卿。時京國櫻桃初出，雖貴未適口，而覃山積鋪席，復和以糖酪者，至參御輩，靡不霑足。」〔三〕據詩先及科選，下及櫻苑，疑用此事也。

才堪 韋蘇州送章八元擢第詩：「決勝文場戰已酣，行膺辟命復才堪。」

抗疏辭恩恥橫覃 温公雜記：「皇祐二年，有詔季秋祀明堂。外議皆云『將有覃恩』，侍御史彭思永上言：『內侍省都知王守中欲求節度使，張堯佐欲求使相，故建此議。今庶官冗濫，國用不足，不宜如此。』上怒甚，謂執政：『思永何從得此語？』欲令分析，執政對以：『御史許風聞言事，雖不得實，不可罪也。』乃止。蓋思永言適中二人之機，故上怒也。」〔四〕終有覃恩，然二人殊命亦寢。守中但以兩使留後，給節度使俸而已。王樂道云。

荊門鷁 杜詩：「欲辭巴徼啼鶯合，遠下荊門去鷁催。」

【校記】

〔一〕詩題全作「金陵至丹阳道中有感」。

〔二〕以下三首詩注，原誤置於庚寅增注第十四卷卷末，現移入本卷末。

〔三〕四庫全書本太平廣記卷一八三劉鄴條注出摭言，却無此內容，而具載唐摭言卷三。「醵罰」，原作「劇罰」，據唐摭言改。「醵率」，原缺，據唐摭言補。

〔四〕以下注文，原闌入本書卷四十補注後，實爲卷三十九送江寧彭給事赴闕補注，故移至此。

王荆文公詩卷第四十

律詩

聊行〔一〕

聊行弄芳草，獨坐隱團蒲。問客茅簷日，君家有此無？

評曰：其淡蕩自足，古人所未到，幾於道矣。○列子楊朱篇：「宋國田夫東作曝日，顧謂其妻曰：『負日之暄，人莫知者，以獻吾君，將有重賞。』」○歐公文：「凉竹簟之暑風，曝芽簷之朝日。」

【校記】

〔一〕此詩爲龍舒本卷七十五絶句九首之第二首。

染雲〔一〕

染雲爲柳葉，剪水作梨花。不是春風巧，何緣有歲華？

評曰：初看鄭重，熟味自然。〇陸暢雪詩：「仙人寧底巧？剪水作花飛。」

【校記】

〔一〕此詩爲龍舒本卷七十五絶句九首之第六首。

溝港〔一〕

溝港重重柳，山坡處處梅。小輿穿麥過，狹徑礙桑回。

評曰：此望花隨柳，更極風流。〇李白詩：「碧草已滿地，柳與梅争春。」唐人多以梅、柳對言。公詩舉此，殆不止一聯也。「小輿」、「狹徑」，曲盡農圃閑適之趣。

【校記】

〔一〕此詩爲龍舒本卷七十五絶句九首之第七首。

霹靂溝

霹靂溝西路，柴荆四五家。建康志：「霹靂溝，在城西五里。」憶曾騎欵段，隨意入桃花。評曰：妙！此其暗用崔護，變化泠然。○建康續志云：「蔣山寶公塔西北，有宋興寺基。基之左，有桃花塢，桃花甚盛，今不復存。」○李白詩：「石門流水遍桃花，我亦曾到秦人家。」○杜詩：「隨意數花鬚。」又：「舡人近相報，但恐失桃花。」

午睡

簷日陰陰轉，牀風細細吹。倏然殘午夢，何許一黄鸝。蘇子美詩：「樹陰滿地日卓午，夢覺流鸎時一聲。」

題齊安壁[一]

日净山如染，風暄草欲薰。韓詩：「暄風暖景明年日。」○許渾廣中詩：「未臘梅花實，終冬草自薰。」○別賦：「閨中風暖，陌上草薰。」梅殘數點雪，麥漲一溪雲。曹松詩：「林殘數枝月，髮冷一梳風。」公句法類此。

【校記】

〔一〕「壁」，宮内廳本作「驛」。

昭文齋

公自注云：「米黻題余定林所居，因作。」〔一〕

我自山中〔二〕客，何緣有此名？當緣琴不鼓，人見有〔三〕虧成。評曰：雖出米意，引莊語近戲，竟似淺淺。〇蔣山有定林菴，公嘗讀書於此。米元章榜曰「昭文齋」。李伯時寫公真於壁，楊次公爲之贊。〇莊子齊物論：「有成與虧，故昭氏之鼓琴也；無成與虧，故昭氏之不鼓琴也。」齋名亦取公嘗爲首相之意。

【校記】

〔一〕龍舒本、宋本、叢刊本無「公自注云」四字。宮内廳本「黻」作「芾」。

〔二〕「山中」，宋本、叢刊本作「中山」。

〔三〕「見有」，龍舒本、宋本、叢刊本作「不見」。

臺上示吳愿

細書妨老讀，後漢循吏傳：「細書成文。」○唐人詩有「大書文字隄防老」之句。長簟愜〔一〕昏眠。韓詩：「抵暮但昏眠。」取簟且一息，抛書還少年。評曰：不惟弗意體製往來，好其頓挫恨惋，蕭然晚悟。十字奇絕。

【校記】

〔一〕「愜」，宋本、龍舒本作「怯」。

示道原

久不在城市，少留心悵然。白詩：「見君五老峯，益悔居城市。」幽芳可攬結，佇子飲雲泉。「攬結」字，見招約之職方注。○唐人詩：「別有野麋人不識，一生長飲白雲泉。」

傳神自讚〔一〕

此物非他物，今吾即故吾。今吾如可狀，此物若爲摹。評曰：是公透徹，豈比野狐哉？傳神自讚，第一句如此，妙妙妙！〇莊子田子方篇：「彼已盡矣，而汝求之以爲有，是求馬於唐肆也。吾服，汝也甚忘；汝服，吾也亦甚忘。雖然，汝奚患焉？雖忘乎故吾，吾有不忘者存。」注：「不忘者存，謂繼之以日新也，雖忘故吾，而新吾已至。夫始非吾，吾何患焉？故能離俗絶塵，而與物無不冥也。」

【校記】

〔一〕此詩爲龍舒本卷六十七真讚二首之第二首。

題何氏宅園亭

荷葉參差卷，榴花次第開。杜牧詩：「舊事參差夢，新程迤邐秋。」亦此句法。但令心有賞，歲月任渠催。

草堂一山主〔一〕

一公持一鉢，想復度遥岑。傳燈録：「曾將一鉢度娑婆。」又：「僧那禪師唯一衣一鉢，一坐一食，奉頭陀行。」地瘦無黄獨〔二〕，一作「犢」，黄精也。○杜詩：「黄獨無苗山雪盛。」春來草更深。

【校記】

〔一〕「山主」，宋本、叢刊本作「上人」。

〔二〕「獨」，龍舒本、宋本、叢刊本作「犢」。

題黄司理園

爲憶去年梅，元微之詩：「馬上同携今日杯，湖邊新折去年梅。」凌寒特地來。閏前空臘盡，渾未有花開。杜詩：「梅蘂臘前破，梅花年後多。」

溽　亭〔一〕

西崦水泠泠，沿岡有溽亭。自從春草長，遥見秖青青。溽亭，見古詩注。○韓詩：「草色遥看近却無。」

【校記】

〔一〕宋本、叢刊本題作「北山溽亭」。

題〔一〕永昭陵　仁宗陵。

神闕淡朝輝〔二〕，公作永昭陵齋文云：「歲陰逝矣，陵闕超然。」蒼蒼露未晞。龍車不可望，投老涕沾衣。永昭陵且表有云：「想龍駕於空衢，莫知所税；瞻烏耘於新壠，但有至懷。」亦公作也。

【校記】

〔一〕龍舒本卷七十六無「題」字。

〔二〕「淡」，宋本、叢刊本作「澹」。「輝」，龍舒本作「暉」。

詠　穀

可憐臺上穀，轉目已陰繁。不解詩人意，何爲樂彼園？鶴鳴詩：「樂彼之園，爰有樹檀。其下維穀。」注：「惡木也。」

池上看金沙花數枝過酴醿架盛開〔一〕高齋詩話：「公薦進一二寒士，位侍從，初無意於大用。公去位後，遂參政柄，因作此詩寄意。」

故作酴醿架，金沙秖漫〔二〕栽。似矜顔色好，飛度雪前開。評曰：詩意如有所指，生此話柄。○雪，謂酴醿。劉長卿詩：「自矜嬌艷色，不顧丹青人。」

【校記】

〔一〕此詩爲龍舒本卷七十七薔薇四首之第四首。

〔二〕「漫」，龍舒本、宋本、叢刊本作「謾」。

五柳

五柳柴桑宅，三楊白下亭。五柳，淵明事。三楊，見次韻酬龔深甫注。往來無一事，長得見青青。白傅詩：「遥憶青青江岸上，不知攀折是何人？」青青，謂柳與楊也。公自以其宅比陶廬。

移松皆死〔一〕

李白今何在？桃紅已索然。君看赤松子，猶自不長年。評曰：雖屬戲笑，使人別有所省。

【校記】

〔一〕龍舒本卷七十三題作「李白」；卷七十七題同，注「重」。

山中

隨月出山去，尋雲相伴歸。春晨花上露，芳氣著人衣。〔一〕李白詩：「暮從碧山下，山月隨人歸。却顧所來徑，蒼蒼横翠微。」〇王昌齡詩：「朝飲花上露，夜卧松下風。」〇王維詩：「澗芳襲人衣，山月映石壁。」〇謝靈運詩：「花上露猶炫。」離騷：「芳菲兮襲予。」

【校記】

〔一〕宫内廳本評曰：「朝暮如此，可見情事。」

送王補之行風忽作因題四句於舟中

淮口西風急，君行定幾時？故應今夜月，未使〔一〕照相思。戴叔倫詩：「未可動歸橈，前程風浪急。」〇李白詩：「吴洲如見月，千里幸相思。」〇杜牧詩：「只應明月見，千里兩相思。」

【校記】

〔一〕「使」，諸本均作「便」。

被召作〔一〕　一本「北山」。

榮禄嗟何及，明恩愧未酬。欲尋西掖路，更上北山頭。評曰：北山，陟屺之悵也。〇此詩意兼君親言之。鄭畋直禁苑詩：「氈來西掖路，還整上清槎。」

【校記】

〔一〕龍舒本此詩重出，卷六十四爲游鍾山四首之四，卷七十一題作北山。

再題南澗樓

北山雲漠漠，南澗水悠悠。建康志：「南澗樓，在城南八里。」南史：「何求除永嘉守，往南澗寺，不肯詣臺，乞於野外拜受。見許，忽一夜，乘小船逃歸吴。」去此非吾願，臨分更上樓。評曰：墳基〔一〕之感與前篇相屬，故曰「再題南澗」。〇令狐楚詩：「適楚豈吾願？思歸秋向深。」〇唐張喬詩：「一夜江潭風雨後，九華晴望倚天秋。重來此地知何日，欲別殷勤更上樓。」

【校記】

〔一〕「基」，宮內廳本作「墓」。

南　浦

南浦隨花去，迴舟路已迷。暗香無覓處，日落畫橋西。評曰：渠興未盡在。○杜詩：「桃花客若至，定似昔人迷。」○韓詩：「欲知花島處，水上覓紅雲。」

題定林壁懷李叔時

雲與淵明出，風隨禦寇還。陶淵明歸去來辭：「雲無心而出岫。」○列子御風而行，旬有五日而後反。燎爐無伏火，秋興賦：「燎薰爐兮炳明燭。」○江淹詩：「膏爐絕沈燎，綺席生浮埃。」蕙帳冷空山。北山移文：「蕙帳空兮夜鶴怨。」

離蔣山

出谷頻回首，逢人更斷腸。白公別草堂詩：「身出草堂心不出。」又詩：「眉低出鷲嶺，脚重下蛇崗。」亦公此意。桐鄉豈愛我，我自愛桐鄉。桐鄉，見上注。

江　上〔一〕

江水漾西風，江花脱晚紅。離情被横笛，吹過亂山東。謝希逸月賦：「洞庭始波，木葉微脱。」

【校記】

〔一〕此詩爲龍舒本卷七十一江上五首之第三首。

春雨

苦霧藏春色，愁霖病物華。幽奇〔一〕無可奈，強酧一杯霞。鮑昭鶴賦〔二〕：「嚴嚴苦霧，皎皎悲泉。」○選詩有「愁霖唱」「一杯霞」，言酒也。酒有流霞九醖。

【校記】

〔一〕「奇」，宫内廳本作「期」。

〔二〕「鮑昭鶴賦」，當作「鮑照舞鶴賦」，見文選。

歸鷰

或云，此乃鄭毅夫所作。

馬上逢歸鷰，知從何處來？貪尋舊巢去，不帶錦書回。杜子美詩：「北書不至鴈無情。」○文選江淹詩：「袖中有短書，願寄雙飛鷰。」○宋之問詩：「馬上逢寒食，塗中屬暮春。」○岑參詩：「馬上相逢無紙筆，憑君傳語報平安。」○顧况詩：「紫鷰西飛欲寄書。」○文昌雜録云：「世言燕子至秋社乃去，仲春復來。詩謂：『玄鳥，鳦也。春分玄鳥降。』昔年因京東開河岸崩，見蟄燕

無數。晉郄鑒爲兖州刺史，鎮鄒山。百姓饑饉，或掘野鼠、蟄燕而食之。乃知燕去亦蟄耳。驚蟄後，中氣乃出，非度海也。」苕溪漁隱曰：「余曩歲冬間於吴興山中營先壠，闢一小路，路傍有數巨石，其穴頗深。試令僕輩斸之，見鶯燕蟄於其間者甚衆，急掩之。因驗文昌之言爲是，而摭遺之説爲非也。」

和惠〔一〕思波上鷗

翩翩白鳧鷗，汎汎水中游。西來久不見，夢想在滄洲。晉樂志拂舞歌有白鳧鳩舞，疑詩「鳧」字誤，當作「浮」。不然，亦並言二鳥也。○杜詩：「相趂鳧鷗入蔣芽。」○屈原卜居章句：「將氾氾若水中之鳧兮，與波上下。」

【校記】

〔一〕「惠」，本書目録、臺北本目録作「慧」。

秣陵道中口占二首

經世才難就，田園路欲迷。謂故廬在臨川。慇懃將白髮，下馬照清溪。評曰：傾〔二〕倒自然。○杜牧詩：「弄溪終日到黄昏，照數

秋來白髮根。」○言經世無成，而失田園之樂也。

【校記】

〔一〕「傾」，原作「頃」，據宮内廳本改。

其二

歲熟田家樂，秋風客自悲。茫茫曲城路，歸馬日斜時。曲城，在秣陵。

次青陽

十載九華邊，九華山，在池州。歸期尚眇然。謂歸江西。秋風一乘傳，漢書高紀：「田横懼，乘傳詣洛陽。」如淳曰：「四馬高足爲置傳，四馬中足爲馳傳，四馬下足爲乘傳。」更覺負林泉。

代陳景初一作「元」。書於太一宫道院壁[一]

官身有吏責，觸事遇嫌猜。野性豈堪此，廬山歸去來。

評曰：殆借此道士雪屈。○景初，黄冠師也。據楊無爲集[二]云：「碧虚子陳景元泰初，入道爲右街録，賜號真靖，主中太一宫。屢請歸廬山，朝廷不從，大丞相舒公因真靖自言而題之云：『官身有吏責，觸事遇嫌猜。野性難堪此，廬山歸去來。』無爲子楊傑，蓋碧虚子之友也，聞而歎曰：『昔靖節先生賦歸去來以歸廬山之陽，且八百年矣。其辭未忘，罕有繼其聲者。今大丞相因子之言而及之，愛子之深也。夫靖節遠害於污俗，真靖引分於治朝，雖其去不同，而所歸則一。迺追靖節韻而歌歸去來以貽之，時亦自警云。歸去來兮，當太平之時胡不歸？寵難處而易辱，樂或過而生悲！田園蕪兮不耨，歲月流兮莫追。非彼焉而是是，是我指而非非。黼黻爛兮眩吾目，塵埃坌兮緇吾衣。不收視以返聽，將安望乎希微。胡爲乎疲足孤輪，與時競奔。行不愧乎夜漏，往取愧於晨門。余聞有其善者善喪，外其身者身存。享不俟乎牛鼎，酌不假乎象罇。内苟適其志願，外何靦乎面顔。一簞足以自養，一枝足以自安。居善行而無跡，門善閉而無關。動不離乎輜重，超燕處乎榮觀。河泝流兮九曲，丹伏煉兮七還。師不陳而坐勝，勇無取乎桓桓。歸去來兮，請從逍遥之游。委天與之定分，在道外以何求？有名教之真樂，絶世俗以忘憂。玩幾微於八索，鑒福極於九疇。齊物我而一致，汎忘心之虚舟。躡遺舄於子喬，接逸袂於浮丘。礪吾齒而漱石，清吾耳而枕流。投空谷而響應，憩長林而影休。幽鳥翔而後集，白雲去而復留。歲云暮以何之？叟擊壤以爲期。捨我田而營他，徒勞力於耘耔。胡不歌大丞相之詩，脱官身之吏責，廬山歸去夫何疑？』」

【校記】

[一] 龍舒本卷七十六題作「代陳景文書」。

〔二〕「楊無爲集」，宮内廳本作「無爲子集」。

山雞〔一〕

山雞照淥水，自愛一何愚！文采爲世用，適足累形軀。李白詩：「秋浦錦駝鳥，人間天上稀。山雞羞淥水，不敢照毛衣。」博物志：「山雞有美毛，自愛其色，終日映水，目眩則溺死。信乎其愚也。」

【校記】

〔一〕此詩爲龍舒本卷六十四金陵絶句四首之第四首。

雜詠四首〔一〕

故畦抛汝水，新壟寄鍾山。爲問揚州月，何時照我還？列子天瑞篇：「拾遺穟於故畦。」○杜詩：「霜中登故畦。」○撫州城下臨水、汝水合流。此公言去撫而居江寧也。楚公葬於江寧之牛首山，今言「揚州月」，則公意止在江寧，不復回首故畦矣。

【校記】

〔一〕此四首爲龍舒本卷七十五雜詠絶句十五首之第十一、十二、十三、十四首。

其二

已作湖陰客，如何更遠游？漳江〔一〕昨夜月，送我到揚州。韋應物詩：「嬋娟昨夜月，還向波中見。」○杜詩：「昨夜月同行。」○湖陰，在公金陵所居旁近。

【校記】

〔一〕「漳江」，龍舒本、宋本、叢刊本作「章江」。

其三

證聖南朝寺，證聖，在今行宫北。三年到百回。不知墻下路，今日幾荷開？杜牧詩：「三年得歸去，知邊幾千回？」○許敬宗詩：

「心逐南雲逝，形隨北鴈來。故鄉籬下菊，今日幾花開。」

其四

桃李白〔一〕一作「石」。城塢，餉田三月時。柴荊常自閉，花發少人知。韓詩：「馬蹄無入朱門迹，縱有春歸可得知。」

【校記】

〔一〕「白」，龍舒本、宋本、叢刊本作「石」。

臥聞

臥聞黄栗留，起見白符鳩。並見懷舒州山水呈昌叔注。坐引魚兒戲，行將鹿女游。韓詩：「惟有魚兒作隊行。」○杜詩：「細雨魚兒出。」○孟子：「舜居深山之中，與鹿豕游。」○唐人詩：「有時隨鹿上山行。」王維詩：「鳳王啣果獻，鹿女踏花行。」

秋興有感

宿雨清畿甸，朝陽麗帝城。杜詩：「朝日射芳甸。」選詩：「金波麗鳷鵲。」豐年人樂業，隴上踏歌聲。踏歌，見後元豐行注。〇劉禹錫竹枝詞：「聞郎江上踏歌行。」

題八功德水

欲尋阿練若，法華經第五卷：「假名阿練若，好出我等過。」曳屐出東岡。澗谷芳菲少，春風著野桑。

口占示禪師〔一〕

去歲別南嶽，前年返溈潭。南嶽屬衡州，溈潭屬洪州，皆大禪林。臨機一句子，今日遇同參。傳燈録：「僧問延昭：『如何是臨機一句？』師曰：『因風吹火，用力不多。』」慧勤語令遵曰：『吾老，倦於提誘，汝可往謁翠微，彼即吾同參也。』」〇藥山上堂云：「我有一句子，未曾說向人。」圓智師出云：「相隨來也。」僧問藥山：「一句子如何說？」藥山非言說。圓智師曰：「早言說了

也。」又，惟儼禪師亦有「一句子」公案。又，船子和尚嘗謂「同參道吾」云云。

【校記】

〔一〕宋本、叢刊本「占」下無「示禪師」三字。

偶　書〔一〕

一作「雄聃」。桓譚曰：「昔老聃著虛無之言兩篇，薄仁義，非禮學，然後世好之者尚以爲過於五經。自漢文、景之君及司馬遷皆有是言。今揚子之書，文義至深，而論不詭於聖人。若使遭遇時君，更閱賢知，爲所稱善，則必度越諸子矣。」據譚言如此，則公有「雄聃」之目固宜。

雄也營身足，聃兮誤汝多。捐書知聖已，絶學奈禽何？莊子山木篇：「翔徉而歸，絶學捐書。」揚子：「人而不學，雖無憂，如禽何？」捐書之弊，至於可以無學，故云「誤汝」也。

【校記】

〔一〕龍舒本卷七十三題作「雄聃」。

送陳景初〔一〕

時公在金陵持母喪。

舉族貧兼病，包佶詩：「惟有貧兼病，能令親愛疎。」煩君藥石功。長安何日到？一一問歸鴻。

【校記】

〔一〕宋本、叢刊本題作「送陳景初金陵持服舉族貧病煩君藥石之功」。龍舒本卷五十八題末比宋本、叢刊本多「小詩二首」四字，第一首同此詩，第二首即本書卷四十七送陳景初。

泊姚江〔一〕

軋軋櫓聲急，李涉詩：「櫓聲軋軋搖不前，看他撩亂張帆走。」蒼蒼江日低。吾行有定止，潮汐自東西。評曰：學韓沄沄。○初學記：「潮汐有朝夕之期。」詳見別注。張喬詩：「空門無去住，行客自東西。」

【校記】

〔二〕此詩爲龍舒本卷七十泊姚江二首之第二首。

樓上

蕩漾舟中客，徘徊樓上人。滄波浩無主，兩槳邈難親。

評曰：玉臺體，不能言已。○唐人詩：「亂山無主鷓鴣啼。」又：「無主杏花春自紅。」○「滄波」著一「浩」字，尤佳。○杜詩：「桃花一簇開無主。」

春晴

新春十日雨，雨晴門始開。静看蒼苔紋，莫上人衣來。

評曰：也極癡嫩。○常建詩：「藥院滋苔緑。」○雍陶詩：「錦文苔點點。」

净相寺

俗呼爲後籬寺。在江寧縣城西南六十里。唐天祐十八年建。〇國朝崇寧中改今額。

净相前朝寺，荒涼二十秋。錢起詩：「黄葉前朝寺，無僧前殿開。」曾遭減〔一〕劫壞，今遇勝緣修。維摩經：「若一劫，若減一劫，而供養之。」〇樂天重修香山寺詩：「曾隨減劫壞，今遇勝緣修。」減，音陷。

【校記】

〔一〕「減」，龍舒本、宋本、叢刊本作「滅」。

將母〔一〕

將母邗溝上，留家白紵陰。月明聞杜宇，南北揔關心。評曰：二十字，孤根宛然。〇邗溝在山陽縣，已見上注。白紵山在太平州。桓溫領妓游山，好爲白紵歌，故以名。陸龜蒙詩：「一心如瑞麥，唯作兩歧分。」

【校記】

〔一〕此詩爲龍舒本卷七十五雜詠絶句十五首之第十五首。

朱朝議移法雲蘭

幽蘭有佳氣，千載閟山阿。不出阿蘭若，豈遭乾闥婆。華嚴經：「阿蘭若，名菩提場。」今槩以名寺。乾闥婆，城名也。當是移蘭入城中，故云。

晚歸

岸迴重重柳，川低渺渺河。不愁南浦暗，歸伴有嫦娥〔一〕。韓偓詩：「兩兩珎禽渺渺溪。」○唐詩：「歸時不覺夜，出浦月隨人。」又：「不愁歸路晚，明月上前汀。」李白詩：「莫教明月去，留著醉嫦娥。」

【校記】

〔一〕「嫦娥」，龍舒本、宋本、叢刊本作「姮娥」。

題舫子

錢舜民詩：「鷗飛波蕩緑，牛卧草分青。」

愛此江邊好，留連至日斜。眠分黄犢草，坐占白鷗沙。杜詩：「軟沙攲坐穩，冷石醉眠醒。」〇嚴武詩：「懶眠沙草愛風湍。」〇苕溪漁隱曰：「盧綸山中絶句云：『陽坡草軟厚如織，因與鹿麛相伴眠。』介甫只用五字，道盡此兩句。如云『眠分黄犢草』，豈不簡而妙乎？」

惠〔一〕崇畫

斷取滄洲趣，移來六月天。道人三昧力，變化只和鉛。斷取，見純甫出惠崇畫注。〇杜詩：「聞君掃却赤縣圖，乘興遣畫滄洲趣。」〇韓詩：「文工妙畫各臻極，異境恍惚移於斯。」

【校記】

〔一〕「惠」，本書目録、臺北本目録作「慧」。

蒲葉

蒲葉清淺水，杏花和暖風。杜牧詩：「蘿洞清淺水，竹廊高下風。」公格律倣此。○李文饒詠蘭蓀詩：「葉抽清淺水。」○白詩：「因尋菖蒲水，漸入桃花巖。」○儲光羲詩：「蒲葉日已長，杏花日已滋。老農要看此，貴不違天時。」○韓致光詩：「橋下淺深水，竹間紅白花。」地偏緣底緑，隋薛道衡詩：「庭草無人隨意緑。」○杜詩：「無人碧草芳。」人老爲誰紅？劉夢得詩：「今日花前飲，甘心醉數杯。但愁花有語，不爲老人開。」

芳草

芳草知誰種，緣階已數叢。李白詩：「長短春草緑，緣階如有情。」又：「故交不過門，秋草日上階。」無心與時競，張九齡與林甫海燕詩：「無心與物競，鷹隼莫相猜。」何苦緑忽忽〔一〕？魯直詩：「黄鸝惟見緑忽忽。」

【校記】

〔一〕「忽忽」，龍舒本作「葱葱」。

與徐仲元自讀書臺上過〔一〕定林

按建康志，境内讀書臺凡四處：郭文舉書臺在冶城，梁昭明書臺在蔣山定林寺後北高峯上，董永讀書臺在溧水縣西四十里，蔡伯喈讀書臺亦在溧水縣太虚觀東北。以此觀之，則公所游者，必是昭明書臺，蓋去定林不遠耳。

横絶潺湲度〔二〕，河渠書：「河蕩蕩兮激潺湲。」深尋犖确行。退之詩：「山石犖确行徑微。」又：「搜尋得深行。」又：「炎潮度氛氳，熱石行犖确。」百年同逆旅，一壑我平生。莊子：「世人直爲物逆旅耳。」〇陶詩：「家如逆旅舍，我如當去客。」〇晉明問謝鯤：「論者以君方庾亮，自謂何如？」答曰：「端委廟堂，使百僚準則，臣不如亮；一丘一壑，自謂過之。」

【校記】

〔一〕「過」，本書目録、臺北本目録作「至」。龍舒本、宋本、叢刊本無「過」字。

〔二〕「度」，龍舒本作「渡」。

病中睡起折杏花數枝二首〔一〕

獨卧南牕榻，翛然五六旬。已聞鄰杏好，故挽一枝春。陸凱詩：「聊贈一枝春。」〇韓詩：「西鄰北郭古寺空，杏花兩株能白紅。」〇書無

逸：「或五六年。」

【校記】

〔一〕龍舒本卷六十五題作「庵中睡起二首」，卷七十七此首重出，題作「折花病中」。

其二

獨卧無心處〔一〕，一作「起」。春風閉寂寥。鳥聲誰喚汝，屋角故相撩。退之詩：「無心思嶺北，猿鳥莫相撩。」○山谷詩：「佳眠未知曉，屋角聞晴哢。」

【校記】

〔一〕「處」，宋本、叢刊本作「起」。

送望之赴臨江

黃雀有頭顱，長行萬里餘。想因君出守，暫得免包苴。評曰：送人作守，獨舉此細事，細事且然。○袁尚傳：「君頭顱方行萬里。」魯直亦

云：「頭顱雖復行萬里，猶和鹽梅傅説羹。」兩公詠黄雀，皆使袁尚事。〇成、湯六事，包苴行歟？

送丁廓秀才歸汝陽〔一〕

風駛〔二〕柳條乾，驄裘未勝寒。殷勤陌上日，爲客暖征鞍。評曰：可謂不傷。〇皎然詩：「春風潮水漫，正月柳條寒。」〇歐公詩：「春寒漠漠侵駝褐。」〇長卿詩：「獨憐南浦月，今夕送歸鞍。」

【校記】

〔一〕「陽」，宋本、叢刊本作「陰」。此詩爲龍舒本卷五十八送丁廓秀才三首之三。

〔二〕「駛」，龍舒本、宫内廳本作「駃」。

送王彦魯

北客憐同姓，南流感似人。詩：「豈無它人，不如我同姓。」莊子徐無鬼篇：「子不聞夫越之流人乎？去國數日，見其所知而喜；去國旬月，見所嘗見於國中者而喜；及期年也，見似人而

喜矣。不亦去人滋久，思人滋深乎？」相分豈相忘，臨路更情親。

送呂望之

池散田田碧，臺敷灼灼紅。古詩：「雖無田田葉，及爾泛漣漣。」○桃夭：「灼灼其華。」○沈約詩：「山中咸可悦，賞逐四時移。」○歐公云：「四時之景不同，而其樂亦無窮也。」東坡詩：「以彼無盡景，寓我有限年。」年華豈有盡，心賞亦無窮。

别方邵祕校

迢迢建業水，中有武昌魚。言魚可寄書也。古樂府：「呼兒烹魚，中有素書。」武昌魚，見吴志。别後應相憶，能忘數寄書？

梅　花

墻角數枝梅，凌寒獨自開。遥知不是雪，爲有暗香來。評曰：句意高絶。○戎昱梅花詩：「應緣近水花先發，疑是經春雪未消。」○古樂

府：「庭前一樹梅，寒多未覺開。秪言花似雪，不悟有香來。」〇介父略轉换耳，或偶同也。

紅梅

春半花纔發，多應不奈寒。北人初未識，渾作杏花看。梅宛陵詩：「驛使前時走馬回，北人初識越人梅。」〇西清詩話云：「紅梅，清艷兩絶，昔獨盛於姑蘇。晏元獻始移植西岡第中，特珍賞之。一日，貴游賂園吏，得一枝分接，由是都下有二本。公嘗與客飲花下，賦詩曰：『若更遲開三二月，北人應作杏花看。』客曰：『公詩固佳，待北俗何淺也？』公笑曰：『顧伧父安得不然？』一坐絶倒。王君玉聞盜花事，以詩遺公云：『館娃宫艾〔一〕舊精神，粉瘦瓊寒露蘂新。園吏無端偷折去，鳳城從此有雙身。』自爾名園争培，接遍都城矣。」苕溪漁隱曰：「介甫紅梅詩與元獻詩暗合，然介甫句意祖元獻爲工。」

【校記】

〔一〕「艾」，宫内廳本作「北」。

病起過寶覺

執手乍欣悵，霜毛應更新。依然舊童子，却想夢前身。善財童子入毗盧樓閣，見諸境界種種莊嚴，不可思議。彌勒告言：「如上所見，從

何處來？」善財曰：「從諸佛智惠中來，依諸佛智惠而住。無有去處，亦無住處。如夢如幻，不可思議。」爾時善財聞彈指聲，從三昧起。蓋善財末後證入法身，見前來參訪五十二人知識皆是夢境。以「執手」二字觀之，知爲善財不疑。善財初參德雲比丘，德雲執善財手云云。○楊巨源與劉評事過故證上人院詩：「堦雪陵春積，鍾煙向夕深。依然舊童子，相送出花陰。」○戎昱春日游僧院詩：「依然舊童子，相送出花林。」

書定林院窗〔一〕

公自注云：「問遠大師，師云：『夜來夢與説十波羅密〔二〕。』」

道人今輟講，卷衲寄松蘿。夢説波羅密，當如習氣何。淨土經：「各以衣裓盛衆妙花，供養他方千億佛。」○舍利佛問須菩提：「夢中説六波羅密，與覺時是同是別？」須菩提云：「此義幽深，吾不能説，汝往問彌勒。」

【校記】

〔一〕龍舒本卷六十三書定林院牕二首，第二首「又」同此詩。

〔二〕龍舒本、宋本、叢刊本無「公自注云」四字。「密」，宋本、叢刊本作「蜜」。下詩中「密」，諸本均作「蜜」。

題徐浩書法華經〔一〕

一切法無差，華嚴經第二十：「是以一法入一切法，以一切法入一法，而不壞其相者之所住處。」水牛生象牙。莫將無量義，欲覓妙蓮華。法華經云：「佛説大乘經，名無量義教菩薩法，佛所護念。説是經已，即於大衆中結跏趺坐，入於無量義處三昧。」

【校記】

〔一〕龍舒本卷六十九題作「示無著上人」。

春　怨〔一〕

掃地待花落，惜花輕著塵。游人少春戀，踏去却尋春。評曰：一往有情。〇張籍詩：「不教人掃石，恐損落來花。」

【校記】

〔一〕宋本、叢刊本無本首與下首。

離昇州作[一]

建康，舊名昇州。

相看不忍發，滲澹暮潮平。語罷更携手，月明洲渚生。

評曰：五字自别。○李白送殷淑詩：「相看不忍别，更進手中杯。」

【校記】

〔一〕詩題原作「離昇州作二首」，目録同，均據清綺齋本改。龍舒本卷七十題末有「二首」二字，其一同此，其二即本書卷四十三離昇州作。

回文四首[一]

碧蕪平野曠，黄菊晚村深。客倦留甘飲，身閑累苦吟。

回文未審起於何時。皮日休雜體詩序：「晉温嶠始有回文詩。」

【校記】

〔一〕龍舒本卷七十五題作「回文三首」，無第四首。宋本、叢刊本此四首各取首二字爲題，即「碧蕪」、「夢長」、「迸月」、「泊鴈」，並於碧蕪題下注「回紋」二字。

其二

夢長隨永漏，吟苦雜踈鍾。動蓋荷風勁，沾裳菊露濃。

其三

迸月川魚躍，開雲嶺鳥翻。徑斜荒草惡，臺廢冶花繁。

其四

泊鴈鳴深渚，收霞落晚川。柝隨風斂陣，樓映月低弦。漠漠汀帆轉，幽幽岸火然。壑危通細路，溝曲繞平田。

題西太一宮壁二首〔一〕

柳葉鳴蜩緑暗，荷花落日紅酣。〔二〕一作「草色浮〔三〕雲漠漠，樹陰落日潭潭」者，非。此篇歐、蘇有和韻，當據爲正。三十六陂春水〔四〕，「春」，一作「煙」。據神宗元豐二年，導洛通汴，引古索河爲源，注房家、黄家、孟王陂及三十六陂高仰處，瀦水爲塘，以備洛水不足，則决以入河。據此，則京師亦有三十六陂。未知公所指何處。白頭想見江南。評曰：語調自然。清絶，愁絶。〇月令：「仲夏之月，蜩始鳴。」〇蕩之什：「如蜩如螗。」詩疏曰：「鳴蜩，蟬也。宋、衛謂之唐蜩，陳、鄭謂之蜋，海岱之間謂之蟬，通語也。」〇選詩：「涼風繞曲房，寒蟬鳴高柳。」司空圖詩：「緑樹連村暗。」〇韓詩：「始去杏飛蜂，歸來柳嘶蟄。」又，三十六陂在揚州天長縣，故云「想見江南」。蔣之奇傳可考。

【校記】

〔一〕宋本、叢刊本題下注：「六言。」

〔二〕宋本、叢刊本首二句作「草色浮雲漠漠，樹陰落日潭潭」，校曰：「一作『柳葉鳴蜩緑暗，荷花落日紅酣。』」

〔三〕「浮」，宮内廳本作「連」。

〔四〕「陂春」，宋本、叢刊本作「陂流」，校曰：「一作『宮煙』」。龍舒本「陂」作「宮」，「春」作「煙」。

其　二

三十年前此地〔一〕，一作「路」。父兄持我東西。今日重來白首，欲尋陳迹都迷。評曰：「持」字自是，不須著一字，自是好，是謂六言。○王播詩：「三十年前此院游。」「持我」，當作「將我」。前漢紀：「欲將我安之乎？」

【校記】

〔一〕「地」，宋本、叢刊本作「路」，校曰：「一作『地』。」

西太一宫樓

草際芙蕖零落，水邊楊柳欹斜。日暮炊煙孤起，不知魚網誰家。白樂天詩：「夏口煙孤起，湘川雨半晴。」○杜牧之詩：「角聲孤起夕陽樓。」

宮詞〔一〕

六宅新粧促錦，三宮巧仗叢花。一片黄雲起處，内人遥認官家。此王建宫詞，初非公作。

【校記】

〔一〕宋本、叢刊本無此首。

補注 題西太一宫壁 父兄將我東西 漢少帝：「欲將我安之乎？」

評曰：五言絶難得十首好者，荆公短語長事，妙冠古今。

王荆文公詩卷第四十一

律　詩〔一〕

歌元豐五首〔二〕

水滿陂塘穀滿篝，漫〔三〕移蔬果亦多收。神林處處傳簫鼓，共賽元豐第一〔四〕秋。

夢得詩：「楓林社日鼓，茅屋午時雞。」○淳于髡傳：「甌窶滿篝。」注：「篝，籠也。」

【校記】

〔一〕臺北本目録「律詩」下有小字「七言二十八字」。

〔二〕此五首爲龍舒本卷七十五半山即事十首之第四、七、八、五、九首。

〔三〕「漫」，龍舒本作「謾」。

〔四〕「一」，宋本、叢刊本作「二」。

其二

露積山禾〔一〕一作「成山」。百種收，漁梁亦自富鰕鰌。楚茨：「我庾維億〔二〕。」毛氏曰：「露積曰庾。」語云：「野有庾積。」○退之韓許公神道碑：「公私充塞，至於露積不垣。」○齊民要術：「百種」，非上聲。○「維鵜在梁」，即魚梁也。無羊説夢非真事，豈見元豐第二秋？無羊之詩曰：「牧人乃夢，衆維魚矣，旐維旟矣。大人占之，衆維魚矣，實維豐年。旐維旟矣，室家溱溱。」注：「衆魚則爲豐年之應，旐旟則爲盛多之象。」

【校記】

〔一〕「山禾」，宋本、叢刊本作「成山」。

〔二〕「庾」，原作「廋」；「億」，原作「德」，均據宮内廳本及詩經小雅楚茨改。

其　三

湖海元豐歲又登，旅〔一〕生猶足暗溝塍。光武紀：「建武二年，野蠶成繭，野穀旅生。」注云：「不因播種而生，故曰旅，一作稆，古字通用。」○東坡云：「地久不生穀，氣無所耗，藴畜自發，而爲野蠶旅穀也。吾以是知五穀耗地氣爲甚。」家家露積如山壠，黄髮咨嗟見未曾。書秦誓：「尚猶詢兹黄髮。」

【校記】

〔一〕「旅」，宋本、叢刊本作「稆」。

其　四

放歌扶杖出前林，遥和豐年擊壤音。曾侍玉〔一〕堦知帝力，曲中時有譽堯心。評曰：元豐行兩首又益以此，却似著迹。○柳詩：「出門呼所親，扶杖登西林。高歌足自快，商頌有遺音。」○趙后傳：「砌皆銅沓，冒黄金，白玉階。」○莊子：「與其譽堯而非桀，不若兩忘而化其道。」一本作「土堦」。韓非子：「土堦三尺。」謂堯也。

【校記】

〔一〕「玉」，宋本、叢刊本作「土」。

其五

豚柵〔一〕雞塒晻靄間，暮林摇落獻南山。莊子達生篇：「爲彘謀曰：『不如食以糟糠，而錯之牢筴之中。』」注：「筴，木欄也。」○詩君子于役：「雞棲于塒，日之夕矣。」○吴融詩：「鵝湖山下稻粱肥，豘穽雞栖對掩扉。」○杜詩：「開林出遠山。」○韓詩：「秋臺風日迥，正好看前山。」豐年處處人家好，隨意飄然得往還。高適詩：「事古悲城池，年豐愛墟落。」○陳陶詩：「縈紆村落好。」

【校記】

〔一〕「柵」，宋本作「筴」。

棊

莫將戲事擾真情，且可隨緣道我贏。評曰：雖是噫笑，人我未忘。戰罷兩奩收黑白[一]，一枰何處有虧成。舒王在鍾山與道士棊。道士曰：「彼亦不敢先，此亦不敢先。惟其不敢先，是以無所争，故能入於不死不生。」公笑曰：「此特棊謎也。」○莊子齊物篇：「有成與虧，故昭氏之不[二]鼓琴也。」○韋耀博弈論：「然其所志，不出一枰之上。」吴志。○王昶傳：「納子奩中。」

【校記】

[一]「收」，宋本、叢刊本作「分」，注云：「一作『收』。」「黑白」，宋本、叢刊本作「白黑」。

[二]宮内廳本、浙江書局本莊子無「不」字。

題扇[一]

玉斧修成寶月團，月邊仍有女乘鸞。青冥風露非人世，鬢亂釵横[二]特地寒。酉陽雜俎：「鄭仁本與

其中表游山迷路，見一人枕山襆物而坐，因問之。云：『君知月七寶合成乎？常有八萬二千户修之，我其一也。』因開襆示之，有斤斧數事、玉屑飯兩裹，分遺鄭曰：『食此，可無疾。』」○劉夢得詩：「雲衢不要吹簫伴，只擬乘鸞獨自飛。」○江淹雜擬：「紈扇如團月，出自機中素。畫作秦王女，乘鸞向煙霧。」○韓詩：「春半邊城特地寒。」

【校記】

〔一〕宋本、叢刊本題作「題畫扇」。

〔二〕「横」，宋本、叢刊本作「斜」。

夢

黄粱欲熟且留連，漫〔一〕道春歸莫悵然。雖言春去，而無戀繆之意，均知爲夢耳。胡蝶豈能知夢事，蘧蘧飛墮晚花前。趙昌言極有才思，嘗下第作詩，落句云：「唯有夜來胡蝶夢，翩翩飛入刺桐花。」

【校記】

〔一〕「漫」，龍舒本作「謾」。

清明[一]

歐公與聖俞詩：「不學長瓶卧墻曲。」

東城酒散夕陽遲，南陌秋千寂寞垂。古今藝術曰：「秋千，北方戎戲，以習輕趫者。」○觀「遲」字，乃見晚唐詩「夕陽無限好，只是近黄昏」太迫促也。○歐公詞：「緑楊堤外出秋千。」人與長瓶卧芳草，風將急管度青陂[二]。張文昌詩：「詩成添舊卷，酒盡卧空瓶。」

【校記】

〔一〕龍舒本卷七十一題作「東城」。

〔二〕「陂」，龍舒本、宋本、叢刊本作「枝」。

東岡

東岡歲晚一登臨，共望長河映遠林。萬竅怒號風喪我，莊子齊物論：「是惟不作，作則萬竅怒號。」○又：「今者吾喪我。」千波競湧水無心。千巖競秀，萬壑争流。○杜詩：「水流心不競。」

春郊

青秧漫漫出初齊，秧，稺穀苗也。杜子美詩：「六月青稻多，千畦碧泉亂。插秧適云已，引溜加溉灌。」雞犬遥聞路却迷。但見山花流出水，韓致光詩：「山頭水從雲外落，水面花自山中來。」那知不是武陵溪。評曰：寫得輕泠。〇武陵溪即桃花源。杜牧詩：「此花不逐溪流出，晉客無因入洞來。」

元日〔一〕

爆竹聲中一歲除，爆竹，歲旦爆竹於庭，世傳庭燎之禮，非也。神異記云：「西方山中，有人長丈餘，人見之，即病寒熱，名曰山臊。以竹著火中，熚烞有聲，則驚遁遠去。」熚音畢，烞音朴。春〔二〕風送暖入屠蘇。四時纂要：「屠蘇，孫思邈所居庵名。」一云：以其能辟魅，故云。屠，割也；蘇，腐也。今醫方集衆藥爲之，除夕，以浸酒懸於井中，元日取之。自少至長，面東而飲。取其滓，以絳囊盛掛於門桁之上，主辟瘟疫。」陳陶朝元引云：「萬寓靈祥擁帝居，東華元老薦屠蘇。」千門萬户曈曈日，揔把〔三〕新桃换舊符。漢禮儀志：「門户代以所尚。周人木德，以桃爲更。言氣相更也。」以桃符板爲新桃舊桃，蓋北方語。

【校記】

〔一〕龍舒本卷七十二題作「除日」。

〔二〕「春」，宋本、叢刊本作「東」。

〔三〕「揔把」，宋本、叢刊本作「争插」，注云：「一作『總把』。」

九日

九日無歡可得追，飄然隨意歷山陂。張濱詩：「白首成何事，無歡可替悲。」○長孫鑄：「落日去關外，悠悠滿〔一〕山陂。」蔣陵西曲風煙澹〔二〕，也有黄花一兩枝。評曰：語極蕭然。○建康有九日臺。齊武帝時，立商飆館於孫陵崗，世呼爲九日臺。又，十道志云：「武帝九日，燕羣臣孫陵崗，即吴大帝蔣陵，今在城西南，俗呼爲招陵崗，去城十五里。」

【校記】

〔一〕「滿」，宫内廳本作「隔」。

〔二〕宋本、叢刊本「曲」下注：「一作『面』」；又「澹」作「慘」，注云：「一作『澹』。」龍舒本亦作「慘」。

初　晴

幅巾慵整露蒼華，度隴深尋一徑斜。小雨初晴好天氣，晚花殘照野人家。黄庭經至道章：「髮神蒼華字太玄。」注：「白與黑謂之蒼。」○太白詩：「新雪滿前山，初晴好天氣。」羅虬詩：「宿雨初晴春日長，入簾花氣静難忘。」

南　蕩[一]

南蕩東陂水漸多，陌頭車馬斷經過。鍾山未放朝雲散，柰爾[二]黄梅細雨何？唐戴叔倫詩：「陌頭車馬共營營，不解如君任此生。」○杜詩：「四月熟黄梅，冥冥細雨來。」

【校記】

〔一〕此詩爲龍舒本卷七十五即事十五首之第一首。龍舒本總題下，俱以序數爲題，此詩以下，依次爲本卷芙蕖、溝西、東臯、一陂、園蔬，本書卷二十二徑暖，本卷蕭然、杖藜、圖書、老嫌，卷四十四金陵、卷四十四金陵即事三首之一、二首、本卷移柳。

〔二〕「爾」，宋本、叢刊本作「此」。

芙蕖〔一〕

芙蕖耐〔二〕夏復宜秋，一種今年已〔三〕一作「便」。滿溝。南蕩東陂無此物，但隨深淺見游鯈。韓詩：「藕梢初種已齊生。」

【校記】

〔一〕此詩爲龍舒本卷七十五即事十五首之第二首。

〔二〕「耐」，龍舒本作「奈」。

〔三〕「已」，宋本、叢刊本作「便」。

溝西〔一〕

溝西直下看芙蕖，葉底三三兩兩魚。若比濠梁應更樂，近人渾不畏春鉏。此言魚樂近人而忘其所可畏，其意深矣。○新序：「虎豹厭閑而近人，故得；魚鼈厭深而之淺，故得。」○爾雅：「鷺，春鉏。」○皮日休詩：「數點春鉏煙雨微。」○山谷詩：「春鉏貌閑暇，羨魚情至骨。」

【校記】

〔一〕此詩爲龍舒本卷七十五即事十五首之第三首。

東皋〔一〕

東皋攬結知新歲，西崦攀翻〔二〕憶去年。攬結，見別注。謝靈運詩：「洞庭空波瀾，桂枝徒攀翻。」肘上柳生渾不管，眼前花發即欣然。評曰：雖用白語，動盪不同。○莊子至樂篇：「支離叔與滑介叔觀於冥伯之丘，崐崙之區，黃帝之所休。俄而柳生其左肘。支離叔曰：『子惡之乎？』滑介叔曰：『生者，假借也，假之而生生者，塵垢也。死生爲晝夜。且吾與子觀化，而化及我，又何惡焉？』」○眼前花，出四十二章經結尾一段。○樂天詩：「花發眼中猶足怪，柳生肘上亦須休。」

【校記】

〔一〕此詩爲龍舒本卷七十五即事十五首之第四首。

〔二〕「攀翻」，龍舒本作「翻攀」。

一陂[一]

一陂[二]戗水蔣陵西，含風却轉與城齊。周遭碧銅磨作港，逼塞緑錦剪成畦。評曰：野意，宜竹枝、欸乃。○蔣陵，即孫仲謀葬處。○後一聯，即退之「青羅碧玉」之體。

【校記】

〔一〕此詩爲龍舒本卷七十五即事十五首之第五首。

〔二〕宋本、叢刊本「陂」下注云：「一作『段』。」

園蔬[一]

園蔬小摘嫩還抽，畦稻新春滑欲流。枕簟不移隨處有，飽餐甘寢更無求。陶詩：「摘我園中蔬。」○杜詩：「自鋤稀菜甲，小摘爲情親。」又：「嘗稻雪翻匙。」○退之聯句：「野蔬拾新柔。」○賈山傳：「離宫三百，鐘鼓帷帳，不移而具。」

【校記】

〔一〕此詩爲龍舒本卷七十五即事十五首之第六首。

蕭然〔一〕

蕭蕭三月閉柴荆，緑葉陰陰忽滿城。自是老來〔二〕游興少，春風何處不堪行？宋楚客詩：「今朝上林樹，無處不堪攀。」〇唐人詩：「春來何處不堪行？」〇白詩：「惟有閑行猶得在，心情未到不如人。」與公意雖異而皆佳。

【校記】

〔一〕此詩爲龍舒本卷七十五即事十五首之第八首。宋本、叢刊本題作「翛然」；詩首句「蕭蕭」，亦作「翛然」。

〔二〕「老來」，宋本、叢刊本作「老年」，龍舒本作「往來」。

杖藜〔一〕

杖藜隨水轉東岡，興罷還來赴一牀。堯桀是非猶〔二〕一作「時」。入夢，因〔三〕一作「因」。知餘習未全

忘。蕭望之傳：「堯、桀之分，在於義、利而已。」○蔡寬夫詩話云：「荆公居鍾山，一日晝寢，夢有服古衣冠相過者，貌偉甚，曰：『我，桀也。』與公論治道，反覆百餘語，不相下。公既覺，猶汗流被體，因笑語客曰：『吾習氣尚若是乎？』乃作小詩識之。」即此詩也。

【校記】

〔一〕此詩爲龍舒本卷七十五即事十五首之第九首。

〔二〕「猶」，宋本、叢刊本作「時」；宫内廳本校曰：「一作『昨』。」

〔三〕「因」，宋本、叢刊本作「固」。

圖書〔一〕

圖書老矣尚紛披，神劓天黥以有知。茅竹結蟠聊一愒，却尋三界外愚癡。莊子大宗師篇：「許由謂意而子曰：『夫堯既已黥汝以仁義，而劓汝以是非矣。汝將何以游夫遥蕩恣睢轉徙之塗乎？』意而子曰：『雖然，吾願游於其藩。』許由曰：『不然。夫盲者無以與乎眉目顏色之好，瞽者無以與乎青黄黼黻之觀。』意而子曰：『夫無莊之失其美，據梁之失其力，黄帝之亡其智，皆在鑪錘之間耳。庸詎知夫造物者之不息我黥而補我劓，使我乘成以隨先生耶？』」○詩意言欲補其黥劓而返之初也。

【校記】

〔一〕此詩爲龍舒本卷七十五即事十五首之第十首。

老嫌〔一〕

老嫌智巧累形軀，欲就田翁學破除。百歲用癡能幾許，評曰：翻得親切。救吾黥劓可無餘。薛能贈老僧詩曰：「勸師莫羡人間有，幸自元無免破除。」

【校記】

〔一〕此詩爲龍舒本卷七十五即事十五首之第十一首。

移柳〔一〕

移柳當門何啻五，穿松作徑適成三。臨流遇興還能賦，自比淵明或未慙〔二〕。皆淵明事。

〔二〕末聯一本云：「能令心與身無二，未覺公於長者慙。」

【校記】

〔一〕此詩爲龍舒本卷七十五即事十五首之第十五首。

〔二〕「臨流」二句，龍舒本作「能令心與身無累，未覺公於長者慙」。

誰將〔一〕

誰將石黛染春潮，復撚黄金作柳條。黄金、柳條，見下篇。西崦東溝從此好，筍輿追我莫辭遥。文公十五年公羊注：「筍者，竹箯，一名編輿。」

【校記】

〔一〕此詩爲龍舒本卷七十五半山即事十首之第一首。龍舒本總題下，俱以序數爲題，除誰將外，尚有本卷雪乾、南浦、隨意、秋雲及歌元豐五首。

雪　乾〔一〕

雪乾雲浄〔二〕見遥岑，南陌芳菲復可尋。換得千顰爲一笑，春風吹柳萬黄金。顰，言眉，謂柳眉方舒，易顰而爲笑。○白樂天詩：「一樹春風千萬枝，嫩如金色軟於絲。」

【校記】

〔一〕此詩爲龍舒本卷七十五半山即事十首之第二首。

〔二〕「浄」，龍舒本作「静」。

南　浦〔一〕

南浦東岡二月時，物華撩我有新詩。含風鴨緑粼粼起，弄日鵝黄裊裊垂。評曰：若無如許句法，匿名何用？看它流麗，如景外景。○公每自哦「鴨緑」、「鵝黄」之句，云：「此幾凌轢春物。」○冷齋夜話云：「用事琢句，妙在言其用而不言其名。此法惟荆公、東坡、山谷三老知之。荆公『鴨緑』、『鵝黄』之句，此本言水、柳之名。」

【校記】

〔一〕此詩爲龍舒本卷七十五半山即事十首之第三首。

竹裏

竹裏編茅倚石門〔二〕，一作「根」。竹莖踈處見前村。閒眠盡日無人到，自有春風爲掃門。評曰：衆人語。○蘇仙公傳：「先生省母處，有桂竹兩枝，無風自掃，其地恒淨。」○公詞又云：「茆屋數間窗窈窕，塵不到，時時自有春風掃。」○賀方回嘗作一絕，題於定林寺，云：「破冰泉脉漱籬根，壞衲遥疑掛樹猿。蠟屐舊痕尋不見，東風先爲我開門。」公見之，大相稱賞，緣此知名。此詩頗亦似之。

【校記】

〔二〕「門」，宋本、叢刊本作「根」。

隨　意〔一〕

隨意柴荊手自開，沿岡度塹復登臺。杜詩：「柴門不正逐江開。」小橋風露扁舟月，迷鳥羇雌競〔二〕真本作「覺」字。往來。枚叔七發：「朝則鸝黄鳱鴠鳴焉，暮則羇雌迷鳥宿焉。」○歐陽公梅詞：「可惜溪橋，月明風細，長是在人歸後。」余嘗哦之，以爲佳。今味公語，浩然月露中，惟宿鳥獨覺其來去耳。○杜詩：「無人覺來往，踈懶意何長。」俗本改「覺」作「競」字，便無意思。

【校記】

〔一〕此詩爲龍舒本卷七十五半山即事十首之第六首。

〔二〕「競」，龍舒本、宋本、叢刊本作「竟」。

秋　雲〔一〕

秋雲放雨靜山林，萬壑崩湍共一音。評曰：兩句皆不爲佳。欲記荒寒無善畫，賴傳悲壯有能琴。張正甫僧

碑：「會一音，吹萬有。」○黄詩：「貝宫荒寒弄明月。」○杜詩：「五更鼓角聲悲壯。」○少游詩：「荒寒問前路，空闊檻增波。」不若「悲壯」之工。

【校記】

〔一〕此詩爲龍舒本卷七十五半山即事十首之第十首。

春風〔一〕

春風過柳緑如繰，晴日蒸〔二〕紅出小桃。韓集桃源圖詩：「川原遠近蒸紅霞。」王建詩：「青帝少女染桃花，露糚初出紅尤濕。」池暖水香魚出處，樂天開元東池詩：「池水暖温暾，水清波瀲灧。」○杜牧詩：「玉蓮開蘂暖泉香。」周穆王時，西戎獻玉盃，光照一室。置杯中庭，明日水滿杯，香而甘美。出十州記。一環清浪湧亭皋。石眼環環水一鍾。

【校記】

〔一〕此詩爲龍舒本卷七十五雜詠絶句十五首之第一首。龍舒本總題下，俱以序數爲題，除春風外，尚有本書卷四十六雜詠六首（之一、二、三、四、六首）、卷四十四金陵即事三首之三、神物、文成、六年、卷四十雜詠四首、將母。

〔二〕「蒸」，龍舒本作「烝」。

陂　麥〔一〕

陂麥連雲慘淡黄，緑陰門巷不多凉。更無一片桃花在，借問春歸有底忙？杜詩：「花飛有底急。」

【校記】

〔一〕此詩爲龍舒本卷七十五絶句九首之第一首。龍舒本總題下，俱以序數爲題，除陂麥外，尚有本卷木末、本書卷四十聊行、染雲、溝港、卷四十三萬事、卷四十四州橋、賜也、卷四十八紅梨。

木　末〔一〕

木末北山煙冉冉，草根南澗水泠泠。繰成白雪桑重緑，割盡黄雲稻正青。評曰：如畫兩疊。○木末，謂木之顛也。○杜詩：「我僕猶木末。」

【校記】

〔一〕此詩爲龍舒本卷七十五絶句九首之第九首。

進字說〔一〕

正名百物自軒轅，野老何知強討論。但可與人漫醬瓿，豈能令鬼哭黃昏。禮記祭法：「黃帝正名百物。」○公有進字說表。○揚雄傳：「劉歆謂太玄：『吾恐後人用覆醬瓿也。』」○淮南子：「昔倉頡作書，而天雨粟，鬼夜哭。」注：「鬼，或作『兔』。兔恐取其毫製筆，害及之，故哭。」

【校記】

〔一〕宋本、叢刊本題作「進字說二首」，下首成字說後題僅作「二」。

成字說後

鼎湖龍去字書存，開闢神機有聖孫。湖海老臣無四目，漫〔二〕將糟粕污脩門。謂黃帝鼎成，乘龍仙去，所作書契與字之六誼故存。倉頡四目，與沮誦皆黃帝之史，睹鳥跡，遂製字。公自言「不敢望倉頡」，止得古人之糟粕也。○聖孫，言神考。公意謂本朝黃帝之後耳。然趙氏實祖顓帝，而顓帝不出於黃帝。更當考。○楚詞招魂曰：「魂兮歸來入脩門。」王逸注：「郢城門也。」○柳子厚詩：「重入脩門自有期。」後人皆以京師門爲脩門矣。

【校記】

〔一〕「漫」，龍舒本作「謾」。

窺　園〔一〕

杖策窺園日數巡，攀花弄草興常新。董生只被公羊惑，肯信捐書一語真？仲舒少治春秋，三年不窺園，其精如此。本傳槩言治春秋。儒林胡毋生傳始言與仲舒同業公羊。○唐劉史彤放螢怨：「且逍遥，還酩酊，仲舒漫不窺園井。」○蔡寬夫詩話云：「荊公嘗言：『詩家病使事太多，蓋皆取其與題合者類之。如此，乃是編事，雖工何益？若能自出己意，借事以相發明，變態錯出，則用事雖多，亦何所妨？』故公詩如『董生只爲公羊惑，肯信捐書一語真』、『桔槔俯仰何妨事，抱甕區區老此身』之類，皆意與本處不類。此真所謂使事也。」

【校記】

〔一〕龍舒本卷七十六題作「杖策」。

嘲白髮

久應飄轉作蓬飛，眷惜冠巾未忍違。種種春風吹不長，星星明月照還稀。左思白髮賦：「昔臨玉顔，今從飛蓬。髮膚至昵，尚不克終。」〇左氏昭公三年：「余髮種種如此，余奚能爲？」〇高蟾詩：「人生莫遣頭如雪，雖得春風亦不消。」〇南史：「陸展……青青不解久，星星行復出。」〇樂天詩：「惟有病眼花，春風吹不落。」

代白髮答

從衰得白自天機，未怪長青與願違。看取春條隨日長，會須秋葉向人稀。養生論：「從衰得白，從白得老。」〇白傅詩：「歲課年功頭髮知，從霜成雪君看取。」〇鄭畋詩：「荒階柳長條。」

外厨遺火二絶〔一〕

孫樵父竈鬼，以時録人功過。

竈鬼何爲便赫然，似嫌刀机苦無羶。李白詩：「厨竈無青煙，刀机生緑蘚。」圖書得免同煨燼，却賴厨人清

不眠。莊子：「上無欲清之人。」〇戰國策：「張儀引厨人。」〇王稹〔二〕賦：「厨人進瓜。」〇杜詩：「厨人語夜闌。」

【校記】

〔一〕「絶」，宋本、叢刊本作「首」。

〔二〕「王稹」，宮内廳本作「劉楨」。

其二

青煙散入夜雲流，赤焰侵尋上瓦溝。門户〔一〕便疑能炙手，比鄰何苦却焦頭。唐崔鉉傳：「鄭、楊、段、薛，炙手可熱。」〇杜詩：「炙手可熱勢絶倫。」〇焦頭事，見上注。

【校記】

〔一〕「户」，宮内廳本作「巷」。

初夏即事

石梁茅屋有彎碕，流水濺濺度兩陂。詩：「在彼淇梁。」○彎碕，詳見古詩注。晴日暖風生麥氣，緑陰幽草勝花時。評曰：別是幽勝，令人識宰物氣象。○韓詩：「暖風抽宿麥，清雨卷歸旗。」○唐人詩：「散盡平生眼中客，暖風晴日閉門居。」○趙師民詩：「麥天晨氣潤，槐夏午陰清。」○劉禹錫詩：「山葉紅時却勝春。」○唐詩：「幽篁宜永晝，珎樹始清陰。」

千　蹊〔一〕

千蹊百隧散林丘，圖畫風煙一色秋。但有興來隨處好，楊朱何苦涕橫流。評曰：語亦活動。○淮南子：「楊朱見歧路而哭之，謂其可以南可以北，傷其本同而末異也。」

【校記】

〔一〕龍舒本卷七十二題作「秋興」。

和陳輔秀才金陵書事

南郭先生比鷾鴯，年年過我未愆期。莊子山木篇：「鳥莫知於鷾鴯，目之所不宜處不給視，雖落其實，棄之而走。」注：「避禍速也。」休論王謝當時事，大抵烏衣秖舊時。晉南渡，王、謝諸名族居秦淮之南烏衣巷。王僧虔拜中丞，曰：「此自烏衣諸郎坐處，我亦試爲之。」今建康城南長干寺有小巷曰烏衣，去朱雀橋不遠。○劉禹錫詩：「朱雀橋邊野草花，烏衣巷口夕陽斜。舊時王謝堂前燕，飛入尋常百姓家。」而詩話多言王、謝至烏衣國，妄也。○杜牧詩：「大抵南朝多曠達。」

和耿天騭以竹冠見贈四首

竹根殊勝竹皮冠，欲着先須短髮乾。「漢高祖爲亭長，以竹皮爲冠。」應劭注：「以竹始生皮作冠。今鵲尾冠也。」○禮記玉藻：「髮晞用象櫛。」注：「晞，乾也。」要使山林人共見，不持方帽禦風寒。方帽，今之暖帽。

其二

無物堪持比此冠，竹皮柔脆穀皮乾。穀皮，楮木皮也，今人取以爲冠。上有斑點可愛。○寒山詩：「無物堪比倫。」故人戀戀綈袍意，豈爲哀憐范叔寒。范雎傳：「須賈曰：『今叔何事？』雎曰：『臣爲人庸賃。』須賈意哀之，留與坐，飲食，曰：『范叔一寒如此哉？』乃取其一綈袍以賜之。又，曰：『公之所以得無死者，以綈袍戀戀有故人意，故釋公。』」

其三

玉潤金明信好冠，錯刀剜出蘚紋乾。張衡四愁詩云：「美人贈我金錯刀。」注云：「古者諸王佩刀，以金錯鏤其環。」又，王莽造錯刀，以金錯其文。○謝承後漢書云：「詔賜應奉金錯把刀。」○項斯謝山友贈蘚花冠詩：「塵汙出山髮，慙君青蘚冠。」○王績詩：「一間松葉屋，數片蘚花冠。」○石鼎聯句：「外苞乾蘚紋，中有暗浪驚。」不忘君惠常加首，要使歡盟未可寒。穀梁傳：「弁冠雖敝，必加於首。周室雖衰，必先諸侯。」○漢賈誼言：「履雖鮮，不加於冠。」

其四

冠工新意斲檀欒，霧卷雲蒸色〔一〕一作「久」。未乾。遺我山林真自稱，何須貂暖配金寒。應劭漢官曰：「侍中，金蟬左貂。金取剛，百鍊不耗；蟬，高居飲潔，目在腋下；貂，内勁而外温。」○左氏閔公二年：「金寒玦離。」此言貂暖配金寒，亦太工矣。○檀欒，竹也。

【校記】

〔一〕「霧卷」，龍舒本作「卷會」。「蒸」，宋本、叢刊本作「烝」。「色」，龍舒本、宋本、叢刊本作「久」。

和郭功〔一〕甫 梅宛陵以功甫爲李白後身，嘗有採石月詩贈功甫，云：「採石月下聞謫仙，夜披錦袍坐釣船」云云。「在昔熟識汾陽王，納官貰死義難忘。今觀郭裔奇俊郎，眉目真似攻文章。死生往復猶康莊，樹穴探環知姓羊。」

且欲相邀卧看山，扁舟自可送君還。留連城〔二〕郭今如此，知復何時伴我閑？此詩譏功甫久留城市，不從看山之約。且言苟能過我，豈不辦一舟送君歸乎？

【校記】

〔一〕「功」，宋本、叢刊本作「公」。

〔二〕「城」，宋本、叢刊本作「山」。

次韻葉致遠置洲田以詩言志四首〔一〕

吟歎君詩久掉頭，知君興不負滄洲。土山欲爲羊曇賭，且可專心學弈秋。謝安傳：「秦師次淮淝，遂命駕出山墅，親朋畢集，方與玄圍棋，賭別墅。安常棋劣於玄，是日，玄懼，便爲敵手，而又不勝，安遂顧謂其甥羊曇曰：『以墅乞汝。』」土山，見游土山示蔡天啓注。

【校記】

〔一〕「四首」二字原無，據目録補。龍舒本卷五十四次韻葉致遠五首，第一首同本書卷二十六次韻葉致遠，餘四首同此四首。宋本、叢刊本題首無「次韻」二字，「言志」下無「四首」二字，有「次其韻二首」，所收即此詩前二首。

其二

若將有限計無涯，自困真同筭海沙。隨順世緣聊戲劇，莫言河渚是吾家。傳燈：「鑒宗語洪譚：『佛祖正法，直截亡詮。汝筭海沙，於理何益？』」傳燈唐張拙秀才悟道頌：「光明寂照徧河沙，凡聖含靈共一家。一念不生全體現，六根纔動被雲遮。破除煩惱重增妄，趣向真如反是邪。隨順世緣無掛礙，涅槃生死等空花。」

其三〔一〕

菴成有興亦尋春，風暖荒萊步始勻。若遇好花須一笑，豈妨迦葉杜多身。頭陁行有十二件。頭陁，亦名杜多，皆梵語也。華云抖擻。○「世尊舉花，迦葉微笑」。謂眼花也。今云「好花」，亦借用耳。

【校記】

〔一〕宋本、叢刊本此與下首合題作「又次葉致遠韻二首」，下首題作「二」。

其四

明時君尚富春秋，高五王傳：「皇帝春秋富。」師古曰：「言年幼也。比之於財，方未匱竭，故謂之富。」又，曹參傳：「悼惠王富於春秋。」後漢樂恢傳：「陛下富於春秋。」注：「春秋，謂年也。言年少，春秋尚多，故稱富。」豈比衰翁遠自投。智略未應施畎畝，上前他日望吾丘。吾丘壽王傳：「子在上前之時，智略輻湊。」注：「言其無方而至，若車輪之歸於轂。」

次韻朱昌叔[一]

寄公無國寄鍾山，本朝郡國之封，止爲名耳，未嘗實君其土也。公在鍾山，故云「寄」。〇禮記郊特牲：「諸侯不臣寓公。」注：「寄公也。」又喪大記：「君之喪未小斂，爲寄公、國賓出。」垣屋青松晻靄間。文中子關朗篇：「垣屋什物必堅朴，曰：『無苟費也。』」長以聲音爲佛事，野風蕭颯水潺湲。維摩經：「有以聲音爲佛事。」

【校記】

〔一〕宋本、叢刊本題作「次昌叔韻」。龍舒本卷五十四爲次韻酬朱昌叔六首之六。

次張唐公韻 公與唐公在仁宗時皆爲知制誥。

憶昨同追八馬蹄，約公投老此山棲。王子年拾遺記曰：「周穆王即位，巡行天下，御八龍之駿，名曰絶地、翻羽、犇宵、越影、踰輝、超光、騰霧、挾翼。」○杜詩：「八駿隨天子，羣臣從武皇。」○李義山九成宫詩：「雲隨夏后雙龍尾，風逐周王八馬蹄。」又穆王廟詩：「八馬空追落日行。」○後漢崔駰達旨云：「或盥耳而山棲。」又唐王績傳：「夫鳳不憎山棲，龍不羞泥蟠。君子不苟潔以罹患，不避穢而養精也。」公乘白鳳今何處？我適新年值白雞。唐詩：「不知今夜游何處？從者皆騎白鳳凰。」此謂從仁宗也。

次俞秀老韻

解我葱珩脱孟勞，暮年甘與子同袍。新詩比舊增奇峭，若許追攀莫太高。青玉爲葱。穀梁傳曰：「孟勞，魯之寶刀。」毛詩無衣：「豈曰無衣，與子同袍。」

酬宋廷〔一〕評請序經解

廷評，名保國，即莒公之姪，景文公之第十一子。公集有答宋保國書，書中論經解，疑即廷評也。今録於此：「某啓：使人三至，示以經解，副之佳句，勤勤如此，豈敢鹵莽，以虚來旨。所示極好，尚有少疑，想嘗從非久淹於符離，冀異時肯顧我，可盡所懷〔二〕。未爾，爲時自愛。不宣。」

未曾相識每〔三〕一作「已」。相憐，香火靈山或〔四〕一作「亦」。有緣。北史：「陸法和曰：『但從空王，佛所，與主上有香火因緣。』」訓釋雖工君尚少，不應急〔五〕一作「忽」。務世人傳。禹錫酬樂天詩：「魚書曾替代，香火有因緣。」白注：「陸法和云：『與梁元帝於空王寺佛前有香火因緣。』」下聯言著書當務精研，以求進益，未宜輕出。所謂傳不習乎者，急於傳也。」

【校記】

〔一〕「廷」，本書目録、臺北本目録作「庭」。

〔二〕「可盡所懷」，龍舒本、宋本、叢刊本均作「可以究懷」。

〔三〕「每」，宋本、叢刊本作「已」。

〔四〕「或」，宋本、叢刊本作「亦」。

〔五〕「急」，龍舒本作「忽」。

送耿天騭至渡口

雪雲江上語依依，不比尋常恨有違。四十餘年心莫逆，故人如我與君稀。莊子：「相視而笑，莫逆於心。」○東坡詞：「筭詩人相得，如我與君稀。」

送道原還儀真作詩要之〔一〕

沈季長也。○歐公送種花詩：「先後應須開。」

歲暮青條已見梅，餘花次第想〔二〕争開。淮南無此山林勝，作意春風更一來。

【校記】

〔一〕宋本、叢刊本「送」字上有「承慶院」三字，目録作「永慶院」。龍舒本卷五十七題作「送道原至永慶院」。

〔二〕「想」，宋本、叢刊本作「相」。

送方劭祕校〔一〕

南浦柔條拂面〔二〕垂，攀翻聊寄我西悲。武昌官柳年年好，他日春風憶此時。攀翻，見東皐注。○陶侃傳：「都尉夏施盜官柳，植之於己門。侃後見，問曰：『此武昌西門前官柳，何因盜來此種？』施惶怖謝罪。」

【校記】

〔一〕「方劭」，本書卷四十別方邵祕校，「劭」作「邵」。

〔二〕「面」，宋本、叢刊本作「地」。

答韓持國〔一〕芙蓉堂二首

按：建康志：「在舊府治。今〔二〕行宫猶有舊基。」

投老歸來一幅巾，尚私榮禄一作「君恩猶許」。備藩臣。趙王彭祖傳：「中山王不佐天子撫循百姓，何以稱爲藩臣？」芙蓉堂下疏秋水，且與黿魚作主人。張籍詩：「襄陽風景由來好，重與江山作主人。」○韓詩：「水紋浮枕簟，瓦影映黿魚。」

【校記】

〔一〕龍舒本卷六十八題無「二首」，僅第一首。宋本、叢刊本無「答韓持國」四字。

〔二〕「今」，原作「冷」，據宫内廳本改。

其　二〔一〕

乞得膠膠擾擾身，五湖煙水替風塵。古詩：「月没教星替。」○白詩：「豈有文章替左司。」秖將鳧鴈同爲侣，不與黿魚作主人。李羣玉詩：「十年侣黿魚，垂頭在沅湘。」

【校記】

〔一〕此詩爲龍舒本卷七十初到金陵二首之第二首。

長干釋普濟坐化〔一〕

投老唯公最故人，相尋長恨隔城闉。百年俯仰隨薪盡，畫手空傳净戒身。〔二〕薪盡，見别注。

【校記】

〔一〕龍舒本卷七十八題作「哭慈照大師」。宫内廳本題下注云：「一本作『哭慈照大師』。」

〔二〕宫内廳本注曰：「公時已僦宅城中居。」

庚寅增注第四十一卷

歌元豐其二　漁梁　杜詩：「曬翅滿魚梁。」

元日　新桃换舊符　晉齊王攸小名桃符。文選東京賦注：「風俗通曰：『上古有神荼、鬱壘昆弟二人，性能執鬼。度朔山上有桃樹，下常簡閲百鬼，無道理者，持以葦索，執以飼虎。是故縣官常以臘祭夕，飾桃人垂葦索，畫虎於門，以禦凶也。』」

九日　追歡　「追歡」字，唐人多用。伶人譏張濬看牡丹云：「正是花時堪下淚，相公何用苦追歡。」

初晴　杜詩：「新晴好天氣，誰伴老人游？」○唐人詩：「久雨初晴天氣新，風煙草樹盡欣欣。」

南蕩　奈爾黄梅細雨何　郭祥正和韻附此：「溝水回環蓮子多，小橋時有野禽過。移舡更近東陂去，冉冉黄塵柰我何。」

一陂　餤水　餤水，佛語也，癡猿捉月，渴鹿馳餤，無而横計，枉入苦輪。

園蔬　園蔬小摘嫩還抽　言生意無窮，雖已採擷，而復生嫩者。杜詩：「已應春得細，正想滑流匙。」

杖藜　堯桀是非猶入夢　莊子大宗師：「與其譽堯而非桀，不若兩忘而化其道。」注：「夫非譽皆生於不足，故至足者忘善惡，遺死生，與變化爲一，曠然無不適矣，又安知堯、桀之所在耶？」譽，音餘。

圖書　茅竹結蟠　高熲傳〔一〕：「江南土薄，舍多茅竹。」○杜詩：「沉吟屈蟠樹。」　三界外愚癡　柳州浄土院記：「有能歸心是土者，苟念力俱足，則往生彼國，然後出三界之外。其於佛道無退轉者，其言無所欺也。」

老嫌　救吾黥劓　退之詩：「又聞識大道，何用補黥刖？」與公意殊。

雪乾　萬黃金　白集把酒思閑事詩：「憑君勸一醉，勝與萬黃金。」

竹裹　春風爲掃門　秦系詩：「流水閑過院，春風與閉門。」

隨意　迷鳥羈雌　韓詩：「驚顧似羈雌。」謝靈運詩：「羈雌戀舊侶，迷鳥懷故林。」

進字說　公所上表云：「人聲爲言，迷以爲字。字雖人之所製，本實出於自然。……故上下内外，初終前後，中偏左右，自然之位也。衡表曲直、耦重交析，反缺倒反，自然之形也。發斂呼吸，抑揚合散，虚實清濁……自然之義也。以義自然，故仙聖所宅，雖殊方域……譯而通之，其義一也。」〔二〕字說凡二十四卷。

嘲白髮　飄轉作飛蓬　詩：「首如飛蓬。」○杜詩：「轉蓬行地遠。」　星星　謝靈運詩：「慼慼感物類，星星白髮垂。」

千蹊　但有興來隨好處楊朱何苦涕橫流　此詩公或戲言，但前輩每病公學術多變而支離，此亦其一也。

和耿天騭以竹冠見贈其三

歡盟未可寒　左傳：「盟可尋也，亦可寒也。」

和郭功甫

魏泰云：「荊公當國，郭祥正知鄂州武崗縣，實封附遞奏書，乞以天下之計專聽王安石處畫，凡議論有異於安石者，雖大吏，亦當屏黜。表辭亦甚辯暢。上覽而異之。一日，問荊公曰：『卿識郭祥正否？其才似可用。』荊公曰：『臣頃在江東嘗識之。其爲人，才近縱横，言近捭闔，而薄於行。不知何人引薦，而聖聽聞知也。』上出其章以示荊公。公恥爲小人所薦，因極口陳其不可用而止。是時祥正方從章惇辟，以捕盜功遷殿中丞。及聞荊公上前之語，遂以本官致仕。」泰言未可盡信，然觀祥正詞氣，亦一跌宕不羈之士也。又，郭蒙正作功甫文集序云：「荊公手寫功父訪東城耿天騭并原武按堤等詩十餘篇，刻於石，又稱其詩云：『功父豪邁精絶，固出於天才，非學力所能逮。於是功父一篇之出，學者爭傳誦之。』其爲公所敬如此。」

次韻葉致遠其二

無涯　莊子：「吾生也有涯，而智也無涯。」

河渚　河渚，借比洲田。

次俞秀老韻

葱珩　記玉藻：「三命赤韍葱珩。」

莫太高　石林詩話云：「秀老先游定林寺，有詩：『夜深童子喚不起，猛虎一聲山月高。』公愛其句，爲和此章。」

酬宋廷評請序經解

香火靈山或有緣　爾朱兆云：「有香火重誓。」

送耿天騭

天騭事迹不甚著於世，但其姓名屢見公集。又郭功父有寄騭雜言一首，稱其道懸車，則天騭蓋亦老人也。又公詩有「四十餘年心莫逆」之句，則公之厚騭亦既久矣。然方公盛時，騭略不聞進用，意必澹於榮利，不爲容悦者。觀功父與騭詩，亦可想見其爲人。今節附於此：「耿夫子，聞懸車，齒清髮紺殊未老，璨璨滿腹懷明珠。恥隨黄雀啄官粟，矯翼直與冥鴻俱。東城之下，言還舊廬。田有秫稻，池有嘉魚，林有美木，圃有青蔬。笑傲樽俎，俯仰琴書。與其折腰以羣辱，孰若潔身而自娱。」

答韓持國芙蓉堂二首

魏泰東軒筆録：「王荆公初罷相知金陵，作詩曰『投老歸來一幅巾』云云。及再罷，乞宮觀，以會靈觀使居鍾山，又作詩曰：『乞得膠膠擾擾身』云云。」泰但載詩，不及持國事，或持國首唱而公和之也。

【校記】

〔一〕「高熲」，原作「高穎」，據隋書高熲傳改。

〔二〕校以龍舒本卷二十進字説表，「衡表曲直」作「衡邪曲直」；「反缺倒反」作「反缺倒仄」。本注「本實出於自然」後略「鳳鳥有文，河圖有畫，非人爲也，人則效此」四句；「虚實清濁」後漏「自然之聲也。可視而知，可聽而思」三句，「雖殊方域」後漏「言音乖離，點畫不同」兩句。